# 思復堂遺詩

陈卓仙 著
秦燕春 笺注

上海古籍出版社

**图书在版编目(CIP)数据**

思复堂遗诗 / 陈卓仙著;秦燕春笺注. —上海:上海古籍出版社,2018.11
ISBN 978-7-5325-9031-5

Ⅰ.①思… Ⅱ.①陈… ②秦… Ⅲ.①诗集—中国—当代 Ⅳ.①I227

中国版本图书馆 CIP 数据核字(2018)第 248816 号

**思复堂遗诗**
陈卓仙 著
秦燕春 笺注
上海古籍出版社出版、发行
(上海瑞金二路 272 号 邮政编码 200020)
(1) 网址:www.guji.com.cn
(2) E-mail:guji1@guji.com.cn
(3) 易文网网址:www.ewen.co
启东市人民印刷有限公司印刷
开本 890×1240 1/32 印张 11.75 插页 9 字数 232,000
2018 年 11 月第 1 版 2018 年 11 月第 1 次印刷
印数:1—3,100
ISBN 978-7-5325-9031-5
I·3334 定价:56.00 元
如有质量问题,请与承印公司联系

陈卓仙

唐迪风

全家福

（后排：陈卓仙、唐迪风。前排左起：长女唐至中、三女唐恂季、四女唐继渊、次子唐君实、长子唐君毅）

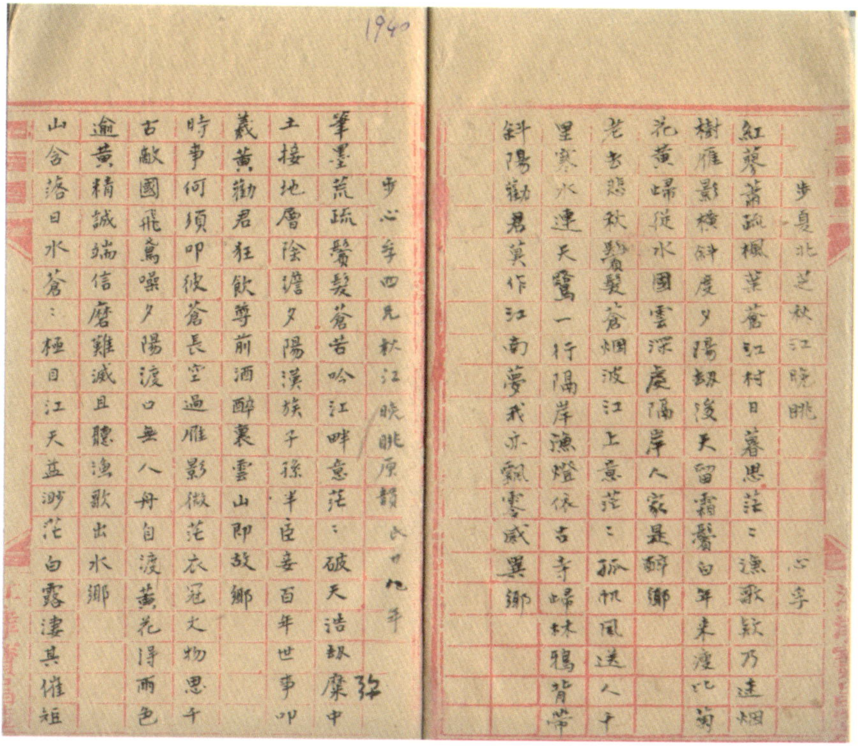

1940

步夏北芝秋江晚眺　心孚

紅蓼蕭疏楓葉蒼江村日暮思茫茫漁歌欸乃遶烟
樹雁影横斜度夕陽歸後天留霜鬢白年來瘦比菊
花黃歸從水國雲深處隔岸人家是醉鄉
老去悲秋鬢髮蒼烟波江上意茫茫孤帆風送人千
里寒水連天鷺一行隔岸漁燈依古寺歸林鴉背帶
斜陽勸君莫作江南夢我亦飄零感異鄉

步心孚四兄秋江晚眺原韻　民廿九年

筆墨荒疏鬢髮蒼苦吟江畔意茫茫破天浩劫糜弥中
土接地層陰澹夕陽漢族子孫半臣妾百年世事叩
羲黃勸君狂飲尊前酒醉裏雲山即故鄉
時事何須叩彼蒼長空過雁影微茫衣冠文物思千
古敵國飛鳶噪夕陽渡口無人舟自渡黃花得雨色
逾黃精誠端信磨難滅且聽漁歌出水鄉
山谷落日水蒼蒼極目江天益渺茫白露淒其催短

陈卓仙诗词手稿（一）

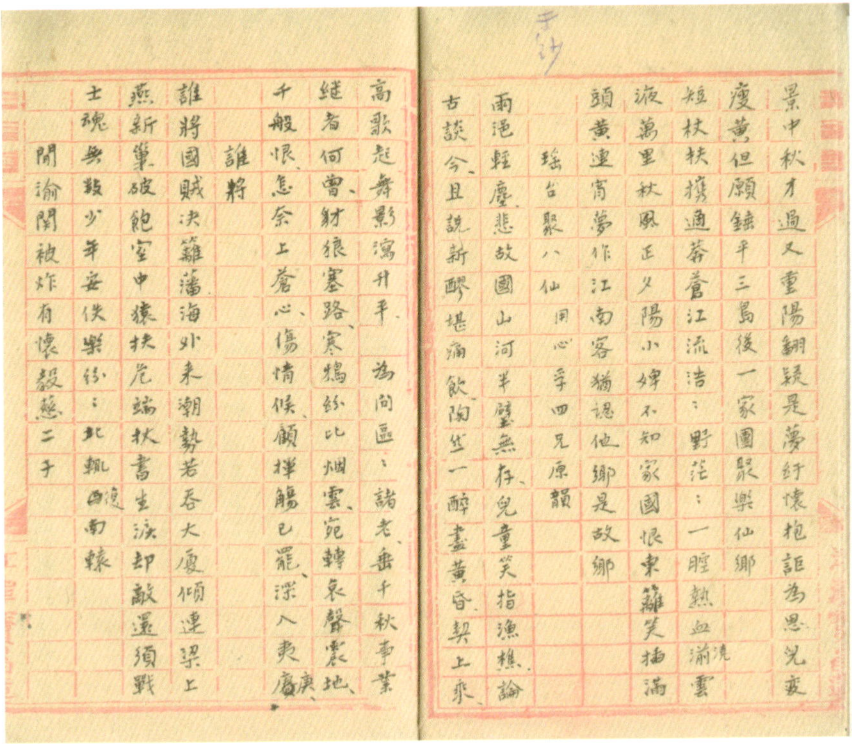

景中秋才過又重陽翻疑是夢紓懷抱詎為思兒疲
瘦黄但願鋤平三島後一家團聚樂仙鄉
短杖扶携過莽蒼江流浩浩野花花一腔熱血湔（澆）雲
液萬里秋風正夕陽小婢不知家國恨東籬笑插滿
頭黄連宵夢作江南客猶認他鄉是故鄉

瑤台聚八仙　用心孚四兄原韻

雨浥輕塵、悲故國山河半壁無存、兒童笑指漁樵、論
古談今、且說新醪堪痛飲、陶然一醉盡黄昏、契上乘、

高歌起舞影瀉升平、為問區區、諸老、垂千秋事業
繼者何曾、豺狼塞路、寒鴉紛比烟雲、宛轉哀聲震地、
千般恨、怎奈上蒼心、傷情候、顧撲觴已罷、深入夷廣（庚）、

誰將

誰將國賊決籬藩、海外來潮勢若吞大廈傾連梁上
燕新巢破飽室中猿扶危端秋書生淚却敵還須戰
士魂無數少年安佚樂紛紛北轍西（浪）南轅

聞諭聞被炸有懷毅慈二子

陈卓仙诗词手稿（二）

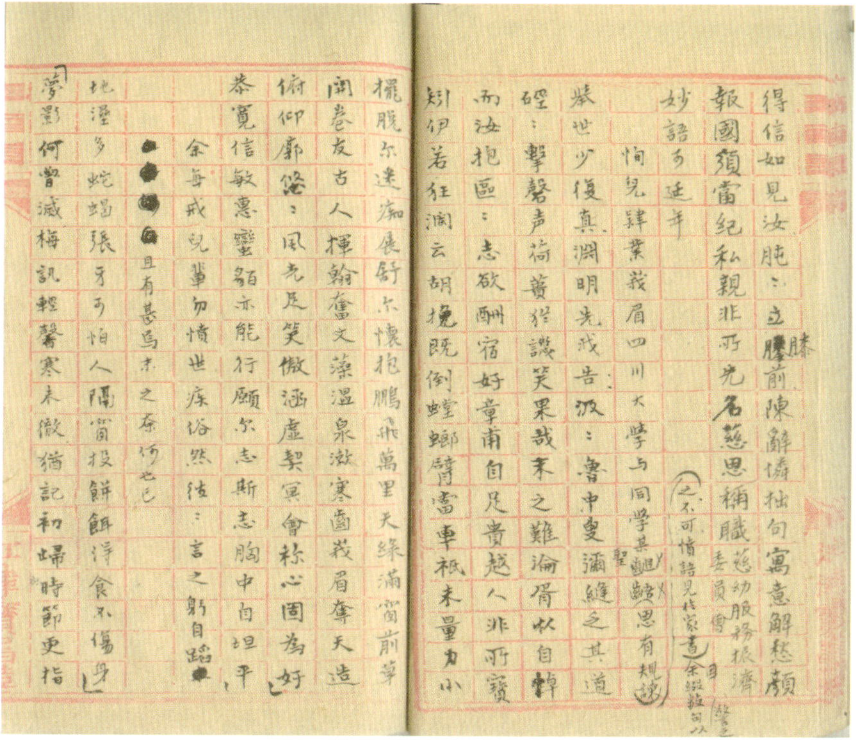

得信如見汝肫〻，立膝前陳辭擣拙句寓意解愁顏
報國須當紀私親非所先名慈恩稱職 慈幼服務振濟委員會
妙語可延年 之不可惜語見於家書 余緩


恂兒肄業峨眉四川大學与同學某齟齬思有規諫
紫世少復真淵明先我告汲〻魯中叟彌縫之其道
硜〻擊磬声荷蕢從譏笑果哉末之難論骨以自贛
而汝抱區〻志欲酬宿好章甫自足貴越人非所寶
刻伊若狂瀾云胡挽既倒螳螂臂當車祇未量力小
攏朧尔迷痴展舒尔懷抱鵬飛萬里天綠滿窗前草
閉卷友古人揮翰奮文藻溫泉漱寒齒莪眉奪天造
俯仰廓落〻風光足笑傲涵虛契冥會称心固為好
恭寬信敏惠蠻貊亦能行願尔志斯志胸中自坦平
余每戒兒輩勿憤世疾俗然往〻言之躬自蹈[illegible]
[illegible]且有甚焉者之奈何也已


地溼多蛇蝎張牙可怕人隔窗投餅餌得食不傷身
夢影何曾滅梅訊輕馨寒未徹猶記和婦時節更指

陈卓仙诗词手稿（三）

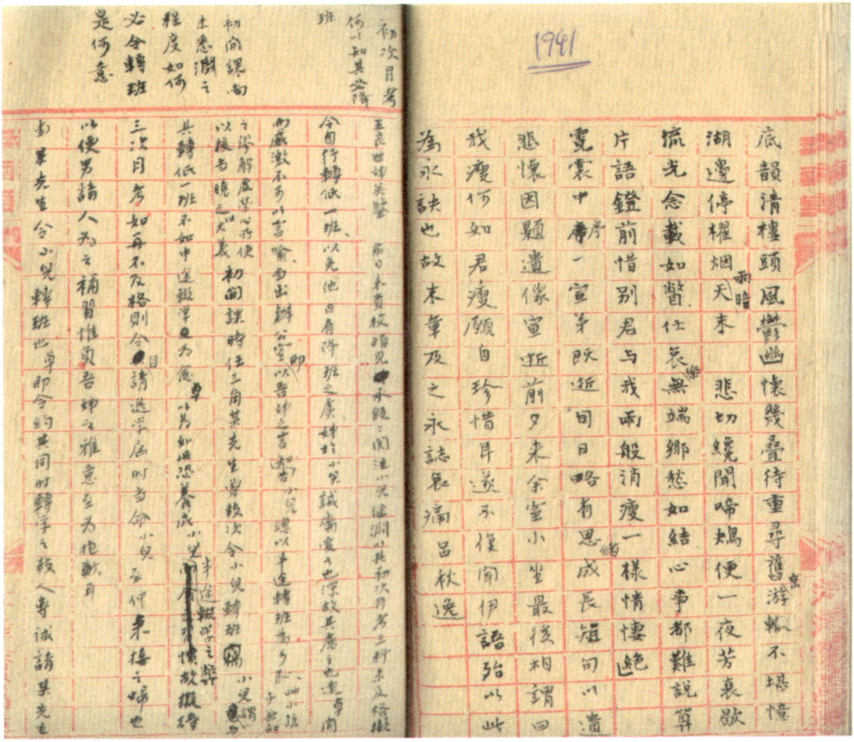


陈卓仙诗词手稿（四）

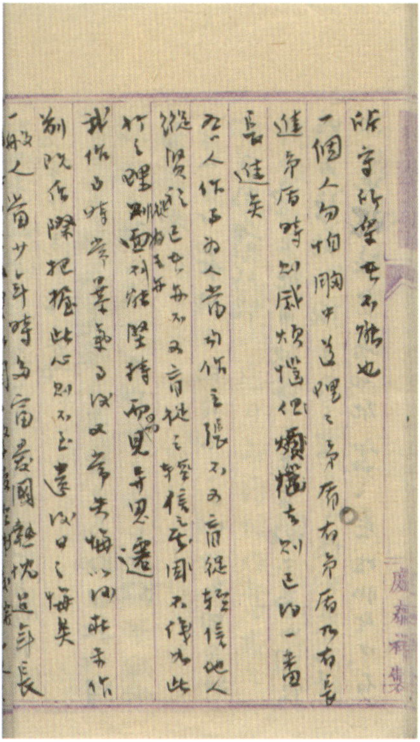

陈卓仙手迹（一）

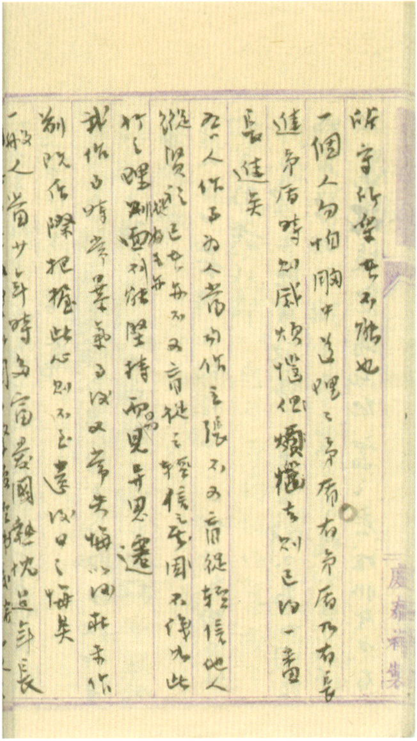

陈卓仙手迹（二）

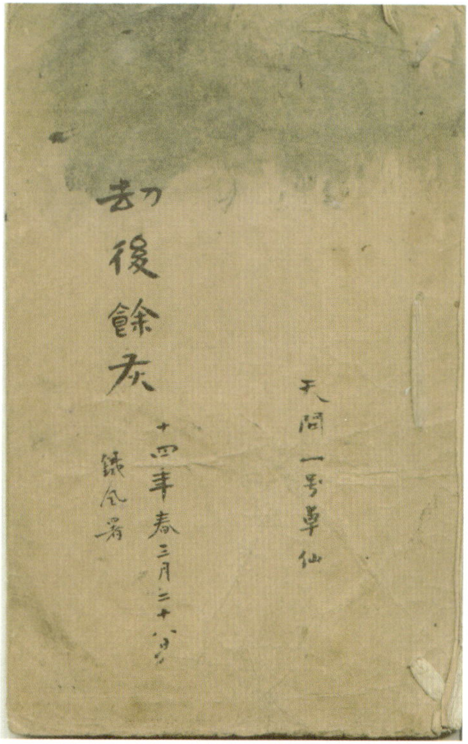


唐迪风手钞陈卓仙诗集

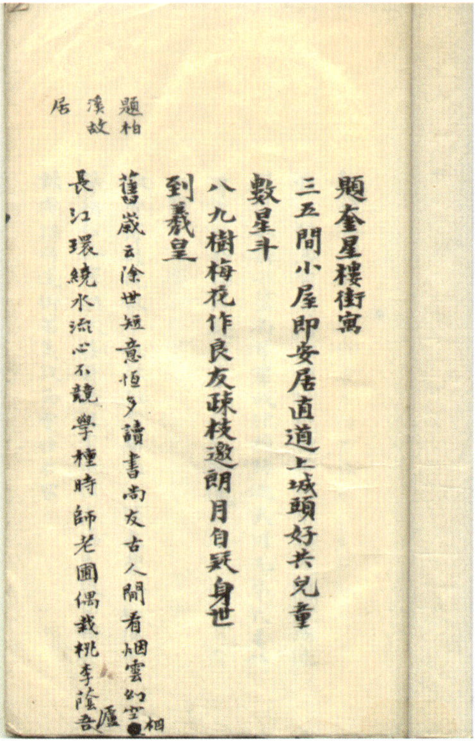
題奎星樓街寓
三五間小屋即安居直道上城頭好共兒童
數星斗
八九樹梅花作良友疎枝邀朗月自疑身世
到羲皇

題柏溪故居
舊歲云除世短意恒多讀書尚友古人間看烟雲幻空相
長江環繞水流心不競學種時師老圃偶栽桃李蔭吾廬

唐迪风所钞陈卓仙诗

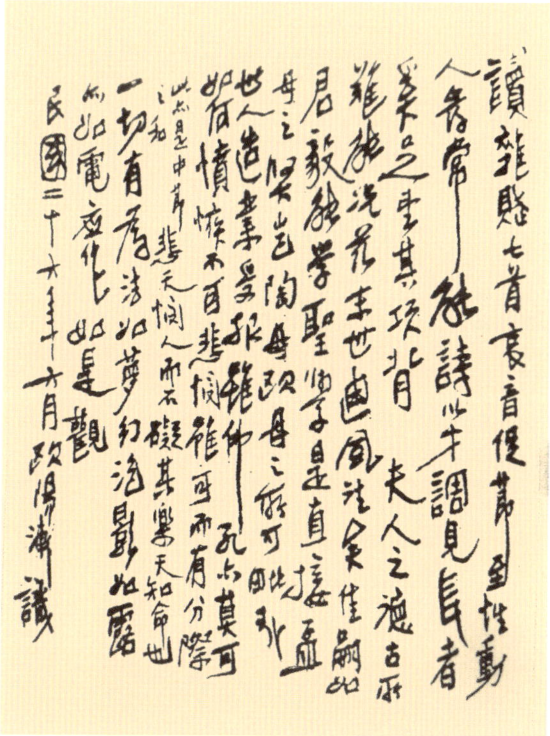

1937 年欧阳竟无（渐）为《思复堂遗诗》题词

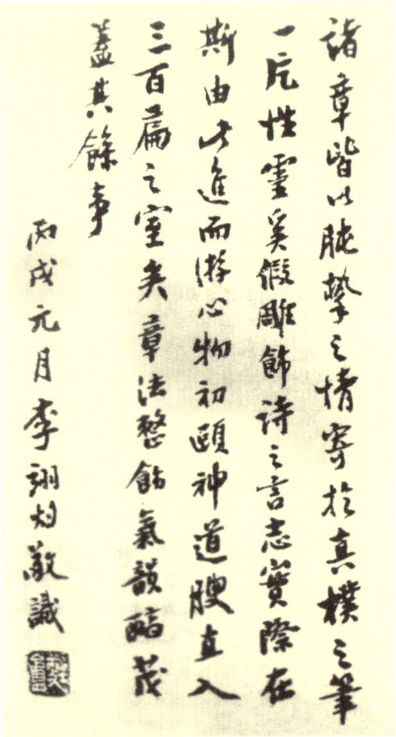
諸章皆以肫摯之情寄於真樸之筆一片性靈奚假雕飾詩之言志實際在斯由此進而游心物初頤神道腴直入三百篇之室矣章法整飭氣韻醇茂蓋其餘事

丙戌元月 李翊灼敬識

1946年李证刚（翊灼）为《思复堂遗诗》题词

# 目　录

# 序 一

**杜维明**

陈卓仙前辈的诗集《思复堂遗诗》是中国诗教传统的具体化。中国性情之教的大传统在养人、成人，刚刚结束的第二十四届“世界哲学大会”主题的“学以成人”即回应了这个传统。我们现在在一位女性身上，一位作为女儿、妻子、母亲、祖母、学生、教师、主妇的女性而同时又绝不失其独立的人格与澄明的存在的女性的笔下，鲜活而现量地看到了。这是中国传统儒学、尤其是心性工夫儒学的令人惊喜的个案，是成道的追求在日常生活中如实的落实，在人伦世界中如实的呈现。

《思复堂遗诗》继承了中国诗教最好的传统，雍雍穆穆、温柔敦厚，教之极则。诗人有陶渊明的旷达飘逸、风骨卓越，也有杜甫的关切物理，悲愤民生，难怪欧阳竟无在题词中称道诗人能在“悲天悯人”中同时不失“乐天知命”。欧阳竟无和熊十力两位先生论人都极严格，批评性很强，不轻易许人，但前者能以“奇女子”许之，后者更在老人的香港葬礼上以“好学好思宗往圣”之语吊念之。二人皆认为她的美德足以上齐邹母，比较陶母、欧母，甚至还要难得。

唐先生拥有如此至德至性的母亲，彼此相遇于家庭，是唐君毅先生的福气，也是唐太夫人的福气。陈卓仙前辈在写给女儿的家书当中，她最关心的问题是如何“成德”、是“遁世无闷，道无加损”(《1949 年秋冬致六女宁孺》)；甚至在清贫寒素、“零米升升过一冬”(《除夕戏作》)的日常生活当中，这位母亲也能够“供奉才完儿睡稳，布衣浣濯灿明霞。闲来展读象山集，默默无言解得耶”(《卧病示诸儿》)，这正是儒门心性之学的身体力行，在最平实的日常，体悟最高超的道理，是道的落实，道的落地生根。而对太夫人而言，拥有唐先生这样的儿子正是她最大的骄傲，她对长子不仅充满爱意、更是充满敬意。除了“漠漠大地，孕育灵秀”的为母的喜悦之外，长子“浴德仁考，高蹈前修。薰然仁慈，物我无咎”的德行的修为力道更让她引为自豪(《为长子毅五旬生日作》《代至、恂、慈、甯诸儿祝长兄寿》)。

唐迪风公生前并不享大名，一度思想还颇为激进，但在 1920 年代反身归儒之后，卓尔自立，一时友朋中的英俊例如蒙文通、彭云生、吴芳吉等并皆视为“真儒”“蜀中儒学之正”(见本书《导读》)，欧阳竟无甚至称为“古之徒”，可见其见地非凡。他英年早逝，家庭素无蓄积。太夫人与长子唐先生罹此遽变，仍能协力扶持子女妹弟一一成立，皆有完善的教育与人格的养成，至为难得。积善之家必有余庆，迪风公生前播下善种善根，其后这些根种遂得发扬光大。唐氏家族的处夫妇之道乃是“道义相期”。这在唐迪风、陈卓仙夫妇，后来在唐君毅、谢廷光夫妇，表现得都相当突显。唐家如实做到了家庭即道场，夫妇即道友，这是儒家“成夫妇，厚人伦，敦教化”传统的如实体现。在新文化运动百年纪念之际，经由《思复堂遗诗》的作品与作者，我们感受到传统生活深湛的内涵与意义并不虚妄，值得我们认真反思与继续挖掘。

今年是唐君毅先生去世四十周年，也是“中国文化宣言”发表六十周年，《思复堂遗诗》能够出版笺注单行本可谓躬逢其盛，来得其时，有利于其思想精华与诗歌艺术的流布发扬。这是对唐先生、也是对“中国文化宣言”最好的纪念与继承。

# 序 二

郭齐勇

唐君毅先生是现代新儒学思潮第二代的著名代表人物，是仁者型的大哲学家，“文化意识宇宙中的巨人”。关于唐先生的学术思想，我写过几篇论文，在去年出版的拙著《现当代新儒学思潮研究》中又有专章讨论他的道德自我、生命存在、三向九境，以及其文化哲学的价值与意义。唐先生具有悲悯意识，是一位开放型的儒家巨擘，充分尊重世界各文化、宗教传统，会通中外，融贯古今，尤为重视中华人文精神的诠释与弘扬。唐先生有崇高的人格，博大的胸襟，常常讲“德量”与“心量”。

1988 年 12 月，业师萧萐父先生与我同去香港法住学会出席首届唐君毅思想国际会议，萧老师让我关注唐先生所受的家教，于是我开始阅读《思复堂遗诗》。

萧老师 1995 年 8 月在宜宾唐君毅思想国际研讨会上的报告中，深论君毅先生所说作为思想动力的“乡土人文风教”，备赞君毅先生所受家学、家风、家教的陶冶，指出：“迪风先生和夫人陈大任女史（著名女诗人，有《思复堂遗诗》传世），以及他们所交往的蜀中学者群，乃是君毅自幼得以涵泳其中的乡土人文风教，也是使君毅童心中人格与智慧得以完美发育的多系灵根。”君毅先生10岁在成都入小学，启蒙老师萧中仑先生即以《庄子》中《逍遥游》《养生主》等篇作为国文教材来教他。中仑先生就是萐父老师的父亲，他与迪风（又名铁风）先生为讲友，都是蜀中高杰之士。他们在同一个文化共同体中。

《思复堂遗诗》的作者陈卓仙是蜀中奇女子，她有名丈夫唐迪风，又有名儿子唐君毅。超越一般妻以夫贵、母以子贵的俗见，平情而论，陈卓仙确实是卓尔不群的才女，又特别勤奋，在相夫教子、繁重家务之余，写下了这么多感人至深的诗篇。在生活拮据，贫病交加，丈夫英年早逝的重重打击之下，她意志坚强，勇敢地撑起这个家，抚育五个孩子健康成长。贫困生活中相濡以沫的经历正是《遗诗》的背景，也是《遗诗》咏叹的内容。

诗人伉俪的夫妇之道令人赞佩。他们亦夫妇亦师友，“道义相期”，达到儒家夫妇伦理的最高境界。诗篇中展示的诗人夫妇的爱情，彼此的爱、敬、容让、理解、体贴及生死不渝的情感，真是令人叹为观止。诗人的悼亡诗文，患难夫妻的离别愁绪，真乃千古绝唱，可以与古代名篇媲美。

“雨露滋芳华，风雷历柔靡。”他们夫妇营造了温纯敦厚、勤劳孝友和严格要求、砥砺志节的家庭氛围，养育了君毅先生及其弟妹。迪风先生原来反传统，1920年发生思想转变。学界评论：“蜀中学问之正，未有过铁风者矣。”诗人说：迪风先生每言及孔孟学术垂绝，辄感慨歔欷，毅然以振起斯文自任，并以此教学子。他授课常常披肝裂肺，大声疾呼，痛哭流涕。其苦心孤诣，可见一斑，诗人常为夫君抹泪。迪风先生尝对妻子说："倘能唤醒一人，算一人。"

迪风与夫人曾经宽容理解青年君毅在西化狂潮影响下的反叛，没有把自己的看法强加给他。君毅先生经过自己的反省，自识自觉，回归了传统文化，特别是儒家。家教间接诱发了君毅中年"花果飘零，灵根自植"的文化悲愿。君毅先生一生喜欢志勤禅师的诗："三十年来寻剑客，几回落叶又抽枝。自从一见桃花后，直至如今更不疑。"

诗人伟大的母爱和诗教感染了子孙。他们一家父母子女之道堪称楷模！尤其是作为丈夫早逝家庭的女主人，她的意志、品行更加关系到子孙的成长。中国有母亲文化的传统，在一定的意义上，中国传统文化是靠一代代母亲的身教与言教传承下来的。欧阳竟无先生赞扬诗人："直接孟母之贤，岂陶母欧母之所能毗。"熊十力先生为诗人写的挽联，高度评价诗人的学行："仁寿过古稀，好学好思宗往圣；懿德齐邹母，教儿教女导来英。"好学好思、教儿教女，足以概括诗人的一生。

君毅先生是长子，是表率，诗人表彰他对弟妹的影响，这又蕴含着对兄弟之道的弘扬。我因研究熊十力，向君毅先生的胞妹至中女士请教，见过面，又有书信往还，深知她为人的谦和，待人的真诚。原来不知至中老师也是诗人，读本书所附至中女士的《白云轩诗抄》，才知道她的诗也写得如此之好，灵动、隽永，才情并茂。她的《哭兄长》催人泪下，云："启箧寻遗札，未读泪先垂。幽明永乖隔，痛绝吴水湄。畴昔哭吾母，今复哭吾兄。孰云仁者寿，天地终无情。"

感谢中国艺术研究院秦燕春女史为《思复堂遗诗》作了翔实周全的

笺注，使得我们可以顺畅地读懂陈卓仙的遗诗，理解其意蕴。笺注者花了不少心血与功夫，尤其以女研究者的细腻，梳理、诠释了女诗人的诗文，评品其得失。燕春女史对诗、诗学与诗教有独特见地，在本书里详论了思复堂的“陶之意境”、“杜之性情”，可谓鞭辟入里，深中肯綮。的确，思复堂有传统宇宙观的素养，又有浓厚的现实生活情怀，令人想起陶渊明的田园隐居和杜甫的三吏三别。我以为，思复堂有一定成就，应当在现代诗歌史、文学史上占有一席之地。

这是《思复堂遗诗》的第一个单行本，燕春女史不仅配了图文，作笺作注，附了资料，尤有导读在前，高屋建瓴，见解卓特，启发读者。

我作为传统儒学与现代新儒学的研究者，从本书看到的是儒家伦理、家教、母教、诗教在健全的现代人成长中的意义和价值，看到的是另一种生动活泼的，有生命成长和全人培养意义的新儒学史诗。

是为序。

戊戌年 2018 初秋于武昌

# 序三　贫乏时代的至情诗歌

张祥龙

友人转来陈卓仙前辈的《思复堂遗诗》，实际上是经秦春燕博士笺注的新本子，奉读再三而深有感触。海德格尔引述荷尔德林《面包与酒》中的诗句，向我们这样发问："在此贫乏的时代，诗人何为？"陈卓仙之为诗、为人、为家透露给我们，即便在现代性运动造就的这么一个极度贫乏的时代，诗人、这里特别指女诗人仍然可以有所作为，哪怕是以边缘的、居家的和悲怆的方式。

陈卓仙的作品是家化的诗词。虽然其中也颇不缺少唱颂自然和感受天道的佳句，但其诗思的蕴发结构是家庭化的。西方人往往视诗人为离弃家庭的孤独个体，歌唱爱情、自然和战争，而家庭则是爱情的坟墓、自然的消泯处和战争的逃避者，何诗意之有？中国古代诗歌没有《伊利亚特》《雅歌》《神曲》和《浮士德》，却有《离骚》《胡笳十八拍》《木兰辞》和

《九月九日忆山东兄弟》。从《诗经》开始，中国人就发现亲情和家可以是诗意的。从《关雎》到《桃夭》，从《凯风》到《采薇》，都在颂家思家。而陈诗的大结构，如五卷的划分，按照其长子唐君毅先生的编排，全是依家庭和亲人的生命时间和内在关联而定。

这还只是形式，其内容和传神处皆来自诗人与丈夫唐迪风和子女及孙辈的亲情时化。第一卷想家，"年年愁作客，夜夜梦归家"（《九秋》）；怀念殇折的女儿；乃至夫妻唱和，描述贫困中的和乐持家："自磨麦面和麸食，清煮鲜蔬入碗香。儿女苦饥甘饮粥，舟航望断梦还乡。松扉静掩天寥廓，时有书声出院墙。"（《幽居》）第二卷哀悼英年逝世的夫君，精诚戾天，诗情宛转，极为感人，"念君嗜苦笋，黾勉为君烹。清香忆食性，清苦想生平。君魂兮何所，其鉴余中诚。至诚兮格天，胡言之靡灵。""携稚来故乡，望门思凄洏。踟蹰不忍入，遥见容光辉。相趋迎以近，手抚摩娇儿。惊呼哭向父，如何久不归？骤忆往昔情，顿感中心悲。"（《五月十日周年致祭》）以下诸卷的意境，是家国世界一体，天道人事感通；究其根底，却总是亲其亲而仁民而爱物，道其道即子孙即黎民。抒抗战精忠，"一腔热血浇云液，万里秋风正夕阳"，却紧接以"稚子不知家国恨，东篱笑插满头黄"（《步心孚四兄秋江晚眺原韵》），实因这精忠里原就有"稚子"之"不知"。至于"一息尚存通宇宙，百年有役警愚痴。闲谈亲戚之情话，稚子嗤婆不识时"（《卧病示诸儿》）亦是如此：老年阿婆（诗人）的思绪"通宇宙"，在孩子面前却是"不识时"的。幼子唐君实（慈幼）因"历史问题"被"劳动教养"，诗人母亲写下《示慈儿》："鱼跃渊中，鸢戾天空。泰山之石，南山之松。居则谨慎，行则从容。名汝慈幼，偃草德风。以此示汝，君实斯从。"因为有母爱，儒家义理就依然活在政治夹缝之中。诗人于1964年、几乎就是风暴前夕辞世，亲人们的悲痛发于至诚（见相关笺注），而有心人则必会称其远逝“得其时哉！”

作为诗人的陈卓仙，不是一个体化之人，而是女儿、妻子、学生、母亲、家妇、教师、祖母和道友，但她又绝不缺少独对存在的心灵感受：“月明千里澹秋心，闲对阑干学苦吟。病到久时思药误，道临高处觉魔深。散材毕竟全天性，瓦缶由来混好音。一任浮云幻今古，太空群籁自沉沉。”（《述怀》）其中颇有庄子“齐物”之“游”意，还依稀可闻佛家禅韵之遗音。欧阳竟无说她“至性过人”（《导读》），可理解为她的性情与家人的情性充分打通，延及乡人、国人，因而随机发动，真率无伪。她与唐迪风成婚，并非“自由恋爱”，而是由父母——世上最爱你知你之人——安排，但却是充溢着纯真爱情、亦师亦友、终生携手、感发子孙的美满结合，可见古式婚姻完全可能实现“先结婚，后恋爱”〔一〕。在陈卓仙这里，夫妇亲爱与亲子之爱交融，更是在构造一种长久的“诗意栖居”（荷尔德林语），不然何有如此之多、之美的家中亲爱诗句从诗人笔下流出？女诗人孝顺父姑，悌友姐妹（《忆亡姊》），慈爱子孙，爱国悯民；为寻求至道，她徜徉于佛、道，但到底还是最为认同儒家（《遣悲怀》《杂感二首》）。在悼念夫君的苦痛之际，她想到的是孔子“泣麟悲凤”，憧憬的是圣道重光之日，夫君英灵归来，“全家欢重聚，情钟良足恃。”（《遣悲怀》）我读至此处，如阅《春秋公羊传》至“西狩获麟”，亦悲亦乐，万感交集！诗集取名“思复堂”，良有以也。“复，其见天地之心乎。”儒之根本就在复，子孙是父母祖先之复，致良知是本性之复，而民族复兴离了此天地心之复，又何复之有？一句话，复之时义、诗义大矣哉！

陈卓仙之诗，如《笺注》所及，有“陶之意境，杜之性情”，而其要害，就在全无杜撰，只抒真情之显露几微，所以“如奇花初胎，如源泉活活”（《赠程行敬》），带着原初现象的明见性，情境时机的露水风光。如怀念夭折的女儿，写小姑娘生前之天真：“哥姊住学堂，回家日甚少。每计星期日，独往门前眺。双双挟策归，远迎相亲笑。欣然奔告母，哥姊回来了。”她忽然患病，“未期汝姊回，儿病已颠倒。……儿见姊姊来，回头只微瞟。”（《哭三女德儿》）如此可爱惹怜的孩子，骤然离去，让人感到的不止是美好生命的脆弱，还有至爱亲情的幻中逼真。又写四岁女儿季恂的活泼敏感：“跳跃至窗前，欢言捉月亮。掬之不盈手，才知在天上。”（《恂儿游戏纪实》）可见母亲与孩子之间或广而言之亲子之间，原本的生命关联就是诗性的，只要如实写下，或让它缘笔自出，就是美丽的诗歌。“嬉游少侣伴，尝弄水为乐。泡皱指头皮，惊呼手在哭。”（同上）

诗人自述日常生活：“供奉才完儿睡稳，布衣浣濯灿明霞。闲来展读象山集，默默无言解得耶。”（《卧病示诸儿》）我初到美国留学时，曾由同学带入教堂，受赠一本小书，乃一虔诚农妇自写她在乡间的四季生活，宁静纯朴，却诗意和神意盎然，至今难忘。由此得知，没有机心和暴力的自然生活本身，就是美和真的。没有什么会比它更高级。作为家庭主妇化的诗人，她照顾关爱子女，洗衣做饭维持一家生活，本身就是宁静致远的、诗意的和哲理悠然的，所以她在家务之余，“默默无言”地展读心学大师陆象山的集子，“宇宙便是吾心，吾心即是宇宙”，一点也不突兀，就是她生命本身的内在关联，一气呵成。

“小溪狂吼学新潮，雨助泉声暮复朝。为叹烟云太多事，天风吹日霁寒霄。”（《寄季弟綦江》）此诗中的“新潮”，是暗指新文化运动的新潮吗？有可能。但无论如何，诗人至二十年代初，已经自觉地认同儒家，是肯定的。有人可能会置疑：她认同儒家并非出于自己的独立选择，而只是受丈夫的影响，如何谈得上“自觉”呢？这话或许有一小部分是对的，即她是与丈夫一起，在举世非儒的新潮中，真诚无悔地选择了儒家。（见《导读》中所引唐君毅的《〈孟子大义〉重刊记及先父行述》等材料）但另一部分是错的，因为诗人不只是被动地受丈夫影响，而是在与丈夫、婆婆和子女们虽然时时贫困但美好欢乐的共同家庭生活中，一致认同儒家“亲亲而仁而爱”的真理，共同抵制那诬陷中国家庭为“万恶之源”的新潮（傅斯年：《万恶之源》，载《新潮》第一期）。这种认同是如此地深透入髓，以至于诗人在政治上超出了左右。她保护受到左潮迫害的孩子，但却因认同故国文化而主动放弃在殖民地香港居住的机会（参《笺注》对诗人客居香港几首诗的注解），最终在大陆去世，无怨无悔。说到底，诗人确有她自己的家国天下的终极追求，走在时代之前。“夜静万缘空，如游缥缈中。飞鸿翔海外，留迹遍江东。七十心犹壮，孤行道未穷。旧年今夜尽，明日又春风。”（《乙未除夕》）

至此，面对荷尔德林“……诗人何为？”的问题，我们就有了更深的感受。真正的诗人，相对于时代的贫乏，她是孤独的，但处于天地之间的家屋与家园里，她又是可为的。海德格尔认为“诗”与“思”是内在沟通的，而陈卓仙之诗，因为有人间家庭的血脉流淌其中，它们悲喜交集、或显或隐地构造着的思，是“道”，虽似“孤行”，却定将为世上的君子仁者所乐道。就是因为相信有这道，我们才会在《思复堂遗诗》的吟诵声中向天发问：何时二十世纪的旧年真的夜尽，而“仁者人也”的诗性春风真的要再度来临？

【注】

〔一〕古式婚姻在成婚时，当事人并非完全不知对方，而只是不以自身个体来知她/他。通过父母、媒人的眼和识，她/他们已经曲折地知晓了对方。大多数父母是为子女一生乃至家庭的未来筹划，与子女之间也有哪怕是轻微的互动，所以“父母之命，媒妁之言”中确有时间化之智构。现代婚姻模式中，双方直接认知和体察对方，各自选择，以现前的一时感受来决定终身大事，似合理而实草率。因此现代婚姻的失败率远高于传统婚姻，对老人和子女的伤害率也更高得多。“先结婚，后恋爱”之语，源自电影《李双双》。

# 序 四

**杨儒宾**

《思复堂遗诗笺注》在五四运动百周年前夕出版，意味着另一种民国新妇女形象的出现。这位民国新妇女的诗歌与精神无疑地都是传统的，她的诗回荡《诗》《骚》传递下来两千多年的精神，但她的诗延续中有新的表现，温柔敦厚中有对潮流的抗拒。她的新乃相对于流俗歌咏的五四新文化之外另类的新，代表另一种价值的选项。《思复堂遗诗》毕竟是民国诗，这位久被忽略的诗人不折不扣仍是民国的女诗人，她的诗是民国新儒家在诗教上的体现。

《思复堂遗诗》作者陈太夫人卓仙生前不以诗名家，也不加入诗社，没有参加诗的社会运动。但《思复堂遗诗》诗风爽利，洞鉴性情，她的诗不管放在民国时期的南社或日据时期台湾的南社的诗作中看待，都会有一席之地。有诗人之实而无诗人之名，乃因太夫人的诗为性情之作，自写忧乐,她的诗是她的生活史。她感物吟志,所感之物与所吟之志即是她的生活世界。诗人的生活世界中有家庭伦理,有田园情怀,有时代印记,也有通天地有形之外、入风云变态之中的诗思,她的诗作题材广袤,不拘于柴米油盐。但她预设的读者通常只是师友家人,这是时代给予她的框架,却也是她主要的伦理关怀的核心,余事作诗人。就此而言,她更像是传统意义下的诗人。

民国新文化的光谱中,妇女解放被视为重要的一环;而妇女解放的复杂工程中,家庭关系的重新调整甚或整体打破更是重要的环节。新文学名著,如巴金的《家》、曹禺的《雷雨》,描述的情节可以说即是洞穿封建伦理假象的家庭革命;易卜生的戏剧《玩偶之家》中译本出版后,经由胡适等人的宣扬,"娜拉出走"一语甚至成了社会性的事件。民国时期家庭革命的趋势会进一步演化成进步的革命家庭的形象,就像五四新文学运动会由文学革命走到革命文学的道路上一样,其结果虽然出人意表,却都是其来有自。

凡存在即合理,一个具有深层结构的社会的现象即是社会事实,社会事实不因一两个人的意志而改变。如果传统社会没有深层的病因,即不会有近代中国百年来深层的痛。如果传统社会在家庭关系上,尤其是男女关系上没有盘根错节的纠结,即不会有全盘性的反传统思维的兴起。但同样是活生生的社会事实也是极清楚的,那就是传统社会的家庭与女性,尤其是母性也可以具有非常正面的形象,她们慈善,坚忍,宽容,对贫困乡人有极大的爱心。身为新文化运动领袖的胡适,影响他一生最重要的人之一即是他的寡母;身为中国现代化转型主要推手之一的蒋介石,影响他一生最重要的人物之一,也是他的寡母。但在强大的新文化运动论述的挤压下，这些扎根于传统的妇人德性被遮蔽了，沦为强光照耀下黝暗的背景。即使有胡适、蒋介石这些一代风流人物给他们的母亲背书，但这些慈母的意义对整个时代来说似乎只是私人性的，无关于时代巨轮轰隆而来的历史伟业。

《思复堂遗诗》笺注本的出版让我们有机会重新省思传统家庭的价值，对传统社会也可以有较周全的认识。陈太夫人是乡里士人之女，她依媒妁之言嫁与唐迪风先生之时，识字不多，年轻因而个性也未必成熟。但她实在幸运，婆婆疼惜这位略具憨态的媳妇，百般呵护。曾激烈反传统的唐迪风先生此时已摆脱愤怒青年的困局，走回人生正确位置，他问道欧阳竟无先生，想从一己的生活世界中重新建立彝伦攸叙的儒家生活世界，他的工夫即从妻子作起。陈太夫人追忆当时的岁月时，有言"忆我年十八来归，彼时与君浑然孩童也。君长我一岁，颇能好学。我乃不知所从，居则惟女红是务，出则联袂以嘻以游。先姑爱子媳若命，略不责所以。人有讥笑言于先姑者，先姑弗顾焉。我恃而无惮，益恣其憨状逾年"(《祭迪风文》)，文中描述的正是此时的生涯。唐迪风先生感染时疾，遽尔逝世后，全家守灵。守灵期间，陈太夫人率子女于先生灵柩前，每日诵读《论语》篇章，以慰远心。幽明不昧，初心耿耿。陈太夫人的行止令人联想到日本九州鸿儒楠本正继逝世后，门生于告别时，群诵《中庸》首章之事。

《思复堂遗诗》多的是日用伦常的题材，极富人味。陈太夫人之于唐迪风先生，已不止于夫妇一伦，平生风义兼师友，她显然也视迪风先生为兄，为师。迪风先生教育英才无数，但很可能他最优秀、德行也最令人动容的学生即是他的妻子诗人陈卓仙女史。《诗经·大雅·思齐》云"刑于寡妻,至于兄弟,以御于家邦”,孟子曾引此诗以礼赞圣贤的家庭在行道事业中的意义,其引诗可谓如理现量。但子曰诗云的圣言量在历史时光的冲刷下,在塾师俗儒的心言不一的口诵中,很容易僵化,失去动人的力量。如今透过了《思复堂遗诗》,我们活生生地看到一位寻常的妇女如何从一位血性至情的丈夫身上,得到经典扶持人格成长的力量。即使被五四运动大将傅斯年先生视为“索之茫茫,探之查查”的性理奥义,到了陈太夫人身边,都很自然地成为她粗茶淡饭生涯中养德修行的益友。她有诗道:“供奉才完儿睡稳,布衣浣濯灿明霞。闲来展读象山集,默默无言解得耶”。一位家庭主妇洗衣煮饭后,安静地阅读《陆象山集》,这是人间极美的画境,也是陈太夫人对丈夫真挚的爱。尔后我们还会看到她在丈夫走后,将这份爱化作栽培儿女的动力,而且是相将以道,很稳当地将儿女带上正确的人生道路。后来成为海外新儒家代表人物的唐君毅先生即从他父母身上,看到夫妇之伦的典范。他那本名为翻译,实为自著的《爱情之福音》之所以写作,书中理念之所以形成,很可能是以他的父母作为人间爱情的原型。

在千年的新儒学传统中,并不乏女性体道者的记载。二程子的母亲相夫教子,即是位令两兄弟哲人终身感念的贤母。当时以不同方式共同推动儒家复兴运动的欧阳修、苏轼、苏辙兄弟,他们的母亲的行谊甚至可列入当代的教科书中,垂为典范。犹有甚者,在杨慈湖的文集中,还记载了他的家族中,不少有证悟经验的女性。在新儒家文献中,更多正面的妇德的记载,并不难找。即使久受诟病的“饿死事小,失节事大”之语,我们有很强的理据足以支持程朱此说具有很严肃的男女平等之义。但以诗与儒门性情之教的关系之密切,我们在千年诗歌传统中,却很少看到突出的儒家女性诗人。在作为儒教诗歌选集的《濂洛风雅》(金履祥编)与张伯行续编的《濂洛风雅》中,我们甚至找不到女性诗人的诗作。虽然女性声音的孱弱甚至缺席乃是近代之前所有文明共同的现象,但以孔门之注重兴观群怨的诗教与人格修养的关系,负载明显的儒家价值体系的女性诗人却不多,未免令人感到丧气。《思复堂遗诗》放在千年理学史的脉络下定位,具有重树儒门诗教赤帜的意义。窃以为陈太夫人虽未蓄意以诗鸣,也不以诗名家,但放在民国脉络来看,《思复堂遗诗》的诗作在诗教的意义上,当可与马浮先生的诗作相辉映,双照民国诗坛。

犹忆 1976 年初,唐君毅先生在以王船山之志讲学香江、抱朱舜水之恸传道海外四分之一世纪后,初次返台任教,在台湾大学讲学。隔年,牟宗三先生跟进,他于离台多年后重返台岛授课。两人先后讲学十余年,掀起海外新儒家旋风。对于当年负笈台大求学的我辈,有机会上课闻道,下课问学,亲闻唐、牟两先生謦咳,可谓人生最大的福报。弹指流光四十余年,唐先生之学已由海外回返神州故里,飘零的花果终得灵根再植,且有绿树成荫之势,唐学研究隐然已成为显学。但在唐学研究的领域当中,影响唐先生一生至大的母教与他的思想的关系,探究者稀少,未免美中不足。

秦燕春研究员娴熟民国文化,浸润诗教甚深,她于民国众多灿烂文星中,独能体得《思复堂遗诗》的意义。乃发心彰扬其诗,并为之校稿,加注,编年,阐释,还撰写了一篇极称职的导论,工作量不小。《思复堂遗诗》笺注本的出版不但可增补民国诗史的新页,为坚毅卓忍的古典妇人诗风一壮颜色。唐先生一生怀念母教,尔后学者要了解唐君毅先生之学,恐怕不能不先进入此笺注本所展开的女诗人的生命世界。今年

(2018)为诸多重要事件周星交会之年,戊戌变法两甲子,《为中国文化敬告世界人士宣言》发表一甲子,唐先生逝世四十周年。百年波澜,文运再起。《思复堂遗诗》此时能在众多师友发心助缘下,群策群力,以更完美的形式独立出版,岂偶然哉!

# 导读

# 濂洛风雅的闺门异响：“思复堂”其人其诗

## 一、陈卓仙其人

传统中国的某些旧俗实有极强的生命力，例如女子之称名于时、往往被认为基于三种福德：其为名父之女、名夫之妇、名子之母。《思复堂遗诗》的作者陈卓仙(1887—1964，名大任)以她的时代和她的境遇，在去世半个多世纪之后得以进入当今的文化关注视野，的确便是属于第三种情状，她之为世所知所传，首先基于她是“海外新儒家”代表唐君毅(1909—1978)〔一〕先生的母亲。

但《思复堂遗诗》的复活于当今又将证明，这位作者之为世所知所传，绝不仅仅因为她是名子之母、母以子贵。

1887年(清光绪十三年丁亥)农历二月十二日陈卓仙生于四川省宜宾县窦坝村。因其生期俗传谓之百花生日，其父乃以“卓仙”字之。〔二〕这位信奉儒学传统的父亲陈勉之显然尚未超逾当时颇显僵化的传统窠臼，对女儿的期望仍只是“贤妻良母”，故“又以文王之母大任之名”赐之。〔三〕也因此，尽管陈卓仙出生书香之家，在儿时与姊妹却从未得到认同“女子无才便是德”的父亲的授课识字。据其幼子唐君实（1921—2009）回忆：母亲与七娘识字读书艰辛不少，没有老师，只得趁胞弟（九舅）午后放学之际于门前相候求教，为补助记忆，乃作画于字侧，想尽一切办法找书读，写作上可谓无师自通。直到陈卓仙与唐迪风（1886—1931）结婚后，方得就学于其父执教的成都淑行女校（成都第一女子师范前身）。

无论如何，这实在不是一个养成古典“才女”的理想环境。

近世佛学巨擘欧阳渐（竟无，1871—1943）日后为唐迪风撰写的《墓志铭》中，直接以“蜀中奇女子”属陈，在对《思复堂遗诗》的题词（见书前插页）中，〔四〕“能诗”之外，对其德行评价更高：所谓“能诗以才调见长者奚足望其项背，夫人之德古所难及”，因为教子有方，“佳嗣如君毅能学圣学”，其风仪可以“直接孟母之贤，岂陶母欧母之所能毗”，认为陈诗“悲天悯人而不碍其乐天知命”。

这位“蜀中奇女子”的至性古德何以养成？陈卓仙天资卓越、自学成才的能力很强毋宁是事实。但不必惧怕“女权主义”立场抨击，实事求是讲来，成就陈卓仙其人其德最重要的因素，就是她有幸嫁给了“夫妇如师友”、对她护爱有加、一生期之以道的丈夫。

唐迪风名烺，生于光绪十二年（1886）五月十七日。初字铁风，后改字迪风，别字渊嘿。迪风是遗腹子，无兄弟姐妹，幼年曾过继三伯母，受其抚养。母亲卢氏苦节一生。迪风对此终生感念，事母至孝。唐迪风 1904 年应童子试，为乡举末科秀才。后曾就学于成都叙属联中及法政专门学校。

1905 年唐、陈联姻。陈卓仙与唐迪风虽然同样属于包办婚姻（陈父很是欣赏少年颇知好学的青年秀才，故以女妻之），但她的运气实在好，这位丈夫思想开明，热爱学问，二人婚后情投意合，育有二子四女。甚至唐家寡居的母亲都对子媳近乎超逾礼制的亲密关系宽爱处之。这在唐迪风因染时疫突然去世，陈卓仙悲痛欲绝的悼文当中，有着详致描绘：

> 忆我年十八来归，彼时与君浑然孩童也。君长我一岁，颇能好学。我乃不知所从，居则惟女红是务，出则联袂以嘻以游。先姑爱子媳若命，略不责所以。人有讥笑言于先姑者，先姑弗顾焉。我恃而无惮，益恣其憨状逾年。（《祭迪风文》）

在二十世纪初的清末蜀中，年轻夫妇可以经常一起外出游玩，同放纸鸢，也可以“涪江同赋芦花诗”，陈卓仙直接将他们的婚姻关系界定为“与君虽夫妇，而实师友也。一旦不见，如婴儿之失母，又如左右手之失援”，深情依恋，直以“心心相印”称之（《祭迪风文》《偕迪风小步中庭》）。这样天真烂漫形同“自由恋爱”的“包办婚姻”居然出现于传统中国号称保守的巴蜀之乡，可见中国传统当真不是铁板一块。包括这里自己苦节多年却能宽待呵护子媳的“先姑”。

唐迪风曾是辛亥革命后四川最早的报纸《国民公报》主笔，其时发为文章能够立论刚直，颇为任勇。后则辗转于当地几所中学以及成都大学、四川大学、华西大学等处任教。又与友人彭云生（举，1887—1966）、蒙文通（1894—1968）、吴碧柳（芳吉，1896—1932）等一起创办了敬业学院，唐被推为院长，教授国文、宋明理学及诸子课程。唐迪风生前并没有显赫的仕途，或文坛的高地，相反，在彼时蜀地，他的行事发言似乎还颇受非议，有狂者侧目之谓，例如“元年革命成，蜀之士不图建树，而竞禄。铁风愤而有句：武士头颅文士笔，竟纷纷化作侯门狗，谁共我，醉醇酒”，甚至被混称為“唐风子”。〔五〕

但在真正了解他的人，却道是“蜀中学问之正，未有过铁风者矣”，“直截透辟近象山，艰苦实践近二曲”，“信道笃而自知明”，〔六〕“性情真挚坦易，语皆如肺肝中流出”〔七〕：

> 其言多直致，不作步骤，不尚分析。其言多浑而警，足以使颓者起立也。……迪风论学，重心得。当群学竞炫之时，若无一长可见；而时出一言，根极理要，足使博辩者废然。〔八〕

唐迪风尝在1925年北京女师大风潮之后致函章士钊（1881—1973）主持的《甲寅》杂志，以为其“培养民德，挽救时风，厘正文体”诸愿皆甚可观，然：

> 窃以挽今日之颓风，宜化之以渐，不宜施之以骤。法家严肃整齐之力，不如儒者至诚恻怛之为之收效弘而远也。

虽然“当今之世，国事仓皇，无所托足。得一真正之法家，固远胜小儒万万辈”，唐迪风此时选择的依然是“卒于孔佛二老，得闻胜义。自矢求向上一着，以终吾年”，认为《甲寅》于“古今来掀天揭地之事功，无不由从善服义，植其基本。故民气来路，不必向外驰求。第疏浚其泉源，自可取之不尽”之要义未免“含意未申”。〔九〕此言无疑甚堪玩味。

近世蜀学巨擘蒙文通先生，也在《儒学五论·论墨学源流与儒墨汇合》中再三致意："故友唐迪风氏……以墨书证墨派，唐氏之说，最为得之"，"余即申唐氏之说，论墨学之流，以辨俞孙之未谛"，"惜良友云殁，安得以此论起而质之"，"是所以尽唐氏之义，愿质于世之为墨学者"。〔一〇〕

有此诸端，则友人身后"夫天未欲治，太息失真儒"的挽诗，就非是应酬语。〔一一〕欧阳竟无能用极为重肃的笔致为他撰写《墓志铭》，自然有深层原因。他在唐迪风去世之后，还清晰记得唐氏初来内学院就学的场景：

> 民国十四年，支那内学院建法相大学，先三日，宜宾唐烺字铁风者至。坐定，呈志情急，口吃，至于流涕。予已为之动。释奠之日，遍拜大众，忏诉生平，则涕泗交并，一时大众悚然。〔一二〕

唐君毅在《〈孟子大义〉重刊记及先父行述》中曾说"吾父于儒者之学，亦盖初不相契……及华西大学时，尝出题，命学生历举孔子之失云云。民国九年，……而其学遽变"，〔一三〕这应该就是唐氏如上"遍拜大众，忏诉生平"的主要原因了。要知道，昔年《厚黑学》(李宗吾)首出，唐迪风可是第一个为之作序的人。据说早年受革命风潮影响，他也参与到"反传统"和"闹革命"的行列中。十几岁时竟把庙里泥菩萨推倒；同时自剪发辫自改服饰，大有"复明"之志。〔一四〕

有此剧烈的学术转身，方才有了陈卓仙记忆中这样的丈夫：

> 吾君每言及孔孟学术垂绝，辄感慨欷歔。毅然以振起斯文自任，并以此教学子，授课时常常披肝裂肺，大声疾呼，痛哭流涕。其

> 苦心孤诣，吾常为君抆泪。因以“徒劳精力，于人无补”之言劝君。君曰：倘能唤醒一人，算一人。智者不失人，亦不失言。吾非智者，唯恐失人。吾不得已也。(《祭迪风文》)

唐迪风选择在民九(1920)“其学遽变”，“颂孔孟朱陆于举世不喜之时”，[一五]与日后唐君毅坚持在铁幕边缘保中国文化一线微命，一生坚持“花果飘零，灵根自植”的文化悲愿，有着类似鲜明的历史抉择意味。他们在精神气质上真正可谓父子相承。

唐迪风民胞物与、悲心忘我、断绝私利的救世之心并不止于教书育人，更见于日常细事，所谓“膏火无资，而歌声若出金石。古人所难，不图于今见之。诚之所至，何事不成”(欧阳竟无题识)：

> 生平无一隙废颂，有资辄购籍，或卧病，则出其旧碑、名画、文石、古泉，把玩摩挲不已。教学二十年，语未尝不动人。教学月所得，十余金耳。有乞资返里者，悉与之不吝，而亦不问其名。盖强制之力有如此。[一六]

因此极强的至实而至虚、充量共感的主体能力，唐迪风秉承一份无我去执之心，同样非常爱惜自己性情洒脱、诗才高超的妻子，径以“逸妻”称之，亲自督导其读书向学，[一七]甚至会帮妻子抄诗(见书前插页)。据说民国八年(1919)陈卓仙在蜀中率先截发(剪去发髻)，竟而惹得“非议蜂起，官禁示”，身为丈夫唐迪风选择挺身而出，坚决支持妻子的前卫行为，“文喻众，呈惩官，不稍退”。[一八]这些文字记载均出自欧阳竟无手笔。唐氏一家

在南京求学时夫唱妇随、子弟和美的昂扬气象,同样令他印象深刻:

> 学幻三年,躬杵臼,妻炊爨,童子绕塌读三数人,歌声若出金石。[一九]

而据唐君毅回忆,当时他们居家在南京的生活,论及物质,条件十分窘迫:“民国十六年春,吾赴南京归省。见吾父母及弟妹,赁陋巷中之一室而居。其地去支那内学院数里远,而吾父徒步往来,风雨不辍。”[二〇]唯此精神宛在,我们才能读懂陈卓仙在《忆丹凤街旧寓》中别致的幽默从容、超逸达观:

> 半方天井逼邻墙,反映全凭粉垩光。
> 习篆灵蜗夜书壁,窥人饥鼠昼寻粮。
> 苔痕枢纽闲门绿,瓦缝飞尘日色黄。
> 最好围炉风雪里,小窗相对读蒙庄。

“有钱买书,无钱买米”,墙潮屋仄,苔绿瓦黄,穷得老鼠都在光天化日之下跑出来找粮食的环境里,心心相印的夫妻二人,照样能于小窗之下“静简庄周说剑篇”,其乐陶陶,穷而不坠读书之乐,以读书抗拒贫穷,这种境界与兴趣,不是寻常夫妻能做到的。陈卓仙甚至在门板上自书“采菊东篱下,悠然见南山”。为欧阳竟无见之,赞为“有兰亭映带之美峻,寒食结体之沉郁”,意其笔致兼得王(羲之)、苏(东坡)之流风余韵。[二一]类似的还有《幽居》中对清贫日常中“回也不改其乐”的描摹:

乱世幽居远市场，生意日拙日匆忙。
自磨麦面和麸食，清煮鲜蔬入碗香。
儿女苦饥甘饮粥，舟航望断梦远乡。
松扉静掩天寥廓，时有书声出院墙。

饶是物质条件如此贫乏，唐迪风对妻子家人的护爱深情却丝毫不减。这些，在他病逝之后，陈卓仙更是洒泪回顾，思之伤痛：

民十五年，偕君客金陵。我卧病，吾君时陪坐床头，持书谈咏。凡君一言一笑，藉减轻病中苦痛不少。其他延医调药炊爨，以及小孩琐屑等事，吾君莫不躬自为之，寒夜深宵犹劳劳未寝。日初曙即起，然灯载读载炊，饭毕携策，徒步二三里雪地，就竟师讲学。迨归来，衣履间坚冰白雪，耀然夺目。君弗之顾，惟余病殷殷是问。（《祭迪风文》）

甚至唐迪风的突然去世，在陈卓仙看来，也都是因为他太过关爱家人尤其妻子的身心健康，至于忽视了自己的个人安危，让为妻者事后反思，内疚不已：

本图相与偕，计议各参差。
虑我疾病多，虑我风波危。
优裕欲我共，劳苦不我施。
我愁君不乐，君忧我不知。（《壬申夏四月二十七日回忆一首》，1932 年）

若非妻子的深情手笔，我们很难了解和相信，在被新文化运动之后的流行话语常描述为男权、夫权忒重的中国，也还有如此细致辛劳的持家丈夫，和谐美善的居家生活，放下自己的相偶人伦。这样养成人性的伦理关系固然确实需要一些条件（按照唐君毅日后建构“爱情之福音”的说法，需要恰当的“对手方”，所谓“善缘天就”。倘或冤家路窄，也是难免艰难），但却并非天外飞仙、孤零个案，在诗礼乐教得以可能的风土当中，这样的伦理传统一直可能，也一直存续。情性之教的起源与性质早在战国时期就是诸子重要的思想课题与共同论述，其中儒家的关切尤显得醒目。儒家人性论之所以发达，基于其最重视道德自觉与道德教化的立场。道情两端被视为亘古大义，“情”被视为“道”展开的可能。情的展开同时就是道的展开，道至情达则是。情性养成不仅曾经是中国哲学的核心观念、中国思想的重要畛域，更曾经是传统教育的核心地带、礼乐抚育的关键旨趣。如果我们更多细致地回溯历史，便会发现，往往是唐迪风这类在情性修养上持论极严的儒者，日常世界的“处情”反而出现了至为温情的一幕。明末修身自持至为艰苦的大儒刘宗周（1578—1645），婚后同样亲与妻子“执炊爨”、侍奉其母，甚至在妻子“涤溺器”时为之秉烛引路。〔二二〕如果说这类操劳可能与刘氏一生相对家境贫寒略有关系，那么富裕优渥如祁彪佳（1602—1645），出身世家，少年科第，风仪俊美，却也是年方而立就自居“非渔色者”，这与其说因为他拥有一份在任何时代都堪称美满的婚姻（夫人商景兰能诗，性贤淑，“有令仪”，婚后育有子女数名，乡里至有“金童玉女”之目），毋宁说，追求“性情之正”才是这位名垂青史的曲论家、园林家、诗人烈士心向往之的人格标准：“君子爱人以德，细人以姑息，故朋友骨肉，以道义相成为贵”是同样可以见诸夫妇的。〔二三〕唐家父子两代(迪风,君毅)于此的具体作为,同样都堪垂范后世。

唐迪风对妻子不仅有日常的体贴,情绪的关切,最为难得的便是,秉承诗礼乐教、涵养情性的大传统,他们追求的夫妻之境,同样是“道义相期人”,在陈卓仙诗作《秋夜两首》,《和吴伯慧见寄原韵》中,均有此成句。唐迪风去世之后,妻子在《五月十日周年致祭三首》之一中感念丈夫,依然出之以“道义”:

> 结褵廿七载,道义相与之。
> 虽曰为夫妇,实乃吾良师。
> 而今谁相勉,有过谁箴规。
> 眷念勖吾殷,无以报心期。
> 眷念遇我厚,百赎莫能追。

而在祭文当中,陈卓仙将这种夫妻之间“道义相期”的关系描绘得更为具体:

> 忆君语我有云:学非求功利也,尽其在己而已。我习焉不察,凡所为,莫不与君背驰。及其弊端百出,君凡引为己咎,自责其过,而我仍长恶不悛。君又以《涵泳篇》等置我侧,更亲磨墨裁纸,令我钞书,意我游心于此以纾积弊。

《涵泳篇》为清人陈广敷(1805—1858)编撰,光绪九年(1883)成都伍肇龄有刻本,同时还有《性修论》《凝神篇》《王阳明集节录》等刻板。陈卓仙诗集之名“思复堂”便是唐迪风为妻子所取。吾以观复，以争剥复，复性见道，在在体现都是基于情性养成与德行历练的殷殷厚望。

有此楷模，我们几乎已经可以看到日后唐君毅处理情感与婚姻问题的“以性贞情，因德成爱”的真正典范：“我认为我们爱一个人，不只是那人值得我爱我便爱，而且我们要帮助他或她完成他的人格才是最深的爱。”〔二四〕难怪唐君毅有如此信心和愿力为儒门开宗以成“爱情之福音”。他的父亲母亲的家庭生活本身，已经是最好的样板。

> 据我所知的一切已成夫妇关系，唯一能实现此理想而表现我上述的爱情关系的，只有我的父亲与母亲的爱情关系。他们的关系真是足贵，他们彼此之爱、敬、容让、了解、体贴及生死不渝的永久关系，真是可贵。〔二五〕
>
> 你只要读我母亲悼我父亲的诗，你便知道他们的爱情真是最高的爱情。我前一晌读之，我忘他们是我之父母，我只把他们之关系视作客观的爱情关系看，我也觉非常感动。除他们以外我真是未见过，这也不是我一人之私言，差不多凡知者无不如此说。〔二六〕

将近二十年后，1958 年 5 月 20 日，因彼时香港《人生》杂志社社长王贯之曾携来一封隐名信中对唐君毅多所诋毁。唐师母谢廷光深感诬枉，不忍不言，遂作《读隐名信有感》：“回忆十六年来，与外子早夕相共，未尝一日不以道义相勉。其使余大为感佩者，为其温纯敦厚，勤劳孝友之天性，及一种由内在的道德自觉而表现的至诚恻怛之性情，常若赤子一般。”〔二七〕读者未免惊叹，“道义相期”作为夫妇伦理的最高境界，在唐氏父子两代人中完美地传承并践行了。这“温纯敦厚，勤劳孝友”、富有“内在的道德自觉、至诚恻怛之性情”的长子的养成，正是唐迪风、陈卓仙家风家教的真实体现。以此，唐君毅才会在《中国文化之精神价值》中对家庭生活留下一往情深的赞美：

> 中国人有堂屋，而行婚丧之礼，不须赴教堂与殡仪馆。生于家，婚于家，乃终身不离家庭之温暖。家庭真可以为人生安息之所。……夫妇之道通于天地之道、政治社会、教育文化之道。……晨昏礼敬于神位之前，则堂屋之中，皆人类政治、社会、教育、文化之精神所流行，为人之责任之感、向上之心所藏修息游之地。〔二八〕

也正因此，在妻子陈卓仙眼里，丈夫唐迪风的意外早逝就不再是一家一室的个人悲剧，而同时是社会与文化的巨大损失：

> 天地生万物，各遂其常理。
> 雨露滋芳华，风雷厉柔靡。
> 仁人赞化育，立德修文纪。
> 而曰仁者寿，胡不保之子。
> 岂伊凤不至，于何伤麟死。
> 世方逐横流，滔滔者皆是。（《遣悲怀》）

直到暮年，唐君毅还清晰记得自己青年时期对于中国传统之学颇有负面看法，此正犯了和父亲当年类似的激烈：

> 吾在大学读书，则习染世风，谬崇西哲之学。每以中土先哲之言，析义未密，辨理未明，而视若迂阔，无益于今之世。故每当归省，与吾父论学，恒持义相反，辞气之间，更无人子状。而吾父则皆加以宽假，唯尝叹曰："汝今不契吾言，俟吾殁后，汝当知之尔。"〔二九〕

这一幕，宛然就是梁漱溟与其父梁济之间曾经经历的冲突，而梁先生也是在父亲基于道义的投水自沉之后，〔三〇〕方才转身入世，重披儒服，振济时代。

或者因此贤者几乎都要经历的类似的性情锻造与精神转型（所以唐迪风待子弟才能"放任以教"，所谓"冤枉路亦不能不自己经过"〔三一〕），欧阳竟无对唐氏父子都极为欣赏。1940 年前后在江津他曾深望唐君毅也能入读支那内学院、不必再在大学教书，将以其与首座弟子吕澄（秋逸）同等待遇，并以孔门曾点、曾参期待唐氏父子。唐君毅却答以"还要学更多的学问"，拒绝只从欧阳竟无"学佛"（据说，之后唐君毅还曾以同样的理由拒绝了熊十力的就学期待）。此举令欧阳竟无顿时忿怒，而又转为悲恻，以为"七十年来，黄泉道上，独来独往，无非想多几个同路人"。唐君毅闻言无语，只俯身下拜，欧阳竟无则拱手回礼（据说，之后唐君毅亦同样因为拒绝就学而如此下拜熊十力）。那日临别，月光匝地，背影孤往，彼此心知已难再见。更别致的还有江别送行者一问："今天是欧阳先生全幅真性情呈露，你将如何交代？"后日之事姑且置之，那晚唐君毅的"交代"是"远眺江水，无语泣下"。〔三二〕

虽然不能唯从一学，唐君毅却一生都保持了对欧阳竟无、熊十力、梁漱溟、吴碧柳等一代人极高的评价与尊敬：

> 北大出者皆放肆而非阔大，南高东大〔三三〕出者大皆拘紧而不厚重。如梁漱溟、熊十力、欧阳竟无、吴碧柳诸先生等，皆自社会上出，乃可言风度、气象、性情。今之一般学术界人物之文，能谨严者已不多，能有神采、性情、愿力者尤少。〔三四〕

此处所及数人，以欧阳竟无为例，其所治佛学，教内有极大争议自是事实，但岂不闻唐迪风语，“(欧阳先生)精光耿耿，如皓日当空，一见辄令人不忘”，“即使其所说教无一句是，其人要不可及”。据唐迪风自陈，当日从学，其即见即请“弟子不愿学佛，愿学儒”，而欧阳竟无“不诃”之。〔三五〕想必这便是让唐君毅念念不忘的“神采、性情、愿力”了。实则上述江津破颜之后仅仅一年，唐君毅到重庆参加四妹恂季的婚礼，即乘便再次拜访了欧阳先生，欧阳先生执唐先生手于案上，写东坡词“婚嫁事希年冉冉”数字相赠。唐先生由是深切体悟到，真正拥有宗教精神的人，其胸怀实有不可测量的宽平深挚。每念至此，即恻然欲哭，并谓，如果自己的身体可以一分为二，愿分自己之身做欧阳先生的弟子。〔三六〕其对熊十力先生，当情同此心。欧阳竟无与熊十力、梁漱溟等诸先生一样，毕竟其为人皆以全部生命唯道是求，所不同者只在“道”的具体规定。此种全幅投入表现在唐迪风，则是：“……信儒学亦深，遇后生小子，辄亦口讲指画，劝尊孔氏，其情之切，直欲负之而趋。”〔三七〕

而更令世人、时人难以想见的更在，《思复堂遗诗》的作者陈卓仙，婚后除有两年时间任职简阳女子师范教师、重庆省立第二女子师范图书馆管理员和女生训育员，及短期负责敬业学院女生训导之外，余皆尽瘁于操劳家务，教子成人，却以一乡曲女性、家庭主妇、人妻人母的身份，竟而也走上了“以全幅生命唯道是求”的精神超越之路。其体道的历程与抵达的境界的具体呈露，就是这本体量不算沉重、质量却未必轻薄的《思复堂遗诗》。

陈卓仙依其诗作必将证明，她之于中国诗学、乃至中国文化的疆域均有其独立存在的价值和意义，她并不仅仅是令子之母，她的独立澄明的主体建构与自成一格的思想价值，负载于其诗作，遗世而独立，佳人在空谷。

## 二、“思复堂”其诗

唐君毅 1973 年为《思复堂遗诗》所作编后记中，有谓：

> 吾母常称温柔敦厚为诗教，于古人之诗，喜道及陶之意境与杜之性情，未尝以摹拟雕饰为诗也。吾稍知学问，初皆由吾父母之教。顾吾为学，偏向知解。及今年已垂老，方渐知诗礼乐之教，为教之至极；亦不敢于慈亲之作，妄作评论。唯当今之世，人伦道丧，本温柔敦厚之旨以为诗者，盖不多见。则吾母之遗诗，亦当为关心世教之大雅君子所不废。〔三八〕

这段话义核心所在，即是养成人伦的诗礼乐教方是教之终始。此处反思“知解”之学，与唐君毅跟胡兰成（1906—1981）存世第一封通信（1953 年 8 月 30 日）中的自我检讨属同一范畴：

弟自知理障太重，常苦不能解脱，唯初意亦非如此。弟在中学读书时，即有许多感触，与人说总说不通，故渐习了思辨，后又以大半时间读西哲书，后乃返而求诸六经。积习难除，故所造不能一切洒落自在。弟在此对自己之解释，是如《红楼梦》所谓人在重返太虚幻境之先，不能不先在红尘走一遭。哲学乃弟之红尘也。而对中国当前之时代说，则中国昔贤礼乐之教，太柔和，圣贤言语，智慧太高，如不济以刚性之理论思辨，辅以知识，则不能护法。昔贤谓儒门淡泊，收拾不住豪杰。今日之情势正相同。〔三九〕

这也是唐君毅何以对人品有亏的胡兰成那些灵机一动的“天外游龙”在长达四分之一世纪中总是有所不忍和耐受的根本原因。〔四〇〕既然深知“知解”之可能构成“理障”，唐君毅自身对一种更为圆融透彻的“终教”“圆教”是一直深信不疑且心向往之的。1964 年 4 月 17 日母亲去世不久，致二妹至中、五弟慈幼函中，唐君毅同样道及“母亲之诗至性感人，加以印出，应可对他人有益”，〔四一〕他坚信母亲的遗诗足以成就世教，端正人心，甚至可能担当起某种教义的职责。在《中国文化之精神价值》中，他直接用“相偶”“共感”的主体关系界定了“温柔敦厚”之“诗教”精神：

温柔敦厚，非强为抑制其情，使归中和也，乃其用情之际，即知对方亦为一自动之用情者。充我情之量，而设身处地于对方，遂以彼我之情交渗，而使自己之情因以敦厚温柔，婉曲蕴藉。温柔敦厚，情之充实之至。此充实之情所自生，正由情之交渗，而情中有情。情若无虚处，何能与他人之情交渗。温柔敦厚为情之至实，亦即含

> 情之至虚于其中。吾人能由温柔敦厚之情为至实而至虚，以读中国一切表夫妇、父子、兄弟、君臣之人间伦理关系之诗文，则可以思过半矣。[四二]

与他以“虚实相涵融摄”界定中国文化的基本精神，正是一以贯之。而上述唐君毅那些针对母诗皆非出自人子“妄评”的评价，其实都有所本。

陈卓仙之诗如何出以“陶之意境与杜之性情”，集中可资证明者所在多有。

先说“陶之意境”。除却明确的“拟陶”之作(《拟陶渊明癸卯始春怀古田舍》，这也是集中惟一一首明确的拟人作品)，集中其他“拟古”之作也几乎都有色彩浓郁的魏晋气息、乃至建安风味。落实到字里行间，渊明味道的清透超逸，按照唐君毅的判断则应该说是“哲学思想丰富，兼宗儒、道二家”，[四三]可说是思复堂诗许多作品的基本性格。作为事必躬亲的抚育子女的母亲，她用诗记录下幼小孩童的天真、好奇、活泼(例如《恂儿游戏纪实》)；她也用诗表达乐观高龄的母亲对文化悲愿总是沉痛的长子的鼓励与关爱，叮嘱其“放怀家国事，开展皱眉头”(《临江仙丁酉仲冬偶书寄毅儿》)，甚至诙谐告以“勉哉吾儿，厥德允攸。儿虽五十，面容尚幼。再遇五十，母为儿寿”(《为长子毅五旬生日作》)。尤其四言诗率性通脱而不失典雅工稳，平淡素朴而膏腴自见，实是最得渊明神韵的“未尝以摹拟雕饰为诗”了，且诗思多尚新奇。她是自有“天外任昂头，青山四望幽。十年尘世气，卷入大江流”(《天外》)的超拔，亦有“连宵雨助豆苗肥。一任枝头红影瘦，匝地香飞”(《卖花声和迪风韵》)的结实。而在儿女因为人际细故伤神时，为人母者更能现量直接以充满性理智慧的豁达以勉：

摆脱尔痴迷，展舒尔怀抱。
鹏飞万里天，绿满窗前草。
开卷友古人，挥翰奋文藻。
温泉漱寒齿，峨眉夺天造。
俯仰廓悠悠，风光足笑傲。
涵虚契冥会，称心固为好。（《示恂儿》）

这种达观大方，足以振衣千尺岗、濯足万里流的精神视域，毋宁才是最得“陶之意境”的，更合唐君毅针对中国文学之“随处可使人藏焉、修焉、息焉、游焉，而精神得一安顿归宿之所”〔四四〕的价值规定。

关于“杜之性情”，尤见于集中七律与古风诸作。上文已征引的《除夕戏作》《幽居》等，安贫乐道皆有杜诗况味。长歌行体如《季弟视学平武，归为我言所见，因记之》《征兵，重庆南开中学学生作文纪实》等，关心民间疾苦之痛心疾首，更有杜之“三吏”“三别”风度。作者虽然早年即辞去教职全身心相夫教子，但其夫君面对“妇才”可以“助气使壮”，〔四五〕闺房之中有如此道义知音，不亚一堂师友热血冷风，她是被鼓励着可以关心世事、悲悯人天，不必淹没在柴米油盐的琐屑之中的。《思复堂遗诗》多有超越家居生活而关注广大世界者，这种卓越情怀与民生关怀，正是“杜之性情”的精髓所在。

例如卷一第六首《五月十七日夜川黔军阀交战成都》，记录了对乱世流离的深沉慨叹：

一宵风雨两池连，红日初升霁色鲜。
草与人争堤上路，烟和云战水中天。
楼台几处余焦土，庭树千家泣杜鹃。
最是累累东郭墓，孤魂呜咽伴流泉。

抗战时期一些诗篇中，则充满家国之恨，例如《步心孚四兄秋江晚眺原韵》：

笔墨荒疏鬓发苍，苦吟江畔意茫茫。
破天浩劫糜中土，接地层阴澹夕阳。
汉族子孙半臣妾，百年世事叩羲黄。
劝君狂饮尊前酒，醉里云山即故乡。

时事何须叩彼苍，长空过雁影微茫。
衣冠文物思千古，敌国飞鸢噪夕阳。
渡口无人舟自渡，黄花得雨色逾黄。
精诚端信磨难灭，且听渔歌出水乡。

山含落日水苍苍，极目江天益渺茫。
白露凄其催短景，中秋才过又重阳。
翻疑是梦纾怀抱，讵为思儿变瘦黄。
但愿锤平三岛后，一家团聚乐仙乡。

短仗扶携适莽苍，江流浩浩野茫茫。
一腔热血浇云液，万里秋风正夕阳。
稚子不知家国恨，东篱笑插满头黄。
连宵梦做江南客，犹认他乡是故乡。

从用典到结构，都深得杜甫《秋兴》组诗风神。

不过，笺注者认为，《思复堂遗诗》最为鲜明的艺术性格，也是其在近代文学史、文化史上值得特别表彰的过人之处，还不止于此。

陈卓仙为人为诗之"至性过人"，本是欧阳竟无为其诗集所作题序中的评价。所指主要是卷二悼亡诗的表现风格。就诗歌境界论，《思复堂遗诗》中的精华之作，确实也是首推卷二悼亡诸作。笺注者认为，这卷诗包括整本《思复堂遗诗》，至难至贵之处在于：陈卓仙秉承儒佛会通的大传统、坚持唯道是求的真理念，成功地在其诗作中展现了一位近代女性真实的体道之路、践道之行。这既是北宋以降儒门复性传统的逼真求索，也是理学之后儒教濂洛风雅的闺门异响。陈卓仙写出了中国诗学史上罕见的出自女子手笔的真正的性理之诗，却又不落理窟，而是生机勃勃、圆活自在，即蕴离蕴，即情即理，即烦恼即菩提，即日常即大道。陈卓仙依其诗歌创作本身，成功践行和展示了她极为喜爱的孟子之学、象山之学在民间日常"道成肉身"的鲜活经历，也糅合了她对佛教思想、对修行工夫的相当深入的领悟与实践。

且以其卷二悼亡诗为例。因夫妇固有同体之爱，人之常情，丈夫遽然去世，妻子如何表达缅怀思念之情都甚常见。但放诸中国诗歌史，有几位妻子能在"炎飙胡太酷，吹折连理树。矧伊同心人，中道遽异处"

(《炎飙二首》)的伤痛之后,并不陷溺凡情、贪著私爱,而是擦拭泪痕,一转为期待盛世嘉缘、圣学大兴,有贤德气象的丈夫可以乘愿再来、全家因此得以重聚:

即命救人间,夫何充天使。
世诚不可为,宁灭先圣轨。
圣轨固昭彰,子去谁率履。
形骸虽幻化,精诚实相契。
待当休明世,吾子复兴起。
至人值嘉会,驾言心转喜。
全家欢重聚,情钟良足恃。(《遣悲怀》)

而这一情调,正是贯穿整卷悼亡诗、让欧阳竟无都为之动容的情感主干,所谓"哀彼之人兮,伤余之涕涟。感君子之诚兮,继道绪之绵绵。磨涅不缁磷兮,原无损于白坚。念国之无人兮,痛匏瓜之空悬。求仁而得仁兮,余又何怨乎天"(《杂感二首》)。不禁让人油然想起 1958 前后唐君毅在《人学讲会札记》中对文学"邪正"的精辟反思:"浮华,以情溺人,顺非而泽"的文学正犯外邪之病,正途应为"同情世界,对缺憾之同情、对好者之赞美,以陶养性情、收归性情。"〔四六〕这一母子不谋而合、十足"温柔敦厚"的大雅正声,构成了陈卓仙诗作的基本面目。诸多诗作直接放入宋明理学名儒集中,精神质地与胸襟洒落亦不见逊色。

唐迪风英年早逝之后,陈卓仙在动荡的年代能一人撑持家庭,儿女皆人格健全,立身无愧,其中尤以唐君毅最为出众。唐君实晚年撰文尝称古人以有贤父兄为可贵,唐家有之。对于母亲,唐家子女更是感恩戴德。唐君毅说他与妹弟诸人身处塞北天南,但骨肉之情一体无间,皆拜母亲遗教所赐。而在陈卓仙,她一定愿意承认,这更是拜她“犹如师友”、拒绝“乡愿”〔四七〕的早逝的夫君的遗教所赐。这在唐迪风逝后,她令子女于父亲灵前诵读儒门经典的举动中,彰显最为亲切:

> 念君最崇孔圣,雅好《论》《孟》诸书。特于君灵前早晚虔诵,并令儿辈轮流奉读。恨我平日未能如君之事我以事君。兹欲补前愆于万一,顾可得哉!当我读至君所爱之章句,忽觉君音容如出其上,如在其左右,辄伏案痛哭,不可卒读矣!(《祭迪风文》)

她在唐迪风逝后能够独持众雏,不能说不得力于她对丈夫“夙昔委穷达,遑计身枯荣。忧乐以天下,遑顾身后名”(《杂感二首》)的学志的体认。“今年更比去年穷,零米升升过一冬”(《除夕戏作》),夫妇二人忧道不忧贫的精神气质,极为匹配:“学与食,食犹可告绝,而学不可一日间断也。如不赖先贤之书,则日沦于禽兽,亦不自知”(《祭迪风文》)。这位“蜀中奇女子”之能安贫乐道、“乞食而偕君亦所甘而不辞”,诗文精光皎洁不见一尘埃语,也是实然的。

陈卓仙生性卓越,天赋异禀是无疑的。她对于“问道”“求道”“体道”的热诚虽受到丈夫与长子的熏育,同时也出自天性。〔四八〕例如她在诗作中常常流露对生命去来等终极问题的探索,甚富哲思理趣,像如下这首作于早年的《述怀》:

月明千里淡秋心,闲对阑干学苦吟。
病到久时思药误,道临高处觉魔深。
散材毕竟全天性,瓦缶由来混好音。
一任浮云幻今古,太空群籁自沉沉。

再如《程行敬青城山访程芝轩老居士此寄之三首》也是一组类似的精彩之作。举其一为例:

六籍韬光贤达隐,万方多难道途赊。
孔颜乐处堪寻味,佛道禅通未敢夸。
灵气所钟二程子,悲怀岂眷一中华。
天心未忍斯文丧,宇宙原来是一家。

诗人雍容大雅的气度非凡跃然纸上,在在是儒门关怀、三教旨归,直接圣贤统系。孔颜乐处与方外之学都让她颇有受用。而最有意思的是,1941年正处在热恋中的唐君毅,居然也一本正经写下这样的情诗:“嫦娥远见莫相妒,宇宙原来是一家”(《旧游杂忆新都》)。〔四九〕不知这情深款款母子两个如此异口同声,是英雄所见略同,还是互有所本。

《卧病示诸儿》中不仅表达了平静达观的看待生命,更有一番桶底脱离的自我省察:

芳草无言庭院静,老来心事只天知。
象忧象喜何关舜,人溺人饥讵犯伊。

一息尚存通宇宙，百年有役警愚痴。
闲谈亲戚之情话，稚子嗤婆不识时。

理无大小何由达，仁者须当斩乱麻。
后果前因同一辙，春花秋月在千家。
莫将好丑评昆仲，恐谓婆心有等差。
午梦觉来情默默，可堪打草更惊蛇。

她的日常生涯径直是“供奉才完儿睡稳，布衣浣濯灿明霞。闲来展读象山集，默默无言解得耶”。作为疑将不起、聊作“遗嘱”的组诗，这组诗体现诗人一生的精神结构与生命境界是相当系统、鲜明的。其中虽然多少也追忆了生平与日常(诸如“六十余年成一梦”、“记得当年嫁小姑”)故事，但诗人最大的和主要的兴趣，还在“体道”之所得。故诗中大量征引儒、庄、禅宗、理学典故，以明自家心地。此正诗人之迥超俗流、也迥异于一般“才女”者，她的性命旨归直接指向的是“向道而生”的圣贤气象、现量直呈。此时的陈卓仙虽行至人生暮年，但精神世界丝毫未见颓唐，而是以儒释同调人溺己溺的同体大悲、因果昭昭当断必断的无差别智，教导儿女、儿媳。

将这种乐观昂扬之态表现为最典型的，或者还是《思复堂遗诗》中最后一首《不可一日闷缩缩》。

是诗起因，在于“熊子真先生《示至儿书》以‘不可一日闷缩缩 ’为题，嘱为诗，因就书中‘宁可’二语续成”：

宁可一日不食肉，不可一日闷缩缩
闷缩缩兮倾佳酿，莫教环抱耻尘爵
朝来醉眼不逢人，但见海沤浮浮摇空碧。
万里乾坤如是观，茂叔窗前草自绿。

熊子真即熊十力先生。唐家兄妹和现代中国几位大儒皆有良好的师承关系，唐君毅之外，他的妹弟也与熊十力、梁漱溟等人往来密切（唐君毅存世信函中多有此类消息）。这位被欧阳竟无许为“奇女子”的母亲似乎亦非等闲之辈，她晚年不仅能对熊十力做出“如天地一孤啸”这样深刻的判断，[五〇]身后更得到熊先生“仁寿过古稀，好学好思宗往圣；懿德齐邹母，教儿教女导来英”的挽联凭吊。熊先生一代硕儒，为人性情毕露，生平不做应酬语，能如此嘉许，正见诗人“慕道”“好道”“向道”之风范多年以来已经广为人知。

更有甚者，诗人早年甚至还写过《丙子除夕静坐偶成五首》之类诗，仅举其二：

谁信吾心帅天地，巍巍舜禹何与焉。
一灯如豆浑无焰，照遍阎浮三大千。

烦恼无根讵可寻，只求不愧影和衾。
光风霁月来天地，鱼跃鸢飞寄此心。

诗中所描绘之心灯历历遍照三界，霁月光风如如本地，实在已经是逼真的工夫境界语了。丙子即 1935 年,是诗作于唐迪风去世四年之后,所谓"迪常与余谈论,多属性理。惜余未细心领悟。两年后,触处发现其意,警然契于心"(《昔同游》题注)。难怪她会对为人是人非磨折得心力交瘁的友人嘱以"平时摩得熟,临时用得着。首在明明德,新民居其末。思诚[五一]泣鬼神,行健撼山岳。如奇花初胎,如源泉活活"(《赠程行敬》),她甚至还写过一首题为《源泉》的诗以自喻。她甚至还如此写诗给自己身为哲学家的儿子:

思而不学,无源易涸。
心若违理,暴慢斯作。
把握天枢,物莫我夺。
何以淑身,是为礼乐。
所恶执一,是为害道。
其直如矢,其言若躁。
遍计固乖,守中微妙。
曷不尔思,天钧是窍。
学而不思,忽恍如遗。
万理森著,得之也稀。
棱棱秋霜,肃以杀气。
熙熙暖日,护以生机。
奇花放矣,孕育以时。
相彼君子兮,仁为里兮义为衣。(《示毅、至二儿》)

“可堪满目皆生意，病树前头万木舒”（《丙申夏秋至儿养病家中有作》），“迎刃花枝齐解脱，濯足江湖不染尘”（《有会而作》）。倘若她早逝的丈夫知晓她的“求其在己”的问学进境已经如此，也当含笑九泉了。

陈卓仙于 1964 年 2 月 26 日（农历正月十四）病逝于苏州寓所，葬苏州灵岩山五龙公墓，享年七十七岁。

## 三、笺注本的相关说明

陈卓仙在悼亡诗卷自序中称己“早年失学，未谙文艺”并非全为自谦语。兼之抚育子女，护养家庭，战乱频仍，几经流离，存世《思复堂遗诗》就严格的诗歌艺术言之，并非全为精品，质朴清新之外，亦难免有简易草率处。自 1973 年手抄影印本面世之后，1991 年台北学生书局版《唐君毅全集》与 2016 年北京九州出版社版《唐君毅全集》都曾将《思复堂遗诗》作为《亲人著述》的一部分收入。1973 年本没有句读与标点，1991 年版加入现代标点，但错误颇多，部分词牌标点也发生错误。又据 2016 年版主事者告知：此版这部分内容完全复制了 1991 年版。故《思复堂遗诗》尽管将近半个世纪以来三度面世，却始终没有经过进一步的整理。又鉴于陈卓仙本人之前于诗歌史、文化史均无大名，对于陌生于唐君毅之学的读者，单纯进入《思复堂遗诗》的精神世界并不容易。尤其在“今人开口说治国、平天下，曾不知有身心”〔五二〕的已然高度陌生于一种特为讲究身心修炼的文化传统之后的当下。

笺注者既然认同《思复堂遗诗》固为名母之作，同时又具备独立的精神与文化价值：其呈现纯正的理学风味而出自一恪尽母职之女子手笔，不能不说是中国近代诗学史上极为别致的景观。故在重新标点全书(因此类错误较多,除个别词牌错误在注释中明确说明以外,这部分改正笺注本一律不再做具体说明)、略整体例(原本诗与词二体混编,虽为出格,然因有时间先后安排之考虑,未便轻动,其中能够考出具体创作时间的作品,笺疏中均加说明;今笺注本基本沿用旧本之编排次序,仅将诗人传世的唯一长文《祭迪风文》调为附录,并将笺注者辑出的两简断函附后;因 1973 年本、1991 年本的整理者唐至中、霍韬晦先生均已谢世,而二本之间却存在不小差异,故笺注者只能在反复核对文本后尽量做出一更合情理的选择)的基础上,对作品所涉及之古典今典尽量做一说明,方便读者阅读。其中尤其注重将唐君毅的生命线索带入,以彰显此令母令子之间文化生命的息息相应,而以"系谱"名之(此命名乃接受刘梦溪先生的建议,谨致谢忱)。

笺注自起斯议至稿本杀青,十足的工作时间不足三月,期间还夹杂多务。错漏匆促实所难免。为了纪念唐君毅先生逝世四十周年并《中国文化宣言》面世六十周年,我们还是勉力将其赶在 2018 年底之前出版。

缘于陈太夫人与唐先生的德业慧果加持,笺注过程也是笺注者广结善缘的过程。唐君毅先生的亲属,远在美国的王康先生、近在北京的唐晓宁先生、苏州的唐晓帆先生,皆有问必答、热情慷慨、寄书赠书,提供了关于家族细务方面的切实帮助。《唐君毅全集》2016 年版的主持者、唐学专家何仁富教授,无私地将其彼时尚未出版的《唐君毅年谱长编》word 版直接惠赐,检索便捷,为争取时间提供了宝贵便利,笺注本揭载的图片资料、作为附录收入的唐君毅、唐至中二人的诗作文本也均来自何教授细致周到、慷慨仗义的无偿提供。唐君毅先生的受业弟子、更是笺注者恩师的台湾新竹清华大学哲学所讲座教授杨儒宾先生百忙之中阅读了笺注初稿、提出一针见血的修订意见。北京清华大学人文学院唐文明先生(哲学系)、李飞跃先生,笺注者在中国艺术研究院的同事周瑾先生,针对诗词格律、掌故征引等问题,均不辞辛苦,倾心相助。尤令笺注者愧不敢当的,方今华人哲学研究界德高望重的四位长者,杜维明先生、郭齐勇先生、张祥龙先生、杨儒宾先生,各自于繁重的学术工作中抽身披览了笺注者极为青涩匆促的工作,惠赐四篇高屋建瓴、情怀深永、诗思精湛、感人肺腑的序言。笺注者感恩无极之情无以言表。书中一管之得,均来自师友鼎力襄助;笺注诸种不足,均缘于本人学未精熟。表谢与致歉,一并于此。

燕春谨志

戊戌初秋

【注】

〔一〕作为现代中国杰出的思想家、哲学家、教育家,唐君毅被誉为"二十世纪中国最大的人文主义者""文化意识宇宙的巨人"。《简明不列颠百科全书》(原《大英百科全书》)专设了"唐君毅"词条,认为他"除了以七卷《中国哲学原论》对中国整个哲学传统予以系统的再解释之外,在两卷本《生命存在与心灵境界》中建立了一个新的哲学体系,将宇宙万事万物看作都是求超越的过程,生命存在不仅是为存在而存在,乃是为超越自己而存在;心灵的活动也是在这个基础上,从现实的生活逐渐向上求更高的价值,最后止于天德与人德一致的最高价值世界。他的世界观是继承和发展中国儒家传统的人文主义的世界观。他的这部著作发表后，西方有的学者认为可和柏拉图、康德的著作媲美，并誉为中国自朱熹、王阳明以来的杰出哲学家。”（《全书》第 7 卷第 677 页，中国大百科全书出版社，1985 年）。唐君毅十七岁就读北京大学，后转学到中央大学哲学系。毕业后曾长期任教于中央大学哲学系。1949 年与钱穆、张丕介等往香港创建新亚书院。新亚书院与联合书院、崇基书院合并成立香港中文大学后唐君毅任香港中文大学文学院院长、哲学系主任、新亚研究所所长。1978 年病逝于香港。2009 年唐君毅诞辰百年纪念，香港中文大学特在新亚书院旁边广场立其铜像。

〔二〕唐焜《大嫂陈大任及“思复堂稿”》，《唐君毅故园文化》创刊号，2002 年 9 月，第 9 页。

〔三〕唐君毅《母丧杂记》，《唐君毅全集》第 8 卷，第 13 页，北京：九州出版社，2016 年。

〔四〕《唐君毅全集》第 36 卷，第 108 页。又据唐君毅《母丧杂记》，欧阳竟无正是在被唐母之诗感动之后，“叹为稀有”，方起念为唐迪风作墓志铭，《唐君毅全集》第 8 卷，第 24 页。

〔五〕分见欧阳竟无《唐迪风墓志铭》、刘咸炘（鉴泉）《唐迪风别传》，《唐君毅全集》第 36 卷，第 7、11 页。铁风为迪风初用名。

〔六〕分见吴碧柳《与邓绍勤》、彭举《〈孟子大义〉跋》、魏时珍《民国三十三年重航行日记》，《唐君毅全集》第 36 卷，第 12、84、103 页。

〔七〕唐君毅《母丧杂记》，《唐君毅全集》第 8 卷，第 30 页。

〔八〕刘咸炘（鉴泉）《唐迪风别传》，《唐君毅全集》第 36 卷，第 9、10 页。据唐君毅回忆，梁漱溟自谓“去成都，唯欲至诸葛武侯祠堂，及鉴泉先生读书处”（《〈孟子大义〉重刊记及先父行述》，第 15 页），其风仪可想。

〔九〕分刊《甲寅》周刊民十四(1925)第一卷第十号,民十五(1926)第一卷第十九号、第一卷第三十三号,转引自《唐君毅全集》第36卷,第94、95、96页。

〔一〇〕氏著《〈墨子〉书备三墨之学》,转引自《唐君毅全集》第36卷,第94—96页。

〔一一〕彭云生(举)《辛未旅燕杂诗第六十八首》,《唐君毅全集》第36卷,第102页。

〔一二〕欧阳竟无《唐迪风墓志铭》,《唐君毅全集》第36卷,第7页。

〔一三〕唐君毅《〈孟子大义〉重刊记及先父行述》,《唐君毅全集》第36卷,第14页。

〔一四〕参阅汪丽华、何仁富《唐君毅年谱长编》,北京:中国社会科学出版社,2018年9月。本书引用时尚为未刊稿。

〔一五〕刘咸炘《唐迪风别传》,《唐君毅全集》第36卷,第9页。

〔一六〕欧阳竟无《唐迪风墓志铭》,《唐君毅全集》第36卷,第7—8页。

〔一七〕参见唐迪风《游流杯池及焙水翁楼》,陈卓仙《祭迪风文》有谓"君尝言我父为读书人,而我从未读书,恒以为深惜。每以至言激动我。我生性不知,与俗浮沉。君时隐其孤衷,殷殷开导我云'良书即无友之人之良友也'",《唐君毅全集》第36卷,第124、152页。

〔一八〕欧阳竟无《唐迪风墓志铭》,《唐君毅全集》第36卷,第7页。

〔一九〕欧阳竟无《唐迪风墓志铭》,《唐君毅全集》第36卷,第7页。

〔二〇〕唐君毅《〈孟子大义〉重刊记及先父行述》,《唐君毅全集》第36卷,第12页。

〔二一〕参见王康《后语》,《思复堂遗诗》重庆碧野学堂自印单行本,2016年。

〔二二〕《刘宗周年谱》,《刘宗周全集》第五册,第99页,杭州:浙江古籍出版社,2007年。

〔二三〕参见《祁彪佳日记》(上),"涉北程言",第17、16页,杭州:浙江古籍出版社,2016年;杜春生辑祁氏《遗事》,收入《祁彪佳集》,第241、252页,北京:

中华书局，1960年。

〔二四〕唐君毅《致廷光书》，1940年10月11日，《唐君毅全集》第30卷，第107页。

〔二五〕唐君毅《致廷光书》，1940年5月5日，《唐君毅全集》第30卷，第66页。

〔二六〕唐君毅《致廷光书》，1940年5月5日，《唐君毅全集》第30卷，第67页。

〔二七〕唐君毅《日记》上，《唐君毅全集》第32卷，第224页。

〔二八〕《唐君毅全集》第9卷，第204页。

〔二九〕唐君毅《〈孟子大义〉重刊记及先父行述》，《唐君毅全集》第36卷，第16页。

〔三〇〕关于巨川之死，笔者有《爱如生祥柔弱》（《书屋》，2011年12月）论其意义，兹不赘述。

〔三一〕唐君毅1959年11月8日致徐复观函，《书简》第132页，台北：学生书局，1991年。

〔三二〕参见王康大陆版《唐君毅全集》总序，载《中国文化》第44期，第302页；唐君毅1940年5月3日信中曾谈到此事，参见《致廷光书》，《唐君毅全集》第30卷，第56页。

〔三三〕笔者按，当指“东南之学，自有渊源”一系，即当时南京高等师范、东南大学一系，唐先生曾就读于此南北名校，故于其学风差异特为敏感。

〔三四〕唐君毅《日记》上，1951年5月21日，《唐君毅全集》第32卷，第59页。

〔三五〕分见唐迪风书札（载《甲寅》周刊第一卷第十号，1925年），刘咸炘《唐迪风别传》，《唐君毅全集》第36卷，第94、9页。

〔三六〕参见刘雨涛《怀念唐君毅先生——唐君毅先生二三事》，《唐君毅全集》第37卷，第164—165页。

〔三七〕魏时珍《民国卅三年重航日记》，《唐君毅全集》第36卷，第103页。

〔三八〕《思复堂遗诗》，唐君毅序，台湾：学生书局，1977年。亦见《唐君毅全集》第36卷《亲人著述》，《思复堂遗诗》编后记，第206页。

〔三九〕唐君毅《书简》,第 260 页。

〔四〇〕有关现代学术史中颇令人费解的这段唐、胡交往公案的意义,一直以来似乎主要都是“胡粉”为兰成招魂的津津乐道的资粮。本书付梓前夕,适逢唐君毅 1950 年 12 月 25 日为胡兰成《中国文明的前身与现身》(即《山河岁月》前本)撰写的序文在拍卖市场流出,令“胡粉”又小兴奋。唐学研究内部,却少有深度透视这一交往本质的专门研究。台湾黄锦树先生以马华作家之敏锐,其作《胡兰成与新儒家:债务关系、护法招魂与礼乐革命新旧案》(收入《文与魂与体:论现代中国性》,台北:麦田出版社,2006)见地透彻,可称诛心之笔。笔者亦著有《礼乐悲愿:再谈唐君毅的伦理关怀——兼及“胡兰成现象”》等文以申论之。兹不赘述。

〔四一〕唐君毅《书简》,第 10 页。

〔四二〕《唐君毅全集》,第 9 卷,第 233 页。

〔四三〕《中国文化之精神价值》,《唐君毅全集》第 9 卷,218 页。

〔四四〕《唐君毅全集》第 9 卷,第 214 页。

〔四五〕《杨度日记》,1898 年七月初二,北京:新华出版社,2001 年。

〔四六〕《唐君毅全集》第 8 卷,第 15 页。

〔四七〕关于“狂者”唐迪风对于“彼学养未至,即自中行入者,必为乡愿无疑”的警醒,刘咸炘、吴碧柳、唐君毅均有追忆,参见《唐君毅全集》第 36 卷,第 10、11、16 页。

〔四八〕据唐至中之女唐晓帆追忆,“我儿童和少年时代常听见母亲和阿婆讨论、争论什么问题。我虽不懂,但我明显感觉她们不同于其他婆婆妈妈。后来我才知道,她们在谈‘道’、寻‘道’、争‘道’,当然与俗人迥异”(《回忆母亲》,未刊稿)。

〔四九〕1942 年 1 月 3 日函,见《致廷光书》,《唐君毅全集》第 30 卷,第 191 页。

〔五〇〕见唐君毅1956年6月20日致牟宗三函中转引,《书简》第169页。

〔五一〕值得注意的是,"思诚"正是欧阳竟无给唐迪风的题字,参见《唐迪风墓志铭》后唐君毅附识,《唐君毅全集》第36卷,第8页。

〔五二〕刘咸炘《唐迪风别传》,《唐君毅全集》第36卷,第10页。

# 思复堂遗诗笺注

# 卷一

据唐君毅1973年台湾学生书局《思复堂遗诗》影印本编后记，此卷为唐迪风尚未逝世、诗人四十四岁前，与家人客居成都以及川北、江南各地，并一度还乡之作。诗多景物兴感、怀人悼亡之作。

## 野草

野草猗萎露未晞，阿谁江上捣寒衣。〔一〕中秋才过重阳近，芦苇初齐一鹭飞。望里波沄归棹迥，天涯兄弟尺书稀。〔二〕年来领得乡居趣，世事人情已愿违。

【注释】

〔一〕猗萎，犹“婀娜”。随风起伏貌。《文选·郭璞〈江赋〉》：“随风猗萎，与波潭淹。”晞，干燥，晒干。《诗·秦风·蒹葭》：“蒹葭凄凄，白露未晞。”寒衣，御寒冬衣。陶渊明《拟古》：“春蚕既无食，寒衣欲谁待？”

〔二〕望里，目力所见。(唐) 无名氏：“悔将泪眼向东开，特地愁从望里来。”沄，《说文解字》：“长江大波”。棹，船桨。迥，远。(唐) 王勃《滕王阁序》：“天高地迥，觉宇宙之无穷。”尺书，书信。(唐) 骆宾王《从军中行路难》诗：“雁门迢递尺书稀。”

【笺疏】

野草初黄而秋鸟乍飞，诗人感岁月日煎，伤兄弟别离，虽乡居得趣，叹人事已非。犹《古诗十九首》“白露沾野草，时节忽复易。秋蝉鸣树间，玄鸟逝安适”之遗意。诗或作于 1909 年中唐迪风携家迁往成都之后，故颇有离情别绪。

按，拈起句二字为题，始自《诗经》之编成。《古诗十九首》亦径以首句为题。孔颖达《毛诗正义》：“《关雎》者，诗篇之名，既以《关雎》为首，遂以《关雎》为一卷之目”。王国维《人间词话》：“诗之三百篇、十九首，词之五代、北宋，皆无题也，诗词之意不能以题尽之也。”

【系谱】

唐君毅 1909 年 1 月 17 日(农历戊申年，清光绪三十四年十二月二十六日)出生于四川省宜宾县柏溪老家水漕头老房子。唐氏尝自谓：“唯忆吾母尝对吾言，谓十九岁来归吾父，三载乃育吾。吾初生，头骨丑异，母畏人笑，时以手加以按摩，乃渐浑圆。”(《母丧杂记》)其生半岁，迪风公即携妻子乘木船往成都。某次停船，诗人曾失足掉入水中，时长子在怀，幸两人均得救，安然无恙。

抵成都后，唐氏合家入住锦江街(后名蜀华街)蹇家大院，迪风公始教中学，继执教于省立第一师范。诗人则入读其父陈勉之执教的淑行女校。女校行寄宿制，学生只允周末放假时回家。时子君毅嗷嗷待哺，只能由祖母卢氏和用人每日两次送至女校校门房就乳。唐氏尝自谓：

初，吾外祖陈勉之公，于清末任教成都女子师范，吾才半岁，吾母即与吾父同

去成都，往就学焉。其时女生，例须住校，非星期六不得返家。每日由家中老仆抱吾至校中门房，就乳两次。(《母丧杂记》)

## 牧竖

牧竖群嬉晚放牛，长歌短笛自悠悠。〔一〕溪泉碧助江流色，寥岸红添泽国秋。〔二〕落叶疏林穿曲径，夕阳古渡望行舟。橹声摇碎还乡思，羡杀飞云任去留。

【注释】

〔一〕牧竖，牧童。《楚辞·天问》："有扈牧竖，云何而逢？"

〔二〕寥，空旷稀疏。(晋) 谢灵运《游岭门山》："海岸常寥寥，空馆盈清思。"泽国，多水之地。(唐) 杜牧(一说许浑)《题白云楼》："江村夜涨浮天水，泽国秋生动地风。"

【笺疏】

(晋) 陶潜《归去来兮辞》有谓"云无心以出岫，鸟倦飞而知还"，又云"善万物之得时，感吾生之行休。已矣乎，寓形宇内复几时，曷不委心任去留"。诗人生平于诗服膺渊明，章法意兴，拟陶处颇多。此通篇描绘江流碧色，泽国秋光，叶落舟行，人歌人嘻。篇末则其点睛语：天地息我以大块，奈何形骸以物累。

【系谱】

唐君毅日后尝追忆：

吾年不及二岁，母即教吾识字，并教以火柴排其字形。母尝道吾二岁时事，谓一日天未明，而帐中失吾所在，即起乃见吾已坐椅上，以火柴排字于桌上，并自取

糕饼而食，燃灯视之，其上皆遍布黄蚂蚁云。吾父以忙所务，恒傍晚乃归，故吾幼年读书，皆母所教。（《母丧杂记》《人生随笔》）

此所以唐先生终生对诗人之“遗教”感念极深，所谓“吾稍知学问，初皆由吾父母之教”（1973 年编后记）。

## 九秋

九秋倏云尽，乡路一何赊。〔一〕皎月分江色，寒风战荻花。年年愁作客，夜夜梦归家。正是伤离别，江天雁影斜。

【注释】

〔一〕九秋，谓秋季。因秋季有九十天，故称。（晋）张协《七命》：“晞三春之溢露，溯九秋之鸣飙。”倏，情态副词，突然，迅速。《宋书·谢庄传》：“别卿已来，倏焉二载。”云，语气助词，无义。赊，多。

【笺疏】

野旷鸟声乐，溪清雁影斜，华年易逝而故乡梦杳，此时景语即是情语。羸躯丝鬓怯年华，（五代）顾夐《浣溪沙》所谓：“春色迷人恨正赊，可堪荡子不还家，细风轻露着梨花。”如如况味，语语实境。

【系谱】

此当为诗人 1909 年夏秋之后客居异乡思亲时作。1913 春诗人尝在简阳女子师范担任教务主任，同时教课三十小时以上，无暇照顾儿子。唐君毅遂随迪风公留成都，住锦江街。祖母卢氏不惯久居成都，常往来宜宾、成都之间，平时家中止迪风公与唐先生二人。唐先生下午每独坐堂庑，等父还家，其时敏感多思、好学上进之性已露。

诗人生平承其父教，禁逗哄孩儿以为乐，故唐先生“受母之熏陶，恒信人无谎言”。其幼妹追忆：

有戏谓饮墨可聪慧，兄遂研磨饮之。邻童有无故寻衅非礼者，兄不识侮慢污秽之辞，惟忿忿然以“骂你，骂你”责之。（唐宁孺《忆大哥》）

## 九月十四夜望月感怀

一

地吐初更月，光窥灌莽中。〔一〕棱棱霜衣屋，暧暧露浮空。〔二〕群籁仍秋夜，新愁类转蓬。〔三〕家人怀远思，当与此时同。

二

明月碧天空，苍茫万里同。倚阑何处笛，吹断别离衷。〔四〕露滴修篁韵，风来乱草丛。遥将今夜梦，直送锦城东。〔五〕

【注释】

〔一〕初更，晚一更时，七时至九时。旧时一夜分为五个更次。（唐）孙光宪《临江仙》：“暮雨凄凄深院闭，灯前凝坐初更。”灌莽，水草杂生之地。

〔二〕棱棱，器物的棱角，形容尖锐。（南朝宋）鲍照《芜城赋》：“棱棱霜气，蔌蔌风威。”衣，覆盖。暧暧，昏暗不明。（晋）陶渊明《归园田居》：“暧暧远人村，依依墟里烟。”

〔三〕籁，从孔穴中发出的声音，泛指一般声响。《庄子·齐物论》：“女闻人籁而未闻地籁，女闻地籁而未闻天籁夫！”仍，还，依然。转蓬，蓬草随风飞转，飘浮不定。（魏）曹植《杂诗》之二：“转蓬离本根，飘飖随长风。”

〔四〕阑,门前栅栏。衷,内心。修篁,细长的竹子。

〔五〕锦城,即锦官城,故址在今四川成都市南。因为掌织锦官署所在地,故称。后作成都别称。

【笺疏】

秋尽冬来,怀乡思远,诗人正客居异地,忧念悄然,明月出关山,苍茫云海间,一声长笛知何处,愁杀夜深人倚阑。诚如李白《蜀道难》所言:"锦城虽云乐,不如早还家。"观其诗,可想见其人风致高蹈。

【系谱】

唐君毅生来敏感,幼年每到黄昏或天色阴暗,就皱眉扁嘴,盈盈欲啼。稚儿心灵一直对宇宙怀有苍茫之感,抑或正承其母之天性也。

1913 年暑假唐先生尝随迪风公去简阳迎接在当地任教的母亲。一日,诗人忽见操场之上儿子被大群学生包围,考问运算加减乘除,子皆能应答如流,时方四岁有半。

实唐先生早年爱好极繁,能自绘西洋水彩画,又擅多种棋艺。

## 芦花

一

夹岸白漫漫,萋生九月寒。〔一〕夕阳枫叶渡,短笛蓼花滩。〔二〕深处藏鱼艇,飞时碍钓竿。长飙无所事,送汝入云端。〔三〕

二

气爽江天合,苍然一抹平。〔四〕碎琼微有影,回雪寂无声。〔五〕沙碛秋容淡，汀洲夜月明。〔六〕南来数行雁，趁此莫长征。

【注释】

〔一〕萋，草茂盛状。《诗·小雅·杕杜》："卉木萋止。"《汉书·婕妤传》："中庭萋兮绿草生。"

〔二〕蓼，草本植物，茎叶味辛，又名辛菜，花淡红或白色。《诗·小雅·蓼萧》："蓼彼萧斯，零露湑兮。"

〔三〕飙，《说文》："飙，扶摇风也。"亦作飚。云端，云里。

〔四〕苍然，苍青色。（明）顾炎武《复庵记》："开户而望，大河之东，雷首之山，苍然突兀。"

〔五〕琼，（清）戴震《毛郑诗考证》："琼非玉名，凡言玉色美曰琼。"碎琼，盖指冰雪之类。回雪，回荡的雪花。

〔六〕沙碛，沙漠，泛指植物稀少之地。汀洲，水中小块陆地。

【笺疏】

秋高气爽，江天一色，此临水咏物之作，颇可参照（唐）岑参《六月三十日水亭送华阴王少府还县》："荷叶藏鱼艇，藤花罥客簪。残云收夏暑，新雨带秋岚。"碎冰凝雪而见物之芳洁，回风无声以体情之高峻，此正诗人超逸性情之胸襟体现。结语劝北雁且莫南飞，趁良辰美景之足以流连，以见人世温洽。

【系谱】

1914年唐君毅六岁，即从父迪风公学习《老子》。七岁则嘱其读章太炎新编白话文《教育经》，因其内容有文字学与诸子学。十岁之前迪风公不教唐先生儒家典籍，只教《老子》、唐诗、司空图《诗品》，又让背诵《说文解字》，此令唐先生甚苦，多年之后在港，犹以为此书纯为字典性质，死记硬背、小儿不宜。

日后唐先生又忆：

忆吾年七八岁，吾父迪风公为讲一小说，谓地球一日将毁，日光渐淡，唯留一人与一犬相伴，即念之不忘；尝见天雨，地经日晒而裂，遂忧虑地球之将毁。（《生命存在与心灵境界》“后序”）

面对势必将毁之地球而求毕竟永恒之存在，此固然是唐君毅哲学之生命发端，求诸其母诗，又何尝无此关怀，宜乎其下将有“一任浮云幻今古，太空群籁自沉沉”之类哲思之叹。

## 忆亡姊

一

冉冉年华感逝波，长空万里墨云罗。〔一〕姊归泉下英灵在，我滞他乡涕泪多。日月盈亏时有序，死生离别末如何。〔二〕蛩鸣阶砌灯光澹，乍检遗编不忍哦。〔三〕

二

天道无知夭寿爻，追思遗事总难抛。〔四〕书凭强记深宵读，诗爱新词竟日钞。常以婉容安老父，恐因寝疾累同胞。〔五〕此情历历今如昨，肠断秋风蔓草茅。〔六〕

【注释】

〔一〕冉冉，渐渐，《楚辞·离骚》：“老冉冉其将至兮，恐修名之不立。”罗，罗列。

〔二〕末，表示否定。末如何，化用孔子“吾末如之何也已矣”句意，见《论语》之《子罕》《卫灵公》篇。

〔三〕蛩，蟋蟀。（唐）白居易《禁中闻蛩》：“西窗独暗坐，满耳新蛩声。”阶砌，台阶。(唐)罗隐《扇上画牡丹》:"为爱红芳满阶砌,教人扇上画将来。"遗编,遗著。哦,吟哦。

〔四〕夭,早亡。寿,长命。爻,《易》卦的基本符号,此喻为征兆。

〔五〕婉容,柔顺的仪容。典出《礼记·祭义》:"孝子之有深爱者,必有和气;有和气者,必有愉色;有愉色者,必有婉容。"寝疾,卧病。

〔六〕蔓草,蔓生之草。《诗·郑风·野有蔓草》:"野有蔓草,零露漙兮。"

【笺疏】

诗人之姊早逝,此他乡悼亡之作。露草已冷,寒蛩无依,耿耿夜旦,星残月稀。天道无亲而人能有情。此时诗人当尚年少,于生离死别之际未见如将来之达观静定者。追念姊妹当日同窗共读、雅爱吟咏,并见逝者敬孝高堂、体贴手足,痛如之何。

【系谱】

因陈父勉之对女儿未来期望仍是"贤妻良母",故诗人尽管生于书香之家,儿时与姊妹却均未得到父亲授课识字。据其幼子唐君实(1921—2009)回忆:诗人姊妹识字皆为私下自学,作诗可谓无师自通。倒是婚后,因唐迪风爱护妻子、期其能学,反以"汝父为读书人,而汝从未读书,恒以为深惜"(《祭迪风文》),鼓励妻子努力向学。

唐迪风英年早逝,唐君毅扶持母亲,一起抚养诸弟妹至于成立。当其幼妹宁孺(少君毅 17 岁)1950 年 5 月 21 日在香港结婚,唐君毅尤"谆谆以父母相待如师友与母亲结婚生子后仍孜孜为学,以为楷模相勉"(唐至中《我的哥哥》)。

## 五月十七夜,川、黔军交哄成都

一宵风雨两池连,红日初升霁色鲜。〔一〕草与人争堤上路,烟和云战水中天。楼台几处余焦土,庭树千家泣杜鹃。〔二〕最是累累东郭

墓，孤魂呜咽伴流泉。〔三〕

【注释】

〔一〕黔，贵州别称。霁，雨后转晴。

〔二〕杜鹃，鸟名。又名杜宇、子规。相传为古蜀王杜宇精魂所化，春末夏初常昼夜啼鸣，鸣声凄厉。

〔三〕郭，外城。以哀魂寓杜鹃乃古诗之常典。

【笺疏】

民国初立，川系军阀混战不已。仅发生于民国前十年的，就至少有1913年讨袁（世凯）之役、1916年护国战争之役、1918年靖国战争之役、1920年倒熊（克武，1885—1970）之役、1920年靖川之役等。诗当作于此间。

风雨过后，日色晴和，鲜草蔓生而争夺人道，烟云旖旎于水中观天。然自然风物娟娟，不敌人间残酷，楼台亭榭毁于战火，万户千家哀悼亡魂，此正诗人眼中民初战火流离之四川。

另，五月十七日（夏历）为诗人夫君唐迪风（1886—1931）生日，此日特有之作，当非无意为之。

【系谱】

1916年唐迪风公正在《国民公报》担任编辑工作，负责撰写重要评论，阖家住成都报社。唐迪风曾倡导全家改服新衣，“如和尚衣，而袖略小。后乃知是吾父欲复明代衣冠，乃举家为倡”（唐君毅《〈孟子大义〉重刊记及先父行述》）。

## 尚有

尚有榴花映碧扉，中庭妆点锦屏帷。〔一〕南风不解人憔悴，红已无多绿正肥。

【注释】

〔一〕扉,门户。锦屏,锦绣的屏风。帷,围在四周的帐幕,无顶。(唐)和凝《喜迁莺》:“晓月坠,宿云披,银烛锦屏帷。”

【笺疏】

以起首两字为题,参见《野草》诗解。(宋)李清照《如梦令》:“昨夜雨疏风骤,浓睡不消残酒,试问卷帘人,却道海棠依旧。知否,知否,应是绿肥红瘦。”正此篇典之所出,俱表怀人之思。然结合上诗同观,读者正不妨解此“憔悴”非儿女之燕婉,而见苍生之流离。

## 偕迪风小步中庭

一

燕脂花发满篱红,时有幽香趁好风。〔一〕远磬一声初落叶,弈棋人在竹堂中。〔二〕

二

中宵新霁月来迟,城里秋光总不知。记得去年当此际,涪江同赋荻花诗。〔三〕

三

一天浓雾已难开,又值西风送雨来。小立闲庭秋色浅,有何情

绪酌新醅。[四]

【注释】

〔一〕燕脂，胭脂。

〔二〕磬，古代乐器，用石或玉制成。

〔三〕荻花，芦花。涪江是长江支流嘉陵江右岸最大支流，因流域内之绵阳在汉高祖时称涪县而得名。发源于松潘与平武之间的岷山主峰雪宝顶，南流经平武、江油、绵阳、三台、射洪、遂宁、重庆潼南、铜梁等，在合川汇入嘉陵江。

〔四〕醅，未过滤的酒。

【笺疏】

诗人与夫君中庭小步，花红香幽，叶落声寂，远磬余音，更显寥廓。悠然忆及去年此际同游涪江，共赋荻花，甚有唱随之乐。虽意绪经风经雨，要不失风人之旨。

按，唐迪风生前甚爱子女"情笃"，不忍远离，"如有行，必偕一家去"（《祭迪风文》）。在儿女的记忆中，唐家当迪风公在世之时，"经常全家出游，吟诗、放歌，虽物质贫寒，然精神富足，全家其乐融融，是当地的模范家庭"（唐晓帆《回忆母亲》，未刊稿）。

【系谱】

1919 年进入成都省立第一师范附小读书前，唐君毅没有进过学校。其发蒙和最初的性情养成，除却环境因素，全赖家庭教育与影响。对此唐先生自己感受颇深："关于家庭教育我觉得关系太大，人之根本性格之养成全在家庭，由父母的爱而出发的教训亦最有力。"（《致廷光书》，1940 年 11 月）。

唐先生生平出版的第一部书即为 1934 年二十五岁时所编、由南京拔提书局印行的《中国历代家书选》。《编辑旨趣（代序）》一文中唐先生即强调："教育之道，盖亦多端：然家庭之教，当为首要。”

## 述怀

一

久病昏昏记得无，十年抛却故乡庐。已知世味如纱薄，独羡渔人共水居。〔一〕两岸白鸥舟一叶，半篙明月履双凫。〔二〕酒酣长啸江天外，群鸟相惊入野蒲。〔三〕

二

月明千里澹秋心，闲对阑干学苦吟。〔四〕病到久时思药误，道临高处觉魔深。〔五〕散材毕竟全天性，瓦缶由来混好音。〔六〕一任浮云幻今古，太空群籁自沉沉。〔七〕

三

生平最爱是山居，茅屋三椽满架书。〔八〕笑掩双扉由我懒，宁亲鹿豕与人疏。〔九〕

【注释】

〔一〕已知句，参见(宋)陆游《长安春雨初霁》：“世味年来薄似纱，谁令骑马客京华。”独羡句，参见庄子《渔父》，借指孔子“仁则仁矣，恐不免其身；苦心劳形以危其真。呜呼，远哉其分于道也”之意。又屈原《渔父》认为“圣人不凝滞于物，而能与世推移。世人皆浊，何不淈其泥而扬其波？众人皆醉，何不餔其糟而歠其醨？何故深思高举，自令放为”、更高之境乃在“沧浪之水清兮，可以濯吾缨，沧浪之水浊兮，可以濯吾足”。此表诗人颇羡渔父之能和光同尘、与世浮沉。

〔二〕凫，野鸭。《庄子·骈拇》：“是故凫胫虽短，续之则忧；鹤胫虽长，断之则悲。”

〔三〕蒲，《说文》：“蒲，水草也，可以作席。”

〔四〕阑干，通栏杆。

〔五〕病到句，参见（清）梁章矩《楹联续话》：“久病始知求药误，衰年方悔读书迟。”道临句，参见（隋）智顗大师《童蒙止观·觉知魔事》：“魔常以破坏众生善根令流转生死为事。若能安心正道，是故道高方知魔盛，仍须善识魔事。”

〔六〕散材句，无用之木而得全其天，喻以无用为大用。典出《庄子·逍遥游》及《庄子·人间世》，描写匠石之齐见栎社树甚大，以为其不过“散木也”，不材之木无所可用，故能若是之寿。栎社则连夜示梦，辩解自己有意求“无所可用”，以免不能终其天年中道夭折。瓦缶句，指黄钟毁弃、瓦缶雷鸣的不公正局面，以喻艺术高超和低劣的作品获得与其品质截然相反的命运。此皆为诗人叹世之言。

〔七〕太空，极高广之空，（唐）司空图《二十四诗品·雄浑》：“具备万物，横绝太空。”籁，从空穴中发出的声音，泛指一般声响。

〔八〕椽，安在梁上支架屋面和瓦片的木条，借指房屋的间数。（宋）陆游《夜雨》诗：“寒雨连三夕，幽居只数椽。”

〔九〕豕，猪。《孟子·尽心上》：“孟子曰：‘舜之居深山之中，与木石居，与鹿豕游，其所以异于深山之野人者几希。及其闻一善言，见一善行，若决江河，沛然莫之能御也。’”

【笺疏】

以“十年抛却故乡庐”计，诗当作于1922年前后。因1921年唐迪风与彭云生、蒙文通、杨叔明同应重庆联合中学之聘，故唐氏举家自成都迁居。唐君毅也于1921年秋考入联中。唐家住重庆两路口江滨大溪沟长达四年之久。

诗人一生好道、乐道，孜孜以求道(参见唐晓帆《回忆母亲》，未刊稿)。据说其怀二女至中时“即知胎教之义，常面对一贤像，而自存诚敬心”(唐君毅《母丧杂记》)。就其诗作通体论之，最鲜明的特点即是此种道情、道心、道境的自然流露，愈到生命暮年，愈是惟道是趋。此诗颇富理学趣味，为集中首见，以合濂洛雅趣，更有禅诗况味。尤其“病到久时思药误，道临高处觉魔深。散材毕竟全天性，瓦缶由来混好音”数句。(唐) 庞蕴居士《诗偈》有云:“恶心满三界，口即念弥陀。心口相违背，群贼转转多。一尘起万境，倏忽遍婆娑。色声求佛道，结果尽成魔。”诗人一生善病，今既有此戒惕，故一转而入日用是道。这一意趣在其中年之后，于诗作中出现更其频繁。

## 哭三女德儿

一

不复忆儿容，望儿来梦里。梦里不逢儿，儿今在那里？睹物如见人，频翻故衣履。中有青纱裙，是儿心所喜。亲手为儿缝，前日缝初起，儿持向母言：新裙一何美？明日姑妈去，应许我穿此。明日儿遽病，半日长已矣。〔一〕彼苍者天乎，何弄人乃尔。〔二〕儿灵果有知，当再为我子。

二

汝母万念灰，一息为儿留。凡儿心爱物，韫椟以藏收。[三]冀待他日来，儿还认识不？

三

哥姊住学堂，回家日甚少。每计星期日，独往门前眺。双双挟策归，远迎相亲笑。[四]欣然奔告母，哥姊回来了。末期汝姊回，儿病已颠倒。[五]汝母喂儿汤，中心暗伤悼。汝父为煎药，仓忙才下灶。儿见姊姊来，回头只微瞟。问儿刻如何？犹言心中好。汝兄未及归，儿去何太早。

【注释】

〔一〕遽，时间副词，就。长已矣，指死亡。

〔二〕彼苍者天，语本《诗·秦风·黄鸟》："彼苍者天，歼我良人。"乃尔，指代，这样。

〔三〕椟，匮也，韫椟，藏于筐柜，喻珍藏。冀，希望。

〔四〕挟策，手拿书本，喻勤奋读书。《庄子·骈拇》："问臧奚事，则挟筴（策）读书。"

〔五〕末，同未，没。

【笺疏】

诗人第三女唐德叔早夭。病逝之年，据唐晓帆《回忆母亲》（未刊稿），当与其祖母同时得霍乱，卒亡。又据唐君毅《〈孟子大义〉重刊记及先父行述》，其祖母逝于民国九年（1920）左右，故德叔亦当病逝此年。诗中兄姊分别指唐君毅、唐至中。

诗人至性过人，用情深密，手摹心画之作尤佳。虽措辞简净，明白如话，如父老话桑麻，不离平实，却自精微。诗格颇类乐天（白居易）、方文（1612—1669，方以智叔父，清初“嵞山体”创派人）一流。看似寻常最奇崛，成如容易却艰辛，字字精工费剪裁，篇篇陶冶极悲哀。集中悼亡诸诗，皆有此风，皆为精品，朴老真至，自成一家。

【系谱】

1919年春唐先生进入成都省立第一师范附小读高小。此为寄宿学校。每周一第一堂课是修身课，由省立第一师范校长祝屺怀先生亲自执教。国文由萧中仑（中伦，仲伦，1885—1961）先生执教，萧氏授课每以《庄子》《逍遥游》与《养生主》为教材，令唐先生深感兴趣。日后在《怀乡记》中，唐先生认为自己“后来学哲学，亦许正源于此。”

萧先生精通医术，时号“萧神仙”，曾为诗人治疗副伤寒。萧氏之子萐父（1924—2008），后为当代中国哲学巨擘，长期掌教武汉大学。

唐先生又曾追忆：

十岁后乃入小学，课程中有手工一种，吾所最苦，母恒代作纸盒等，以当成绩。（《母丧杂记》）

## 友人约赴江楼，因用珠仙秋感原韵，有作

一

十年未到此间游，今日登临倍感秋。寂寂长江如旧日，往来却少渡人舟。

二

楼台高耸接青霄，人哭人歌未寂寥。几度凭栏心欲碎，隔江芦

苇正萧萧。

三

前宵恶梦破空来，累日秋阴拨不开。但使掌珠缘未了，阿爷相待去仍回。[一]

四

秋光云影透珠帘，哀乐相寻病更添。死死生生勘不破，人间何处是鹣鹣。[二]

五

一声钟起佛陀龛，烦恼菩提一样参。无那秋涛和泪涌，滔滔直入大江南。[三]

六

女伴相邀共遣愁，才加拟议思悠悠。李家坡似天涯路，德儿葬李家坡。秋雨秋风满一楼。

七

年来慵病太零星，医药无灵鬼有灵。[四]那怕尘埃蔽天地，有人林下尚惺惺。[五]

八

闻道前方战事多，尸横遍野有谁驮。血花红染清江水，流入平沙一任他。

九

结伴商船一一归，夕阳送客影依依。寒砧声动西风急，溪上鸦雏傍母飞。〔六〕

【注释】

〔一〕掌珠，掌上明珠，喻三女德叔。

〔二〕鹣鹣，传说中之比翼鸟。《尔雅·释地》："东方有比目鱼焉，不比不行，其名谓之鲽；……南方有比翼鸟焉，不比不飞，其名谓之鹣鹣。"

〔三〕无那，无奈。敦煌曲子词《凤归云》："万般无那处，一炉香尽，又更添香。"

〔四〕慵病，疏懒。（唐）李山甫《下第卧疾卢员外召游曲江》诗："珍重列星相借问，嵇康慵病也天真。"零星，零碎。

〔五〕林下，幽僻之境，引申为退隐或隐居之处。《世说新语·贤媛》："王夫人神情散朗，故有林下风气。"后因以称颂妇女仪度闲雅。此处形容招邀之女友风度。惺惺，机警，聪慧，禅宗常用语，（唐）永嘉玄觉《永嘉集》："惺惺寂寂是，无记寂寂非；寂寂惺惺是，乱想惺惺非"。（明）刘基《醒斋铭》："昭昭生于惺惺，而愦愦出于冥冥。"

〔六〕寒砧，寒秋时节的捣衣声，形容凄清之音。（唐）沈佺期《古意呈补阙乔知之》："九月寒砧催木叶，十年征戍忆辽阳。"

【笺疏】

江楼，当为成都东门外送别之望江楼。诗应作于 1921 年唐家迁居重庆之前。

诗人登临悲秋，感欲渡则少舟楫；徒闻歌哭，触碎心而伤物化。因亡女在心，故触处皆成悲伤之景，见哀乐循环，想生死轮回，所谓“寂寂不惺惺，此乃昏住。惺惺不寂寂，此乃缘虑。不惺惺不寂寂，此乃非但缘虑，亦乃入昏而住。亦寂寂亦惺惺，非唯历历，兼复寂寂，此乃还源之妙性也”(《永嘉集》)。

然即烦恼处见菩提，诗之八，素有道心的诗人已能由小我转入大我，由一己转入群体，生普缘之慈，发同体之悲。已而寒砧声动，鸦雏傍母，思女情切，睹之未免又增哀伤。哀而不怨，诗教之旨。

【系谱】

唐氏全家居成都时，常携诸儿女游览名胜古迹。如南门外奉祀诸葛武侯之武侯祠，西门外奉祀杜甫之杜甫草堂，东门外纪念唐代女诗人薛涛之薛涛井，以及专供送别之用的望江楼。其他尚有北门外之昭觉寺，城外西南之二仙庵、青羊宫，城中之县立文庙、省立文庙及关岳庙。唐君毅因此认为自己对中国文化的尊崇，实植根于此。成年后常暗自庆幸自己不失为一个中国人，并说这都是家庭环境与社会文化熏育的功劳。生平足迹所到，也养成了必定会去名胜古迹、庙宇祠堂参看的习惯，并言能够因此“在徘徊瞻顾之中，遥念古人，环顾当世，能启发无尽的思想智慧”。(《中国之祠庙与节日及其教育意义》，收入《中华人文与当今世界》)。

## 季弟视学平武，归为我言所见，因记之

视学至平武，所过何凄凉，十室四五空，焉有读书郎？路逢一村人，为我道其详：即遭兵役苦，复罹瘟疫殃。〔一〕乌鹊相争处，残骨满陂塘。〔二〕饥寒而死者，尸腐犹在床。君是异乡人，闻之应惋伤。复行三四里，肩舆憩路旁。〔三〕随至一人家，屋宇胜寻常。蛛丝遍庭

隅，蔓草欲升堂。门户皆扃锁，室内暗无光。〔四〕厨门坐一童，二犬卧回廊。乃向童儿问，父母在何方？数问不一答，痴痴引领望。〔五〕良久始回言，父母已双亡。举目无亲族，尚有谷几仓。欲语复吞声，双泪湿衣裳。〔六〕

【注释】

〔一〕平武在四川省北部、涪江上游，邻接甘肃省。罹，遭遇不幸。《尚书·汤诰》："罹其凶害。"

〔二〕陂塘，蓄水池塘。《国语·周语下》："陂塘污庳，以钟其美。"

〔三〕肩舆，两人肩抬的小轿。憩，休息。

〔四〕扃，《说文》："扃，外闭之关也。"自外关闭门户用的门栓。

〔五〕引领，伸长脖子（望），形容盼望或思念殷切。（唐）岑参《郊行寄杜位》："所思何由见，东北徒引领。"

〔六〕吞声，无声地哭。（唐）杜甫《哀江头》："少陵野老吞声哭，春日潜行曲江曲。"

【笺疏】

诗人之弟在平武视察学政，归来告以见闻。其时蜀中兵荒马乱，瘟疫流行，死人骸骨相枕藉。诗中重笔描绘一父母双亡、举目无亲的独活孩童的凄凉现状。诗句全用白描，质朴无华而动人之力特强，甚有杜甫五古长歌意味。

诗约作于1920年代。

## 恂儿游戏纪实

一

娇女甫四龄，未分日与月。〔一〕匍匐月光下，问光何不热。

二

跳跃至窗前，欢言捉月亮。掬之不盈手，才知在天上。

三

嬉游少侣伴，尝弄水为乐。泡皱指头皮，惊呼手在哭。

【注释】

〔一〕甫，才。四龄，四岁。

【笺疏】

唐恂季生于 1918 年 4 月 21 日，故组诗当作于 1921 年。描摹孩童天真烂漫之状如活画。

恂季日后考入四川大学化学系，终生从事化学教育，其“科学头脑”之发达已卓然见于童年“问光何不热”之疑惑矣。

唐宁孺在追忆文章中曾谓，1930 年夏秋之间，短期休学后复学回南京的唐君毅曾寄赠物品给诸妹弟，其中寄至中以书籍、寄恂季以衣料。恂季时年十二岁，“以兄为己徒好美服，涕泣不已”（《忆大哥》）。

## 客渝州追念德儿〔一〕

静夜山舂响比邻，月华如练客愁频。〔二〕死生异路经年别，涕泪他乡置此身。若使魂兮能解意，如何梦也不相亲。阿爷偶市糖和果，归散诸儿少一人。

【注释】

〔一〕渝州，治所在巴县，即今四川重庆市。（唐）李白《峨眉山月歌》：“夜发清溪向三峡，思君不见下渝州。”

〔二〕舂，用杵臼捣去谷物皮壳。比邻，邻居。（唐）王勃《杜少府之任蜀州》：“海内存知己，天涯若比邻。”练，经湅治之丝帛。

【笺疏】

此为唐德叔去世经年，诗人客居重庆思念亡女所作。结句以慈父舐犊之情，不言伤心，而低回顾影、更其伤心。

【系谱】

1921年唐迪风与彭云生、蒙文通、杨叔明诸先生同应重庆联合中学之聘，当时重庆联中校长为熊浚（字禹治），蒙文通、杨叔明两位先生都出身于清末经学家廖平所办的成都国学院。重庆联合中学一时可谓人才荟萃。

重庆联中位于重庆两路口的骆家花园，是川东书院旧址。学校礼堂有大成至圣先师孔子神位。当时的两路口基本上还是一片乡村景象。学校后面有山名为鹅项颈。登高可左瞰长江、右瞰嘉陵江；登顶则见浮图关，夕阳古道，秋风禾黍，堪发思古之幽情。

## 月夜寄迪风

明月照高楼，漫漫露气浮。雕阑人独倚，昨夜梦同游。咫尺天涯远，禅居万念休。〔一〕何时超象外，无去亦无留。〔二〕

【注释】

〔一〕禅居，禅寺，僧舍。（宋）释尚能《京口僧院》诗：“渺漠人烟外，禅居静趣多。”此处指代信奉佛法的生活。

〔二〕象外，超逸物象之外。（唐）权德舆《李韶州著书常论释氏》：“常日区中暇，时闻象外言。”(唐) 司空图《二十四诗品・雄浑》:“大用外腓,真体内充。反虚入浑,积健为雄。具备万物,横绝太空。荒荒油云,寥寥长风。超以象外,得其环中。持之匪强,来之无穷。”

【笺疏】

诗人此时已几经亲人丧亡,道心渐萌而厚。在这首写给丈夫的诗中,流露出对方外玄理甚感兴趣,颇愿追求“得兹象外趣,便割区中缘”(唐・钱起《过瑞龙观道士》)的体道生活。

据唐氏后人追忆,诗人暮年,跟子女之间讨论最多的就是关于“道”的问题(唐晓帆《追忆母亲》,未刊稿)。宜乎诗人和丈夫生前就一直以“道义相期人”相许。

【系谱】

唐君毅已于 1921 年秋天考入重庆联中。重庆联中第一年的国文课即由迪风公亲授,时以孔子、孟子、老子、庄子文章为教材。唐先生在班中年龄最小,但成绩优异,还善于思考和质疑(李璜《我所认识的唐君毅先生——其家教与其言行》)。

若干年后,1944 年夏唐先生与诗人、二妹至中偕游重庆两路口一花园时,曾登至最高处指重庆联中笑谓:“那里就是我学习哲学的发源地。”(唐至中《我的哥哥》)

## 蛙

### 一

夜夜池中蛙,朝朝廊下水。故鸣得意声,飞入愁人耳。

### 二

日夜小池中,聒聒究因何?〔一〕居墟不识海,乐趣比人多。〔二〕

三

蛙鼓助人思，苦吟蛙不知。蛙如解人意，应也笑人痴。

四

蛙自无心鸣，人却有心听。有心对无心，咫尺不相应。〔三〕

【注释】

〔一〕聒聒，吵扰。（魏晋）嵇康《与山巨源绝交书》："或宾客盈坐，鸣声聒耳。"

〔二〕墟，废址，通虚，《庄子·秋水》："井蛙不可以语于海者，拘于虚也。"喻有"夜郎自大"意。

〔三〕咫尺，喻很近的距离。（汉）扬雄《长杨赋》："且盲不见咫尺，而离娄烛千里之隅。"

【笺疏】

以有知对于无知，以有心对于无心，诗人倾心玄思、尤其倾心庄子之学的兴向，于此卓然可见。小小咏物之词，而能理趣盎然。

禅家有谓"春天月夜一声蛙，撞破乾坤共一家"（《五灯会元》卷二十《侍郎张九成居士》），岂正此之类欤？

【系谱】

唐君毅 1921 年考入重庆联中后，阖家住重庆两路口江滨大溪沟长达四年。回忆期间尝有军队强占民房，唐先生与其争论，将被劫持，时诗人忽然赶到，径直牵起儿子离开，其淡定决然令兵士顿感惊愕。（《母丧杂记》）

唐家早年客成都时并不重视过节。1921 年唐先生还曾作一白话诗反对过年。而其日后至成德之年，则将专文论述《中国之祠庙与节日及其教育意义》（收入《中华人文与当今世界》）。

## 偕迪风游懋园

一

盛夏浑无赖，乘凉至懋园。〔一〕苔阶无履迹，相对已忘言。

二

扫石坐幽径，观书趁夕凉。微风过林表，一叶下池塘。〔二〕

三

梧叶交相蔽，悠然翠盖张。风来开一隙，时漏太阳光。

【注释】

〔一〕无赖，无聊赖，无所寄托。（宋）周邦彦《丹凤吟》："迤逦春光无赖，翠藻翻池，黄昏游阁。"

〔二〕林表，林梢，林外。（唐）韦应物《赠李判官》："宾馆在林表，望山启西扉。"

【笺疏】

懋园位于成都。诗当作于1921年唐氏举家由成都迁往重庆之前。

因诗人一生正式读书时间甚少，识字与作诗皆出于自学，兼之诗稿本身未经作者从容手订，故集中著作论及格律、对仗、措辞，实未必一一皆能工稳，而意趣卓然往往出人意表。此处以"太阳光"直接入诗，正此之类。

## 寄季弟綦江

一

綦江地僻远尘埃，〔一〕鸥鸟忘机莫浪猜。〔二〕若有暇时通问讯，寄将风景信中来。

二

幽居等是碧云间，莫为乡心便欲还。方寸果教如朗月，天涯何处不家山。[三]

三

骨肉分离几度秋，长江日夜绕城流。依依魂梦如流水，忽在成都忽叙州。[四]

四

乡书欲寄路漫漫，意思千重下笔难。复恐阿爷问消息，附闻儿女尚平安。

五

纵横极目雾弥天，客思乡情几处悬。[五]寄语哲擎诸侄辈，市中糖果少新鲜。

六

小溪狂吼学新潮，雨助泉声暮复朝。为叹烟云太多事，天风吹日霁寒霄。

【注释】

〔一〕綦江在今四川綦江县及江津市境。《方舆纪要》卷六十九：綦江“在县南，即夜郎溪也。……自南川县流入，亦曰南江。至县，色如苍帛，因名綦江。亦曰东溪。……西北流入江津县，谓之僰溪”。

〔二〕鸥鸟(亦作沤鸟)忘机，《列子·黄帝》：“海上之人有好鸥鸟者，每旦之海上，从鸥鸟游，鸥鸟之至者百数。……其父曰：‘吾闻沤鸟皆从汝游，汝取来，吾玩之。’明日之海上，沤鸟舞而不下也。”谓人若不存机心，则异类亦乐于亲近。(唐)李商隐《赠田叟》：“鸥鸟忘机翻浃洽，交亲得路昧平生。”

〔三〕方寸，指心。心处胸中方寸之间，故称。(晋)葛洪《抱朴子》：“方寸之心，制之在我，不可放之于流遁也。”

〔四〕叙州，北宋政和四年(1114)改戎州置，治宜宾县(今宜宾市。元至元十三年还旧治)，属梓州路，后属潼川府路。辖境相当今四川宜宾、南溪、屏山等地。

〔五〕弥天，满天，极言其大。(魏晋)应璩《报东海相梁季然书》：“顿弥天之网，收万仞之鱼。”

【笺疏】

此为怀人思亲之作。对于彼时举国若狂漫学“新潮”的风尚，诗人已经不以为然。所谓烟云多事，风日散尽，亦其道心朗照之喻欤？诗当作于1920年代。

【系谱】

1922年唐先生已在联中读二年级，其时由蒙文通先生教授国文、并以宋明儒学为教材。迪风公同时为唐先生选读孙夏峰《理学宗传》以供自学。唐先生读到陆象山于十余岁即悟“宇宙即吾心”，突生莫名悱恻之感，不能自已，“使吾竟得年十五而亦志于学”。

又一日，闻迪风公诵孟子去齐一段，唐先生亦深为感动，至于哭泣。

## 晓起

微云薄似纱，残月弯如玦。〔一〕月色不妨云，云影何妨月。

【注释】

〔一〕玦，玉制一种，边缺，故像之以残月。(近)张默君《玉德篇》："凭璋起军旅，举玦绝恶缘"。

【笺疏】

诗人对观月色云影，颇得物理之妙。月、云关系之叹，或正"道心惟微，人心惟危"之感发而生。

【系谱】

重庆联中时期，唐君毅认为一切满足声色享乐的欲望都是罪恶的，身体最为可鄙。人生的目的应该是绝欲；绝欲才能忘我；忘我才能利他。佛家的绝欲正是人生的极致。人如果无欲，心境就永远快乐。唐先生当时甚至认为这种思想是自己空前一大发明。实则其母此时于理、欲关系亦已然颇有深入，此类诗堪为例证。

## 途中所见

一

扫墓归来日已斜，肩挑祭品手携花。人人都爱好春色，渠也攀来诱小娃。〔一〕

二

东风吹雨过山腰，小麦翻青色最饶。不是耕人长见惯，合将荑

草当新苗。〔二〕

【注释】

〔一〕渠,人称代词,犹他。

〔二〕荑草,《说文》:“荑,草也。”《孟子·告子》上:“五谷者,种之美者也,苟为不熟,不如荑稗。”荑通“稊”,像谷的杂草。

【笺疏】

长行路途,随意经见,闲笔信手原无非日常活计。然于甚有道心之作者,荑草、新苗之喻间无妨正有善恶取舍之大义昭示存焉。人当日除己恶、日尽己善,以求其“仁熟”。

唐君毅十三四岁时同样受到新文化运动影响,以跪拜为耻辱。即使回乡上坟祭祀也不肯跪拜。直到1931年父亲迪风公逝世,方始领悟:

我十六岁才回乡,以前从未上坟,亦无祖宗之观念。记得祖母在时,他从故乡到成都,总是带一本家谱。每见我无聊,便说你何不看看家谱。我觉非常好笑,家谱有什么好看呢?而且我在十三四岁时,便看了新文化运动时反对跪拜的文章,故以后回乡,亦不再上坟,祭祀时亦不跪拜,若以此为奇耻大辱。到我父亲逝世,才知祭祀跪拜,乃情不容已。后来回乡,便总要去上坟,晨昏亦亲在天地君亲师之神位及祖宗神位前敬香。我同时了解了人类之无尽的仁厚恻怛之情,皆可由此慎终追远之一念而出。(《怀乡记》,收入《中华人文与当今世界》)

## 思乡并寄迪

一

桃杏争妍二月天,异乡风景有谁怜。〔一〕归期原约清明后,去种

家山半顷田。〔二〕

二

窗前修竹隔蔬畦,连袂归来未有期。〔三〕忆否碧桃花树下,轻风微雨看扶犁。

【注释】

〔一〕妍,美丽;美好。(晋)陆机《吴王郎中时从梁陈作》诗:"玄冕无丑士,冶服使我妍。"

〔二〕家山,故乡。(唐)钱起《送李栖桐道举擢第还乡省侍》诗:"莲舟同宿浦,柳岸向家山。"

〔三〕畦,名量词,计量排列整齐一般为长方形的田地。连袂,同联袂,衣袖相联,喻携手偕行。(唐)杜甫《暮秋遣兴呈苏涣侍御》诗:"市北肩舆每联袂,郭南抱瓮亦隐几。"

【笺疏】

据诗意推断,此当于1912年之后唐氏一家客居外乡时作,诗中表达了诗人希望早日归隐故乡、阖家耕读田园的愿望。

## 春晓

一

早起步回廊,遥山霭烟雾。〔一〕晓风如有心,吹见花明树。

二

山径少行踪，狂奔群犬斗。红楼酣梦人，忘却夜与昼。〔二〕

【注释】

〔一〕回廊，回环曲折的走廊。（唐）杜甫《涪城县香积寺官阁》诗："小院回廊春寂寂，浴凫飞鹭晚悠悠。"霭，云气烟雾笼罩貌。（唐）陈标《秦王卷衣》诗："秦王宫阙霭春烟，珠树琼枝近碧天。"

〔二〕红楼，泛指华美的楼房。（唐）段成式《酉阳杂俎续集·寺塔记上》："长乐坊、安国寺、红楼，睿宗在藩时舞榭。"

【笺疏】

风花相映，昼夜相递，山路清幽而野犬狂斗，诗人之意，宁不于此动静有无之际有所体悟升发。宜乎其对"红楼酣梦"之类人渐生悲悯。

诗作年代不详，约在1920年代。

【系谱】

唐君毅在《病里乾坤·生世》中追忆，"吾年十四五时，即已有为学以希贤希圣之志。"故在1923年生日尝赋二诗以述志（参见本书附录一）。此心志抒发，与其母彼时之志趣养成，正堪相映。

## 登楼

暮登五层楼，一览全城低。始识立身处，无地相与齐。凭栏试俯瞰，曲径使人迷。群众行如素，歌声何凄凄。〔一〕儿童作盲戏，杨柳小桥西。〔二〕独对兴长叹，徘徊念旧溪。团团东岭月，荡荡碧琉璃。

自觉入其境，披光履素霓。[三]此际心无念，微闻杜宇啼。

【注释】

〔一〕素，平素的行为、志向、愿望。《汉书·梅福传》："听言不求其能，举功不考其素。"凄凄，悲伤貌。（南朝·梁）范缜《拟招隐士》："岁晏兮忧未开，草虫鸣兮凄凄。"

〔二〕盲戏，或为捉迷藏之类游戏。

〔三〕履，踩踏。《易·坤》："履霜坚冰，阴始凝也。"素霓，亦作"素蜺"，白虹。（汉）司马相如《大人赋》："垂绛幡之素蜺兮，载云气而上浮。"

【笺疏】

立身之处，无地可齐，斯为大人之境。诗人所念"旧溪"，或即故里宜宾柏树溪。诗人览众庶之渺小，叹光景之日非，心无杂念之时，颇能汇入圣境。惟静里忽闻杜宇一声，则家山之念难免再起。

【系谱】

1923年，十五岁的唐君毅奉父母之命与重庆省二女师学生刘志觉订婚。曾通信数年，之间感情尚好。但终因唐先生要终生从事学问，刘则喜好参与政治，至唐先生二十岁此段因缘"有疾而终"。此事对少年唐君毅颇有负面影响。诗人亦颇为自责，为勉强长子订婚而终生负疚。

## 书室独坐

好风次第送清凉，寂寂幽窗面草场。[一]独有小鸦偏爱静，时时飞近砚池旁。

【注释】

〔一〕次第，依次。（唐）刘禹锡《秋江晚泊》诗：“暮霞千万状，宾鸿次第飞。”面，对。

【笺疏】

诗人素日操持内务，相夫教子，殊为忙碌。难得有此闲暇书房静坐，独对天然。闻好风旭旭，幽草寂寂；见雏鸦无赖，飞来砚边。此动中取静，亦笔墨人生之一霎。

【系谱】

唐君毅性近其母，自幼好学多思，十五岁（1923年）起便开始了持续终生的写日记的习惯，且自己“对此诸日记，亦甚自珍惜”，自谓：

吾自十五岁始为日记，至十八岁，日记共数十册，十九岁南下时，存友人印佛法师处。彼后取而阅之，与我一长信，大加赞赏。大约吾三十以前，几日日有所思，亦日日有所记。（《生命存在与心灵境界》“后序”）

1928年春天应当时未婚妻刘志觉女士邀约，唐先生从南京赴上海相会。在火车上遗失了日记，心中甚为不乐，晚年犹引以为憾：“此十五年（指从十五岁到三十岁）中乃学问最进步之时，日记中所记之生活反省及思想皆最详，札记中则包含三十以前之思想系统，此皆我过去最宝贵者”（日记1954年3月4日）“此我之日记之失，使我不得自见其少年思想之发展，亦不无遗憾也”（《生命存在与心灵境界》“后序”）。

## 闲步

一庭芳草半含烟，几处青苔色更鲜。稚子故来相搅扰，绿阴中

去听鸣蝉。〔一〕

【注释】

〔一〕故,故意。搅扰,打扰,扰乱。

【笺疏】

1923年前后,新文化运动浪潮波及四川,共产党人萧楚女、恽代英、张闻天等都曾到重庆联中演讲,要铲除五千年传统文化遗毒。时唐君毅与联中几位少年朋友坚持要融贯中外古今,不肯盲目跟随潮流,并与吴竹似、陈先元、高介钦、游鸿如、宋继武、印佛法师等共八人,在联中旁骆家花园的亭子里结为异姓兄弟,成立"克社"。

此时偶闻暑日清阴一声蝉躁,直若(宋)释绍昙《偈颂》中所言,"三界炎炎如火聚,搅扰劳生困蒸煮。邪见稠林蔽祖庭,孰为临济阴凉树"之境顿然现前。

诗人之诗思清凉,有如是者。

## 渔者

微雨丝丝湿钓竿,篷中儿女话团圞。〔一〕似嫌此地临城下,转棹移舟过别湾。

【注释】

〔一〕篷,此处指船篷。团圞,团聚。(唐)杜荀鹤《乱后山中作》诗:"兄弟团圞乐,羁孤远近归。"

【笺疏】

诗人生性敏于情念。旁观渔翁一家乐享团圆之乐之时,感其犹不愿身处热闹，乃至移船别到僻静之地。所谓与乐之心，老吾老及人之老，幼吾幼及人之幼，正此之谓。

【系谱】

1925 年秋天唐君毅从重庆联中毕业后，即与少年朋友各奔前程。但这番少年交游在唐先生脑海里留下了深刻印象，日后在《怀乡记》等多篇文章中常被提及，甚至专门为文《记重庆联中几个少年朋友》，分别于 1963 年 1 月、3 月刊于台湾《四川文献》第十三期、第十四期，并在 1966 年 3 月《民主评论》第十七卷三期重刊。

此种厚于、敏于人情，亦承其母而来欤？

## 云影

云影悠然壑底生，无端侵入后园亭。〔一〕疏篁隐隐北窗下，时有幽人诵读声。〔二〕

【注释】

〔一〕壑，水坑，水沟。《礼记·郊特牲》："土反其宅，水归其壑。"无端，无故。

〔二〕篁，竹子。幽人，幽静之人。（魏晋）支遁《咏怀诗》："闲邪托静室，寂寥虚且真。逸想流岩阿，朦胧望幽人。"

【笺疏】

此状悠然油然读书之乐。幽人为谁不必确指。要亦诗人其乐融融之家人可也。而令诗人如此感动亲切，当包括敏而好学的长子在内。

【系谱】

1923 年前后，少年唐君毅已经颇为确立对"心"的悟解：

对此心之能自觉之一义，吾于十五岁时即见及，终身未尝改。(《生命存在与心灵境界》“后序”)

人心、我心，本心、天心，仁与理体，异名同实。唯其异用，俨然有别。明其一贯，表其同体，异用周流，名之为道。(《心理道颂》，收入《人生之体验》)

成年之后唐先生更清晰体认到，“心本体”与世间万象亦即一切文化活动之间的关系是“理一分殊”的关系；“心本体”是本是一，是一切实践的价值和意义渊源；文化活动是分殊，是形下之末。

1923 年前后唐先生又曾听人介绍唯识论，说物相都是认识所变现的，其时甚感赞同。

## 拾石过江，至窦坝，望见旧宅〔一〕

一

玲珑花小石，诳我过江来。〔二〕旧路依稀识，门墙次第摧。〔三〕欲行还却曲，翘首更低回。〔四〕廿载思乡结，层层解不开。

二

两姊长相别，慈亲早我违。〔五〕伤心生死际，回首梦魂飞。泣别牵衣处，潸然立夕晖。〔六〕几番惊隔世，空有菜花肥。

【注释】

〔一〕1973 年手抄影印本无此题。此二诗与下一诗原为一组三诗，均名《再过窦坝》。1991 年全集本与 1973 年影印本之间颇有此类出入并诗序颠倒等问题。因唐至中、霍韬晦先生均已仙逝，原因难明。为敬先贤，本集暂遵

1991 年本次序，两本之间无法统一之处并皆注明(下同)。

〔二〕诳，惑乱，欺骗。《礼记·曲礼上》："幼子常视毋诳。"郑玄注："小未有所知，常示以正物，以正教之，无诳欺。"

〔三〕依稀，仿佛。

〔四〕却曲，屈曲，曲折。《庄子·人间世》："迷阳迷阳，无伤吾行！吾行却曲，无伤吾足！"低回，1973 年本为"低回"。

〔五〕慈亲，母亲。违，指去世。

〔六〕潸然，流泪貌。《汉书·中山靖王刘胜传》："纷惊逢罗，潸然出涕。"

【笺疏】

唐氏祖屋位于宜宾县柏树溪金沙江南岸周坝水漕头，金沙江对岸西北方即诗人诞生地窦坝。此为诗人于归廿载后、偶返外家之作。时间约为 1924 年冬、诗人全家为唐君毅过继大伯母事返回故里之时(这也是唐先生从半岁离老家后，首次返乡)。

唐迪风性喜奇石。欧阳竟无(1871—1943)为作墓志铭，中谓："生平无一隙废颂，有资辄购籍，或卧病，则出其旧碑、名画、文石、古泉，把玩摩挲不已。"唐君毅认为父亲"好纹石，暇日则摩挲忘倦。盖取其文理见于外、坚刚蕴于内"(《〈孟子大义〉重刊记及先父行述》)。故此处有"拾石过江"之举。

唐君毅本来甚为反对这次过继之举，认为大伯母已有女儿，男女当平等对待，无此抱子必要。后因八叔祖屡次来信以大义责备迪风公。唐先生担心父母会为难，方才勉强答应。

此过继之事以及与刘女订婚之事，诗人之后都尝终身悔之，以为皆太过委屈长子。

## 再过窦坝

少小嬉游处，长江空复清。〔一〕竹林余菜圃，茅屋听鸡声。呼渡无人应，孤舟隔岸横。徘徊沙碛上，顿觉一身轻。〔二〕

【注释】

〔一〕“清”，三本皆做“情”，此据句意改。

〔二〕碛，浅水中的沙石。

【笺疏】

野渡无人，小舟自横。竹林茅舍，鸡正空鸣。诗人返乡小步而能有此豁然轻松之感，当源自少年风色灵光乍现，一解离忧。

【系谱】

1924 年唐先生已经在重庆联中校刊上发表了《荀子的性论》，是其公开发表的第一篇文章（惜已散佚），其早慧灼然可见，宜乎诗人之父（唐先生外祖，唐家称“家公”）以为“此孙比他孙为聪明”（唐至中《我的哥哥》）。

## 天外

### 一

天外任昂头，青山四望幽。十年尘世气，卷入大江流。皓首相期隐，春风结伴游。〔一〕云烟过目散，儿女共归休。〔二〕

### 二

浪翻沙有迹，月过水无痕。胜事闲中见，诗书信口温。〔三〕弯腰为佳石，谈笑沁清魂。[四]犬吠斜阳外，人归远树村。

【注释】

〔一〕皓首，白头。隐，隐居。

〔二〕归休，回家休息。《庄子·逍遥游》："归休乎君，予无所用天下为！"《汉书·孔光传》："沐日归休，兄弟妻子燕语，终不及朝省政事。"

〔三〕胜事，美事，佳事。（唐）岑参《首春渭西郊行呈蓝田张二主簿》诗："闻道辋川多胜事，玉壶春酒正堪携。"

〔四〕佳石意见前诗。沁，渗入或透出。（唐）唐彦谦《咏竹》："醉卧凉阴沁骨清，石床冰簟梦难成。"

【笺疏】

题中虽未明言，据其意，此当为诗人特意写给丈夫的诗作，同时也是诗人的自期之作。"天外任昂头，青山四望幽"，正其举头天外望也；"十年尘世气，卷入大江流"，所谓无我这般人也；"皓首相期隐，春风结伴游"，明其夫妇和睦久也；烟云过目，归隐田园，是其夙志也。诗书胜事，谈笑生风，俯仰之间，皆明良人之情态怡然。"昂首攀南斗，翻身倚北辰。举头天外望，无我这般人"（《陆九渊集》卷三十五《语录下》），对于极为心仪儒门思孟及理学传统的诗人而言，不可能不稔熟她的出典。

诗作措笔洒落而襟怀辽阔，视为卷中白眉可也。

## 清晨

清晨到北岸，趁此好春风。可惜花时节，输将俯仰中。[一]潮泥深履迹，旭日倦儿童。[二]极目空明外，飘来一短篷。[三]

【注释】

〔一〕俯仰,《孟子·梁惠王上》:"是故明君制民之产,必使仰足以事父母,俯足以畜妻子。"后因以"俯仰"借指养家活口。(明)何大复《获稻》诗:"但堪供俯仰,那复问仓厢。"

〔二〕潮泥,潮水带来之淤泥。深、倦,皆为使动用法。

〔三〕空明,空旷澄净的天空。(宋)苏轼《海市》诗:"东方云海空复空,群仙出没空明中。"

【笺疏】

诗人偶得闲暇,春日闲步水边。自感光阴迅逝而身为物役,未免一叹。转见空色鲜明,扁舟出没,心神为之一畅。诗或作于1925年春天。

【系谱】

此时唐君毅已从重庆联中毕业,与克社六人先后赴北平升学。迪风公送子赴北平升学的分别之际,唐先生经历了一次强烈的"超越性感受与体验":

吾年十七岁,吾父送吾至船上,同宿一宵。至凌晨,而忽闻船上之机轮声。吾父登岸,乃动离别之情。然吾之下一念,即忽然念及古往今来无数人间之父子兄弟夫妇,皆同有此离别之情,而生大感动。(《生命存在与心灵境界》"后序")

唐先生晚年曾在三次追忆中反复记载这一觉受。《生命存在与心灵境界》之外,另外两次分别为《民国初年的学风与我学哲学的经过》和《超越心情与傲慢之根》:

我大概从十六七岁的时候,中学毕业读大学,就开始到北平读书,父亲送我上船,与父亲一齐睡在囤船上,天亮的时候,我就上船了,父亲便要离开。当然,在这个时候,小孩子会有一种离别的感情,一下子觉得很悲哀,而这个一下子的悲哀突然间变成不只是属于我个人的,也不是由读书来的,忽然想到古往今来可能有无数的人在这个地方离别,也有无数的人有这种离别的悲哀,一下子我个人的悲哀没有了,个人离开家里的悲哀没有了。这个普遍的悲哀充塞在我的心灵里面,这个古往今来离别的悲哀也不知有多少,这个是无穷无尽的,不只是过去有人离别,将来也有人离别,甚至中国有,外国有,这个时候,这个情感变成了普遍的情感。(《民国初年的学风与我学哲学的经过》)

至于吾对超越世界之存在之感受与体验,则始于吾十七岁,吾父送吾乘船至北平读书之一经验。忆吾父既送吾上船,当夜即宿于船侧之一囤船之上,吾初固不感父子相别之悲也。及至次晨,船之轮机转动,与囤船相距渐远,乃顿觉一离别之悲。然当吾方动吾一人之悲之际,忽念古往今来,人间之父子兄弟夫妇之同有此离别之悲者,不知凡几,而吾一人之悲,即顿化为悲此人间之有离别,更化为一无限之悲感;此心之凄动,益不能自已,既自内出而生于吾心,亦若自天而降于己。吾亦以是而知人生自有一超越而无私之性情,能自然流露,是乃人生之至珍之物也。(《超越心情与傲慢之根》)

这一经由极具体升入极抽象再回向极具体的能力,即是唐先生一生主张"性情"之教的核心所在。

## 轻寒

轻寒乍暖养花天,孤负乡关十六年。〔一〕独有晴江犹念旧,戏将短桨学摇船。水花点点沾衣袖,风日融融破晓烟。长此寄身云壑外,不知桃杏已鲜妍。〔二〕

【注释】

〔一〕养花天,指暮春时节,因天多轻云微雨,适宜养花,故称。(明)杨慎《丹铅总录·时序·养花天》:"《花木谱》云:越中牡丹开时,赏者不问疏亲,谓之看花局。泽国此月多有轻阴微雨,谓之养花天。”乡关,犹故乡。《陈书·徐陵传》:“萧轩靡御,王舫谁持?瞻望乡关,何心天地?”

〔二〕云壑,犹言云海,《庄子·天地》:“夫大壑之为物也,注焉而不满,酌焉而不竭。”鲜妍,鲜艳美好。(唐)元稹《梦游春七十韵》:“鲜妍脂粉薄,暗淡衣裳故。”

【笺疏】

按“孤负乡关十六年”并唐迪风和诗“偕乐儿归石盈握”计,此诗约为诗人全家赴江南之前作,其时当在1925年春,唐迪风携家人约在1909年夏秋前后离乡居外,故称十六年。此时诗人虽犹在故里,然转念往日思乡之情,则未免逢春倍增。

而在唐迪风的唱和之作中,则更以林泉生涯道义相期。面对妻子隐含的淡淡幽怨情绪,丈夫更以“莫与他人斗妍媸”的道心安慰之。

附:

和卓仙《轻寒》诗

迪风

群卉舒荣二月天,风光明艳自年年。
乡间地僻时寻胜,江上波平好放船。
偕乐儿归石盈握,倦游人过灶生烟。
林泉生活君期我,一任邻家斗丑妍。

## 沙滩

沙滩三五里,信步任东西。〔一〕白日青天下,歧途未便迷。〔二〕菜花黄欲老,胡豆嫩还低。〔三〕水落流声细,潺湲若小溪。〔四〕

【注释】

〔一〕信步，漫步，随意行走。(唐)齐己《游谷山寺》诗："此生有底难抛事，时复携筇信步登。"

〔二〕歧途，岔路。(清)赵翼《放歌》："谁教东驰西骛多歧涂，贪如夺标弃如屣。"

〔三〕菜花，油菜花。胡豆，蚕豆别名。古时豌豆亦别称"胡豆"。(明)李时珍《本草纲目·谷三·豌豆》："胡豆，豌豆也"；《蚕豆》则云："此豆种亦自西胡来，虽与豌豆同名，同时种，而形性迥别。《太平御览》云：张骞使外国，得胡豆种归。指此也。今蜀人呼此为胡豆，而豌豆不复名胡豆矣。"

〔四〕潺湲，流貌。《楚辞·九歌·湘夫人》："慌忽兮远望，观流水兮潺湲。"

【笺疏】

菜花老，蚕豆小，一片春光盎然之状中，诗人信步沙滩，细听泉水之潺湲，临歧路而能不迷。此处青白之辨，或非仅天与日之谓，亦凭人之心胸而能即情见理。

诗当作于1925年春。

【系谱】

1925年唐君毅初到北平，观看露天电影时再次经历了仁心顿彻的想象性超越体验：

年十七，就学北平，一夜至当时之一大学广场中，见演中山先生未逝世前之一电影。时繁星满天，吾忽念此人间中之志士仁人如中山先生者之所为，在此广宇悠宙中，诚如沧海之一粟。然此志士仁人，必鞠躬尽瘁以为之，抑又何故？吾一面仰视苍穹，一面回念人间，恻怛之情，即不能自已，觉吾之此情，若悬于霄壤，充塞宇宙，而无边际。(《生命存在与心灵境界》"后序")

这一经由"理性"翻转后的"既是情又是理"，彼时唐先生尚未找到准确的词汇表达，晚年则直接以"性情"出之：

我的哲学中，宇宙也好，人生也好，最后的东西是什么呢？是一个又是情又是

理的东西,不是情、理两个,情的普遍化是理,理的具体化是情。(《民国初年的学风与我学哲学的经过》,收入《病里乾坤》)

## 中春日,游流杯池及涪翁楼,有作,步迪风原韵〔一〕

一

老树横怒枝,盘根石山嘴。〔二〕幽荫小谷中,曲池呈绿水。〔三〕

二

村女三四人,浮杯乱相渡。围坐小池边,爱此幽绝处。

三

雨余天气好,风定水尤明。石壁观遗迹,浑忘世俗情。

四

瞻罢涪翁像,小憩涪翁楼。溪山无限好,静守寸心秋。

五

石缝才通人,纡若羊肠瘦。〔四〕缓陟百仞冈,环视春山秀。〔五〕

六

深谷涵冷气,清风透衣裳。〔六〕凭栏看耕犊,阵阵野花香。

七

人生如旅客，天地作吾庐。瞬即为尘土，无时可读书。

八

东风无所事，妆点满园花。只恐春阴去，空留月影斜。

【注释】

〔一〕中春日即农历二月十五日。是日为春季正中，故称。（唐）徐凝《二月望日》诗："长短一年相似夜，中秋未必胜中春。"流杯池及涪翁楼皆在宜宾市郊之北，其地有崔科山（又名天柱山）。北宋元符元年黄庭坚（1045—1105，号涪翁）居戎州时，仿王羲之《兰亭集序》"流觞曲水"意境，于此凿石饮水为池，曰"流杯池"。自宋以来，后人为纪念黄氏，相继在流杯池周围修建了涪翁亭、涪翁楼、山谷祠、吊黄楼等建筑。涪翁楼是昔日黄庭坚读书会友、挥毫泼墨之地，在此留下了《苦笋赋》《荔枝绿颂》等华章。按，流杯池有二，另一在万州（重庆）。就迪风原作"昔来方幼年，今来须满嘴"推论，此处为宜宾流杯池。此时诗人全家尚在家乡。

〔二〕山嘴，山脚伸出的尖端。（宋）杨万里《登多稼亭晓望》诗："城腰折处才三径，山嘴前头别一村。"

〔三〕曲池，曲折回绕的水池。《楚辞·招魂》："坐堂伏槛，临曲池些。"王逸注："下临曲水清池。"（南唐）冯延巳《抛球乐》："曲池波晚冰还合，芳草迎船绿未成。"

〔四〕纡，屈曲；曲折。《周礼·考工记·矢人》："中弱则纡，中强则扬。"（南朝·陈）阴铿《广陵岸送北使诗》："汀洲浪已息，邗江路不纡。"

〔五〕陟，由低处向高处走。与"降"相对。《诗·周南·卷耳》："陟彼崔嵬，我马飐隤。”(唐)骆宾王《秋日山行简梁大官》诗:“束马陟层阜,回首睇山川。”仞,古代长度单位。七尺为一仞。一说,八尺为一仞。《论语·子张》:“夫子之墙数仞,不得其门而入者,不见宗庙之美,百官之富,得其门者或寡矣。”

〔六〕涵,包含,包容。《诗·小雅·巧言》:“乱之初生,僭始既涵。”(晋)葛洪《抱朴子·道意》:“道者,涵乾括坤。”

【笺疏】

浑忘世俗而静守寸心,逆旅人生见山秀深春。诗人全家共游同赏,又有夫妇唱随之乐,虽稍叹岁月之促,亦甚感欢愉情多。诗人暮年在苏州常和二女至中忆及“阿公在世的情景”,所谓“全家出游,吟诗放歌,物质贫寒而精神富足,其乐融融”(唐晓帆《回忆母亲》,未刊稿),正此情此境之谓也。

附:

《游流杯池及涪翁楼》

迪风

其一

昔来方幼年,今来须满嘴。不见涪溪翁,只见涪溪水。

其二

双鸭浴涪溪,人从溪上渡。石阜数百寻,中有通幽处。

其三

溪头草柔绿,池曲水空明。不必流杯饮,山川故有情。

其四

胜日寻芳躅,来登江上楼。风流成往事,寂寂似千秋。

其五

春山云不流,春水波痕瘦。春风温然来,春色何娟秀。

其六

扫空石畔竹，苍翠侵衣裳。未及春三月，思闻苦笋香。

其七

逸妻欣赏此，拟结一茅庐。为与尘嚣远，良时好读书。

其八

娇儿笑相指，欲摘道旁花。风景勾人住，归时夕照斜。

【笺疏】

迪风公性极爱食苦笋(参见《祭迪风文》)，此诗为证。有妻而能逸，又能偏为夫赏，唱随之乐，于斯为盛。

唐君毅亦甚喜食苦笋，日后儿子长年教学在外，居江南时多，诗人常“掘苦笋盛旅袋以带其处”(唐宁孺《忆大哥》)。

## 浪淘沙

啼鸟醒新愁，往事悠悠，暮春犹自着重裘。〔一〕只为俗尘供旧病，羡彼沙鸥。　　儿女步高邱，笑语优柔，几回误指父归舟。〔二〕菜麦青黄相间处，惹我凝眸。〔三〕

【注释】

〔一〕着，穿。重裘，厚毛皮衣。(汉)贾谊《新书·谕诫》：“重裘而立，犹憯然有寒气，将奈我元元之百姓何?”

〔二〕高邱，通高丘，高山。(唐)杨炯《后周青州刺史齐贞公宇文公神道碑》：“或大泽而康帝图，或高丘而济王业。”优柔，宽舒，从容。(南朝·梁)刘勰《文心雕龙·书记》：“言以散郁陶，托风采，故宜条畅以任气，优柔以怿怀。”

〔三〕凝眸，注视，目不转睛地看。(唐) 李商隐《闻歌》:“剑笑凝眸意欲歌，高云不动碧嵯峨。”

【笺疏】

油菜金黄而麦色青青，此诗人思念丈夫之作。约作于 1925 年暮春。时唐迪风任教于重庆联中及省二女师。诗人合家居重庆两路口江滨大溪沟。

## 卖花声 和迪风韵。

一

双柏识门墙，青荫回廊，风枝袅袅漾晴光。〔一〕小雀庭除争米屑，了不思量。〔二〕　素月去洋洋，云水苍苍，泛槎欲上叩东皇。〔三〕底事不将清影系，长照花香。

二

独立背斜晖，自织藩围，连宵雨助豆苗肥。〔四〕一任枝头红影瘦，匝地香飞。〔五〕　林际有莺啼，半启窗扉，深深院落读书帏。〔六〕闲课儿童还学种，倦也方归。

【注释】

〔一〕风枝，风吹拂下的树枝。(唐) 戴叔伦《客夜与故人偶集》诗:“风枝惊暗鹊，霜草覆寒蛩。”袅袅，柔弱细长貌。(唐) 许浑《和常秀才寄简归州郑使君借猿》:"谢守携猿东路长,褭藤穿竹似潇湘。"

〔二〕庭除,庭院。(唐) 袁郊《甘泽谣·红线》:"时夜将传,辕门已闭。杖策庭除,唯红线从行。"

〔三〕洋洋,无所归貌。《楚辞·九章·哀郢》:"顺风波以从流兮,焉洋洋而为客。"苍苍,茫无边际。《淮南子·俶真训》:"浑浑苍苍,纯朴未散。"泛槎,1991 年全集本作泛搓,据 1973 年本改。(晋) 张华《博物志》:"天河与海通。近世有人居海渚者,年年八月有浮槎,来去不失期。"东皇,指司春之神,(唐) 戴叔伦《暮春感怀》诗:"东皇去后韶华在,老圃寒香别有秋。"按,东皇亦有东皇太一义,此据惜春之意定。

〔四〕斜晖,夕阳。藩,篱笆。《易·大壮》:"羝羊触藩。"(唐) 孔颖达疏:"藩,藩篱也。"

〔五〕匝地,遍地。(唐) 王勃《还冀州别洛下知己序》:"风烟匝地,车马如龙。"(宋) 赵崇嶓《蝶恋花》词:"风旋落红香匝地,海棠枝上莺飞起。"

〔六〕林际,林边。扉,门扇。(晋) 陶潜《癸卯十二月作与从弟敬远》:"顾盼莫能知,荆扉昼常闭。"帏,帷帐。

【笺疏】

据唐迪风原作"五年如梦别慈帏"推论,词当作于 1925 年。唐母约病逝于 1920 年,初葬成都,唐家举家迁往重庆之后,唐迪风又移母柩至宜宾故里与父合葬。途中曾作七绝,中有"归鸟无地报私情"句。之后益感生死事大,遂有 1925 年携妻子往南京问佛学于支那内学院之举(唐君毅《〈孟子大义〉重刊记及先父行述》)。

诗中表达了光阴易老而华年易逝之感。岁月时煎,道心杳杳,渴慕圣学的内在焦虑对于诗人同样是存在的。

此年春唐君毅已从重庆联中毕业后赴北平升学。

附：

卖花声

唐迪风

其一

日影度东墙，移上长廊，等闲抛掷好时光。燕子不知人意倦，软语商量。江水去洋洋，山色苍苍，游蜂往复太皇皇。隐几曲肱思旧事，何处花香。

其二

桃杏斗芳晖，短短墙围，园蔬得雨嫩苗肥。春色着人如中酒，管甚花飞。窗外午鸡啼，虚掩柴扉，五年如梦别慈帏。手泽犹存人不在，空想还归。

## 清平乐 咏小孩游戏。

轻轻悄悄，眯眼微含笑。尾捉花前娇鸟小，扈尔一声飞了。〔一〕

晴空雁字横斜，举头拍手喧哗。〔二〕追向碧溪桥畔，水边去看游虾。

【注释】

〔一〕尾，尾随。扈尔，拟声词。

〔二〕雁字，成列而飞的雁群。群雁飞行时常排成“一”或“人”字，故称。语出（唐）白居易《江楼晚眺景物鲜奇吟玩成篇寄水部张员外》诗：“风翻白浪花千片，雁点青天字一行。”

【笺疏】

诗人躬持内务，抚养儿女，诗中描摹孩童游戏之状，往往逼真传神。可参《咏恂儿游戏》等作。集中特写儿童之诗数见，亦诗人蔼然仁性之流露。

【系谱】

1925年唐君毅赴北平升学，过程并不顺利。其初考北大未获录取，又兼水土不服，终至病倒。之后改入中俄大学，想借此了解中苏关系，并阅读一些马克思、列宁著作。同时继续备考北大。期间尝作《满江红》词以明志（见本书附录）。

## 客江宁初见雪〔一〕

初作江南客，江南景未知。仲冬才四日，已是雪来时。〔二〕飞屑凌空弱，随风堕地迟。倚窗看不足，回首漫凝思。

【注释】

〔一〕江宁，南京。

〔二〕仲冬，冬季的第二个月，即农历十一月。处冬季之中，故称。《书·尧典》："日短星昴，以正仲冬。"《后汉书·宦者传序》："《月令》：'仲冬命阉尹审门闾，谨房室。'"

【笺疏】

1925年唐迪风原本任教于重庆联中及省二女师，因五年前丧母之后哀毁过情、得了脑病（唐君毅《母丧杂记》）、又因不满学校当局在聘任工作中对友人邓绍勤不公，愤而辞职，举家借贷三百元携家东下，到南京法相大学（支那内学院）投欧阳竟无门下，由此得以结识交游常于该院驻学讲习的梁漱溟、熊十力等人。欧阳竟无希望收唐迪风为弟子专研佛学，迪风则当面明志："弟子不愿学佛，愿学儒。"竟师不以为忤。其在南京游学三载，先后搬家三次，第一次住保泰街，第二次住丹凤街，第三次住在居安里七号。此为初到南京之作。

诗人初客江南，首次见雪，观之不足而犹有所思，此诗人好学深思之自然流露。诗当作于 1925 年底。

## 客江南偕迪玩雪〔一〕

卷帘庭院白，喜极不知寒。一撮和风嚼，三更共月看。明辉流积素，〔二〕霁色入雕阑。〔三〕游子衣裳薄，思之心欲酸。

【注释】

〔一〕1973 年本无此题。该诗与上诗皆列于《客江宁初见雪》题下。

〔二〕积素，积雪。《文选·雪赋》："积素未亏，白日朝鲜。"李周翰注："言积雪未销，白日鲜明。"

〔三〕霁，风霜雨雪停止，天气晴好。《晏子春秋·谏上二十》："景公之时，雨雪三日而不霁。"

【笺疏】

诗人与丈夫客居江南，清兴颇高，不惧天寒，玩雪为乐。良辰美景却忽然忆及长子独在北方求学，衣裳单薄，不禁阵阵心酸。诗当作于 1925 年底，与上诗同。

【系谱】

1925 年春唐君毅从重庆联中毕业后赴北平初考北京大学，既未录取，则改入中俄大学。后于 1926 年再考北京大学，入北京大学哲学系预科。

## 忆丹凤街旧寓

半方天井逼邻墙，反映全凭粉垩光。〔一〕习篆灵蜗夜书壁，窥人

饥鼠昼寻粮。[二]苔痕枢纽闲门绿，瓦缝飞尘日色黄。[三]最好围炉风雪里，小窗相对读蒙庄。[四]

【注释】

〔一〕天井，宅院中房子和房子或房子和围墙所围成的露天空地。垩，白色泥土。《庄子·徐无鬼》："郢人垩慢其鼻端，若蝇翼，使匠石斫之。匠石运斤成风，听而斫之，尽垩而鼻不伤。"（汉）司马相如《子虚赋》："其土则丹、青、赭、垩、雌黄、白坿。"

〔二〕篆，汉字书体名。《说文·竹部》："篆，引书也。"段玉裁注："引书者，引笔而着于竹帛也，因之李斯所作曰篆书，而谓史籀所作曰大篆，既又谓篆书曰小篆。"（元）盛熙明《法书考》："大篆者周史籀所作也，或云柱下史始变古文，或同或异……小篆者秦丞相李斯所作也，增损大篆籀文，谓之小篆，亦曰秦篆。"蜗牛爬行轨迹宛转，故诗人有此谐趣。

〔三〕枢纽，主门户开合之联系部位。

〔四〕蒙庄，即庄子。《史记·老子韩非列传》载庄子尝为蒙漆园吏，又是蒙人，故称。（晋）潘岳《悼亡诗》："上惭东门关，下愧蒙庄子。"

【笺疏】

诗人举家居南京时，除唐迪风为《甲寅》等刊物撰稿少许润笔外，并无经济来源，生事日艰。其时唐家家境并不富裕，家中田产租金无法维持一家生计与子女读书之需。而诗人颇能乐天知命，安贫乐道。据王康先生追忆，诗人住南京时，贫而不改其乐，尝在门板上自书"采菊东篱下，悠然见南山"。为欧阳竟无见之，赞为"有兰亭映带之美峻，寒食结体之沉郁"（《思复堂遗诗》"后语"，重庆碧野学堂自印单行本，2016年）。

此当为诗人举家迁入居安里七号后作。

## 和迪风雪诗次原韵

昨夜围炉火不骄，今朝开户雪飘摇。荷樵人自街头去，琼蕊晶莹载满挑。〔一〕枯树着花生勃勃，广庭积素晚萧萧。〔二〕老驴负重蹄犹健，得得冲寒过小桥。〔三〕

【注释】

〔一〕荷樵，担柴。琼蕊，琼花，形容雪貌。

〔二〕着花，开花。素，白色生绢。《礼记·杂记下》："纯以素，紃以五采。"拟雪。萧萧，萧条，寂静。（晋）陶潜《自祭文》："窅窅我行，萧萧墓门，奢耻宋臣，俭笑王孙。"（唐）皎然《往丹阳寻陆处士不遇》诗："寒花寂寂遍荒阡，柳色萧萧愁暮蝉。"

〔三〕得得，拟声词。

【笺疏】

诗人与丈夫性甚爱雪，故居南京之时，雪诗多见。此其一也。

附：

雪诗

唐迪风

卷地风来势正骄，吹将朔雪（1991年全集本做"翔雪"，此据1973年影印本）影飘摇。持筐女去花双鬓，卖菜人归玉一挑。万里溪山闲漠漠，几家门巷静萧萧。儿童最爱天然好，不为寻诗过小桥。

## 雪

柳絮先春逗夕霏，乘风片片入书帏。〔一〕熏炉烘砚冰开冻，斗室吟诗夜有辉。〔二〕天地寂寥情思永,家山遥远梦魂飞。伤心阿父当时事,病榻缠绵望我归。

【注释】

〔一〕夕霏,傍晚的雾霭。(宋)秦观《泗州东城晚望》诗:"渺渺孤城白水环,舳舻人语夕霏间。"

〔二〕熏炉,用于熏香等的炉子。(唐)杨炯《和崔司空伤姬》:"粉匣栖余泪,熏炉减旧烟。"斗室,狭小的房间。

【笺疏】

诗人全家仍客居南京。期间诗人之父可能去世,故诗中有思亲之语。诗约作于1926年初春。

【系谱】

1926年唐君毅考入北京大学。当时北大自由批评、自由讲学之风很盛,但一般理性的批评往往只向外用,失去中国文化反求诸己的自省精神。教授课堂之上亦多轻薄、俏皮语。唐先生对此非常反感。

唐先生在北大读预科时适逢胡适先生讲"中国哲学史",唐先生只去旁听一次,认为胡讲"东方文化知足而保守,西方文化不知足而进取"全都不对。唐先生彼时已经甚为神往道德宗教的力量。

又听梁漱溟先生讲治哲学八阶段,感甚为相契。但对梁先生喜从直觉讲中国文化唐先生最初不以为然,认为直觉纯任主观,最不可靠,只有理性才可靠。

## 拟陶渊明癸卯始春怀古田舍

一

穆穆山含翠，娟娟水澄绿。〔一〕枯条茁新芽，众卉复初蓐。〔二〕秉来事田畴，邻近时相勖。〔三〕童稚欢肄劳，缅焉情惟竺。〔四〕昭昭禹稷功，殚心利民俗。〔五〕瞻望即弗及，遗迹蕴心曲。〔六〕养真遂所怀，有酒便云足。〔七〕

二

樊迟学稼圃，诸葛耕隆中。〔八〕遥念古先民，恬然安固穷。〔九〕及春理常业，眷有良岁功。〔一〇〕时鸟试新声，好音闻苍穹。〔一一〕餐胜悦我性，戮力勤我躬。〔一二〕四体虽云劳，心逸神自充。南山治芜秽，良苗欲笼葱。〔一三〕归来日已夕，舒啸临清风。〔一四〕

【注释】

〔一〕穆穆，宁静；静默。《楚辞·远游》："形穆穆以浸远兮，离人群而遁逸。"（晋）陶潜《时运》："迈迈时运，穆穆良朝。"娟娟，明媚貌。（宋）司马光《和杨卿中秋月》："嘉宾勿轻去，桂影正娟娟。"

〔二〕蓐，草席、草垫子。《周礼·夏官·圉师》："圉师掌教圉人养马，春除蓐。"此作动词，初春草成，拟为席垫之状。

〔三〕秉，禾把，成把的禾。《诗·小雅·大田》："彼有遗秉，此有滞穗。"。田畴，泛指田地。《礼记·月令》："（季夏之月）可以粪田畴，可以美土疆。"勖，勉励。《书·泰誓中》："勖哉夫子，罔或无畏。"《诗·邶风·燕燕》："先君之思，以勖寡人。"

〔四〕肄，学习；练习；演习。《礼记·曲礼下》："君命，大夫与士肄。"缅，思念。

(唐) 杜甫《八哀诗・故秘书少监武功苏公源明》:“反为后辈亵,予实苦怀缅。”竺,通“笃”,厚,深。《楚辞・天问》:“稷维元子,帝何竺之?”

〔五〕昭昭,明白;显著。《老子》:“俗人昭昭,我独昏昏。”禹稷,指夏禹与后稷。夏禹、后稷受尧舜命整治山川,教民耕种,称为贤臣。《孟子・离娄下》:“禹稷当平世,三过其门而不入,孔子贤之。”殚心,竭尽心力。

〔六〕瞻望,仰望;仰慕。

〔七〕真,真性。遂,如愿。

〔八〕樊迟学稼圃,典出《论语・子路》:“樊迟请学稼,子曰:‘吾不如老农。’请学为圃,子曰:‘吾不如老圃。’樊迟出,子曰:‘小人哉,樊须也!’”樊迟,孔子弟子,七十子之一。姓樊,名须,字子迟。此处反用其语。诸葛耕隆中,典出前《出师表》:“臣本布衣,躬耕于南阳,苟全性命于乱世,不求闻达于诸侯。”

〔九〕恬然,安然,不在意貌。《荀子・强国》:“观其朝廷,其朝闲,听决百事不留,恬然如无治者,古之朝也。”固穷,信守道义,固守其穷,安于贫贱穷困。《论语・卫灵公》:“子曰:‘君子固穷,小人穷斯滥矣。’”(晋) 张协《杂诗》之十:“君子守固穷,在约不爽贞。”杜甫《前出塞》诗之九:“丈夫四方志,安可辞固穷!”

〔一〇〕常业,固有之业。中国古代以农立国,故特指农业。《韩非子・饰邪》:“家有常业,虽饥不饿;国有常法,虽危不亡。”(晋) 陶潜《庚戌岁九月中于西田获早稻》:“开春理常业,岁功卿可观。”眷,顾念;关注。良岁,好的年成。

〔一一〕时鸟,应时而鸣的鸟。(魏) 曹植《节游赋》:“凯风发而时鸟谨,微波动而水虫鸣。”(晋) 陶潜《与子俨等疏》:“〔余〕见树木交荫,时鸟变声,亦复欢然有喜。”苍穹,天空。

〔一二〕胜,形容事物优越、美好。《逸周书・程典》:“用寡立亲,用胜怀远,远格而迩安。”戮力,勉力,并力,戮通“勠”。《书・汤诰》:“聿求元圣,与之戮力,以与尔有众请命。”躬,身体。《史记・司马相如列传》:“心烦于虑而身亲其劳,躬胝无胈,肤不生毛。”

〔一三〕芜秽,荒芜。谓田地不整治而杂草丛生。《楚辞·离骚》:“虽萎绝其亦何伤兮,哀众芳之芜秽。”茏葱,葱茏。(草木)青翠茂盛。(唐)杨巨源《长安春游》诗:“茏葱树色分仙阁,缥缈花香泛御沟。”

〔一四〕舒啸,犹长啸,放声歌啸。(晋)陶潜《归去来兮辞》:“登东皋以舒啸,临清流而赋诗。”。

【笺疏】

诗当作于1926年初春。诗意多脱胎陶典。陈卓仙诗与陶诗之渊源见于1973年本唐君毅编后记:“(先母)于古人之诗,喜道及陶之意境与杜之性情。”此拟作为集中仅见。

陶潜原诗为《癸卯岁始春怀古田舍二首》,其一为:“在昔闻南亩,当年竟未践。屡空既有人,春兴岂自免。夙晨装吾驾,启涂情已缅。鸟哢欢新节,泠风送余善。寒竹被荒蹊,地为罕人远。是以植杖翁,悠然不复返。即理愧通识,所保讵乃浅。”其二为:“先师有遗训,忧道不忧贫。瞻望邈难逮,转欲志长勤。秉耒欢时务,解颜劝农人。平畴交远风,良苗亦怀新。虽未量岁功,即事多所欣。耕种有时息,行者无问津。日入相与归,壶浆劳近邻。长吟掩柴门,聊为陇亩民。”

又,唐先生亦曾自道最喜陶渊明诗,“以其哲学思想之丰富,为其他文士所不及”(《唐君毅先生年谱长篇》),此或受到诗人影响所致。至唐先生《中国文化之精神价值》写成,则将此意明确为“中国最早以自然诗名之陶渊明,则兼宗儒、道二家者”。

## 除夕戏作

今年更比去年穷,零米升升过一冬。搜箧已无衣可典,御寒尚有酒盈盅。〔一〕布衾如铁知宵永，窗牖来风待晓融。〔二〕又是一回逢岁暮，依然羁旅客江东。

【注释】

〔一〕箧，小箱子，藏物之具。大曰箱，小曰箧。

〔二〕布衾如铁，典出杜甫《茅屋为秋风所破歌》，被子像铁块一样冷硬。融，大明；大亮。《左传·昭公五年》："《明夷》之《谦》，明而未融，其当旦乎，故曰'为子祀'。"杜预注："融，朗也。"孔颖达疏："明而未融，则融是大明，故为朗也。"

【笺疏】

诗作于唐家就学南京支那内学院时。"又是一回逢岁暮"，唐家在南京除夕两度(1926，1927)，故此除夕当为1927年。禅宗有谓从"贫无立锥之地"至"连锥也无"方是究竟，或正此时诗人心曲之谓也。

唐君毅在北平游学一年半后，1927年春天曾往南京探亲。当时唐家住居安里七号，斗室陋巷，与支那内学院相距数里，迪风公徒步来往，风雨不辍。

诗人一家虽客居江南，却精神充实、家庭和睦，杯酒书声，皆可御寒。

## 缝纫窗下，望雪

倾耳无声洒碧苔，安排诗句共衣裁。〔一〕八龄幼女朝行汲，满面飞花带笑回。〔二〕

【注释】

〔一〕倾耳，谓侧耳静听。《史记·淮阴侯列传》："农夫莫不辍耕释耒，褕衣甘食，倾耳以待命者。"

〔二〕汲，从井里取水。泛指打水。《易·井》："井渫不食，为我心恻，可用汲。"

【笺疏】

此处幼女当为唐恂季（生于1918年），诗约作于1926年。诗人习劳家务，一边缝纫，一边吟诗，生计操作而不失清趣雅兴。举首看到女儿早起外出打水，满面雪片如花，嬉笑而回，此情此景足供莞尔。

## 雪后

雪后松梅应愈健，好风莫再撼柔枝。〔一〕碧窗乍觉寒来重，恰是呱呱涕泣时。〔二〕

【注释】

〔一〕柔枝，嫩枝。此处比拟幼儿。

〔二〕碧窗，绿色的纱窗，碧纱窗的省称。（唐）李白《寄远》之八："碧窗纷纷下落花，青楼寂寂空明月。"此处泛指对窗的美称。呱呱，象声词，此处指婴儿哭声。

【笺疏】

唐宁孺生于1926年3月17日，适在南京。诗中呱呱，应即描摹婴儿之状。故诗当作于宁孺出生后不久。雪景虽美，而寒意交加，诗人未免更担忧起儿女的健康来。

## 杨柳 **与迪风率三子从江南返蜀，留滞途中，欲归不得。**

杨柳依依二月春，自金陵过汉江滨。〔一〕家山遥隔三千里，荒乱

羁留半路人。大麦已登梅子熟，归期难定客愁频。无端辟地来乡野，队队鸡雏共主宾。〔二〕

【注释】

〔一〕依依，轻柔披拂貌。《诗·小雅·采薇》："昔我往矣，杨柳依依；今我来思，雨雪霏霏。"金陵，南京。汉江，又名汉水，在湖北省襄樊市以下又称襄河，为长江最大支流。

〔二〕无端，无因由，无缘无故。《楚辞·九辩》："蹇充倔而无端兮，泊莽莽而无垠。"辟地，开辟疆域，此处引申为开拓新的生活环境。

【笺疏】

1927年春，唐迪风因生计日渐艰苦，携带妻儿从南京还乡。途经武汉时，因相貌肖似舅氏卢政公，迪风被当地农会误捕去，数日方回，诗即记其事。所率三子者，为唐恂季、唐慈幼(君实)、唐宁孺(继渊)。时唐君毅独自留在南京中央大学求学，唐至中在重庆读书。唐君实尝有文记其事：

突然有一天来了一个人带了口信说，阿爸被关押起来啦。阿妈带了盖被携着四姊和我到五里界镇上去，原来阿爸被锁在一间土地屋里，外面上了锁，就是一间中等的屋子，有张方桌，一张木床，其他什么东西都没得，我们也带了饭去，阿爸见到我们，并不显得着急，态度还很安详。但阿妈却很着急。过了四五天阿爸被放了回来。城里回来的农民协会的负责人说抓错了人，他们要抓的是没胡子的人，却把有胡子的人抓来，弄错了，也没有什么赔不是的话，就白白地冤枉关了好几天，后来我们才知晓得他们要抓的是大舅公，他才是没有胡子的人。(《阿爸和我们一家在成都的日子》，未刊稿)

## 夜深 **迪风为其舅事误系，余及儿辈待至夜分，犹未归也。**〔一〕

夜深庭院月明多，久立阶前意若何。想得此时应未睡，遥知儿女正思他。

【注释】

〔一〕系，拘囚；拘禁。《礼记·月令》：“〔孟夏之月〕断薄刑，决小罪，出轻系。”夜分，夜半。《后汉书·光武帝纪下》：“〔帝〕数引公、卿、郎、将讲论经理，夜分乃寐。”李贤注：“分犹半也。”

【笺疏】

唐迪风被误拿在监，诗人与儿女夜不能寐，伫立中庭。遥想羁人亦当正思家人。此背面傅粉之法。尤见离情之苦，想念之深。后诗人悼亡诸作，亦多从亡者角度入手(参见卷二《幼女》“儿哭父兮母泪收，父思儿兮谁解愁”等)，正同此意。

## 幽居

乱世幽居远市场，生涯日拙日匆忙。〔一〕自磨麦面和麸食，清煮鲜蔬入碗香。儿女苦饥甘饮粥，舟航望断梦还乡。松扉静掩天寥廓，时有书声出院墙。〔二〕

【注释】

〔一〕幽居，僻静的居处。(元) 洪希文《幽居》诗：“投老安闲世味疏，深深水竹葺幽居。”生涯，犹生计。(唐) 沈佺期《饯高唐州询》诗：“生涯在王事，客鬓各蹉跎。”拙，困穷；倒霉。(唐) 杜甫《北征》诗：“缅思桃源内，益叹身世拙。”

〔二〕寥廓，空旷深远。《楚辞·远游》：“下峥嵘而无地兮，上寥廓而无天。”

【笺疏】

幽居乡下而梦还故乡，诗作于 1927 年春夏诗人全家羁留武汉期间。虽然物质匮乏，诗人不得不自磨面麸，清煮鲜蔬，一家人却依然不废读书之乐，书声琅琅，时出院墙。

诗人热爱学问，极喜读书，故“书声”于其诗作中出现频率甚高。

## 过三峡

一

群山夹束水潆洄，汽笛传声万壑雷。〔一〕前面几番疑绝路，一湾才合一湾开。

二

峭壁千寻碍日光，饱看山水出瞿塘。〔二〕归当花下携双稚，细话巫山险且长。

三

水险山高蜀道危，三年三度过巫夔。〔三〕行行只爱江南好，处处垂杨处处池。

【注释】

〔一〕长江三峡古今说法颇纷。或以西峡、巫峡、归峡为三峡。夹束，夹紧，约束。潆洄，水回旋貌。（宋）朱熹《精舍闲居戏作武夷棹歌》：“鼓楼岩下水潆洄。”正(唐)杜甫《咏怀古迹》“群山万壑赴荆门”之壮观。

〔二〕寻,古代长度单位,一般为八尺。《诗·鲁颂·閟宫》:“是断是度,是寻是尺。”瞿塘,峡名。为长江三峡之首。也称夔峡。西起四川省奉节县白帝城,东至巫山大溪,江流湍急,山势险峻,号称西蜀门户。峡口有夔门和滟滪堆。(唐)杜甫《秋兴诗》之六:“瞿唐峡口曲江头,万里风烟接素秋。”(宋)陆游《入蜀记》卷六:“发大溪口,入瞿唐峡,两壁对耸,上入霄汉。”

〔三〕巫、夔,即巫山、夔门。

【笺疏】

1927年夏秋,收到宜宾老家汇款后,诗人一家得以离开武汉,搭船分段沿长江上行,回四川老家。经宜昌抵达重庆。数年三经蜀道之危,诗人不由怀念起来小桥流水的江南风光。抑或因此,诗人暮年会选择定居江南(苏州)生活。

返乡途中,曾有两位兵者因无船费,险被船上茶房推入江中。迪风公不忍,遂为二人付了大部分船费。到重庆后二人强要帮忙搬运行李,结果各搬一件大行李去而无踪。(《唐君毅先生年谱长编》)

## 宿明月沱

夜宿明月沱,果然明月多。〔一〕一人一乡思,一月一金波。

【注释】

〔一〕明月沱为重庆主城区最边远的之村庄。

【笺疏】

诗人归家途中路经明月沱,夜宿其地,适逢月明在天。观此千江有水千江月、万里无云万里天之壮阔,诗人不禁理趣又起,作此小诗。

抵达重庆逗留几天后,唐家启程经合川到南充,迪风公即在县中教书一学期。

年底合家回到成都,住少城支矶石街四十二号。其间迪风公与彭云生等人在成都住家附近创办敬业学院,请诗人负责女生训导。据说敬业学院开办后,竟成为当时气焰最盛的左倾学生集体攻击的目标。迪风公在敬业学院做院长一学期,最喜讲人伦大义。同时在四川师大、四川大学文学院兼课。

## 到南京探望毅儿

万里迢迢出蜀都,为儿何暇计征途。〔一〕世间只识穷通理,毋怪时人笑我迂。〔二〕

【注释】

〔一〕何暇,哪里有闲暇。(魏)韦曜《博弈论》:"君子之居室也,勤身以致养;其在朝也,竭命以纳忠。临事且犹旰食,而何暇博弈之足耽?"

〔二〕穷通,穷困与显达。(晋)陶潜《岁暮和张常侍》:"穷通靡攸虑,憔悴由化迁。"毋,副词,不。迂,迂腐,不合事理。《论语·子路》:"子路曰:'有是哉,子之迂也!奚其正?'"(宋)吴曾《能改斋漫录·记事二》:"孟轲大贤,时人亦谓之迂。"

【笺疏】

1927年春夏,诗人合家返乡回蜀。唐君毅一人留在南京,转读东南大学(后更名中央大学)哲学系,副修文学系。

1928年初唐君毅陷入灵性精神及心理事理的多重纠结痛苦,"于二十岁左右,更自负不凡;乃时叹人之不我知,恒不免归于愤世嫉俗之心,故烦恼重重",因此影响了健康,“身体特多病。脑、肺、肠、胃、肾,皆无不病”(《病里乾坤》)。在身、心、灵全方位的苦恼逼迫下,青年哲人一度想到自杀。其《梦二十岁死》诗中云:“我本峨眉采药仙,赤尘不到白云边,为缘意马无人管,游戏人间二十年。”又云:“死中滋味耐君尝,旧恨新仇两渺茫,此去不知何处好,彩云为被岭为床。”痛苦无以自解,遂函告父母,信中并有“不欲久居人世”之语。还附上十九岁生日照片一张,上题“遍体伤痕忍自看”等语。

诗人接到来信,连夜失眠。迪风公遂向友人借得路费,诗人即带两岁六女宁孺从成都出发,到南京探视长子。连年战乱,交通不便,未有飞机,从成都到重庆须乘轿,重庆以下需几次换船,陆行水行,至快亦需十日。偷抢之事随处发生。诗人抵达重庆即遇火灾,行李衣物全被烧毁。数十日间,千辛万苦,才到达南京。然爱子心切,诗中反见一片释然。

对于母亲万里探儿所经历的辛苦,唐先生深感懊悔。暑假身体逐步康复后便和母亲一起返回成都。然后又去南充探望在嘉陵高中授课的父亲,并代为批改学生文章。寒假前返回成都。第二年春天返南京上学。

## 四月十九日晨,同毅、宁二儿泛玄武湖

晓月已无光,明霞何耿耿。〔一〕缓步出城西,渐渐布阳景。〔二〕数里及玄湖,一望碧千顷。画桥垂柳畔,纷纷停小艇。地以绝人闲,心因临水静。空明涵太虚,下有三人影。船妇出茅檐,劳劳固相请。〔三〕子母共登舟,舟小不容并。拂拂攒葭丛,中辟通幽径。〔四〕摇摇向前津,泛泛越菱荇。〔五〕时鸟弄佳音,荷风散清冷。数启鹭鸶疑,此足当自警。〔六〕

【注释】

〔一〕耿耿,明亮貌。(宋)苏轼《梦与人论神仙道术》诗:“照夜一灯长耿耿,闭门千息自蒙蒙。”

〔二〕阳景,阳光,日光。(唐)韦应物《山行积雨归途始霁》:“始霁升阳景,山水阅清晨。”

〔三〕劳劳,殷勤貌。

〔四〕拂拂,风吹动貌。(唐)李贺《舞曲歌辞·章和二年中》:“云萧索,风拂拂,麦芒如篲黍如粟。”攒,簇聚,聚集。葭,初生的芦苇。

〔五〕津,水。(魏晋)嵇康《杂体诗·言志》:“朝食琅玕实,夕饮玉池津。”泛泛,漂浮貌;浮行貌。《诗·小雅·采菽》:“泛泛杨舟,绋纚维之。”菱,菱角。荇,多年生水生草本植物,叶呈对生圆形,嫩时可食,亦可入药。《诗·周南·关雎》:“参差荇菜,左右流之。”

〔六〕鹭鸶,水鸟。因其头顶、胸、肩、背部皆生长毛如丝,故称。(唐)李绅《姑苏台杂句》:“江浦回看鸥鸟没,碧峯斜见鹭鸶飞。”

【笺疏】

诗作于1928年春夏在南京探望长子唐君毅期间。时唐先生住中央大学十三斋七十八号。地以绝人闲,心因临水静,诗人亲挽爱子,惊魂已定,道心依旧,故诗中不乏清趣警语。

玄武湖位于南京市玄武区,东枕紫金山,西靠明城墙,是江南地区最大的城内公园,也是中国最大的皇家园林湖泊、仅存的江南皇家园林。

## 前诗意有未尽，再赋

### 一

只觉离家三五年，算来二月少三天。重来始识人情厚，客久无闻车马喧。古树低昂风作态，嫩荷舒展露乘船。露珠圆转荷叶上如乘船然。[一]平湖远接鸡鸣寺，回首当时益惘然。[二]

### 二

湖上空张卖酒庐，停舟向店家买食物，至则云无有。湖边桃杏正如如。[三]主人一味不招客，整日归来意未舒。

【注释】

〔一〕低昂，起伏；升降。《楚辞·远游》："服偃蹇以低昂兮，骖连蜷以骄骜。"（宋）苏轼《同秦仲二子雨中游宝山》诗："立鹊低昂烟雨里，行人出没树林间。"

〔二〕鸡鸣寺位于南京市玄武区鸡笼山东麓山阜上，始建于西晋，是南京最古老的梵刹之一，自古有"南朝第一寺"美誉。

〔三〕如如，佛教语。引申为永存，常在。（唐）贾岛《寄无得头陀》诗："落涧水声来远远，当空月色自如如。"

【笺疏】

重来始识人情厚，诗人对南京（江南）之显豁好感再次出现。可为其暮年择居提供佐证。诗作于 1928 年春夏。

【系谱】

唐先生在南京读书期间，平时就喜欢与友人去鸡鸣寺喝茶，别人忙于谈心，天南地北，上下古今，唐先生却在一边只顾看自己爱看的书，有时合书对湖凝思无语,或有微笑,若有所得,若有所悟。(谢斯骏《忆君毅》)。

是年唐先生尝于梦中得句:

忆二十岁时,尝夜梦一人独经地下,岩石层层,随身而破;更独上登于天,天门户户,踏步而开;醒时尝为诗以纪之,有“穿回地壁层层破,叩击天门步步开”之句。而吾初不知其皆出于吾之自负能超凡绝俗之傲慢心也。吾更不知此傲慢心之正可与个人之好胜、好名之私欲烦恼,互为因缘;而使吾之心之发自天理者,终亦为济我之私欲之资,乃使吾之烦恼亦重于吾之同伴之上。然吾其时,则固不能自觉其故,而亦未知所以自救之道也。(《超越心情与傲慢之根》,收入《梦里乾坤》)

又七年之后,一九三五年,唐君毅则在此地经历了“玄武湖之悟”:

吾二十七八时少年气盛,尝自谓于宇宙人生根本真理,已洞见无遗,足开拓万古之心胸,推倒一世之豪杰,不免狂妄自大。……吾后来之读书及与人谈论,乃多求见人之所是之处何在,与前之处处见他人所言者之非之态度,大异其趣。然此一态度,实乃由一极大之狂妄之反省之所转成。此一反省,要在反省及真理之必有普遍永恒性,应为人人所能见,先觉后觉,必同归一觉,则一切真理应皆先已内具于一切人之心,而人亦终必能自觉其所内具之真理,此真理为成就人之精神生活者,而精神生活至极者,则为圣为佛。吾遂信一切人皆必能成圣成佛。……吾以为一切人与一切有情生命之不觉悟此真理,以成圣成佛,只由有消极的阻碍之者之故;而阻碍之者,无不可破,则一切人与一切有情生命即应毕竟成圣成佛。

吾之悟得此义,在南京玄武湖。及今尚忆悟后之当时情节,乃吾一人行湖畔,见城墙上阳光满布,如一切有情生命皆一一成圣成佛于一无尽光辉之中,当时曾感一大欢喜。此亦吾二十七八岁时之一事也。(《生命存在与心灵境界》“后序”)

## 秋夜

皎皎月当窗，清影摇东壁。蛩鸣一何哀，万籁此俱寂。[一]病躯累长夜，反复不暖席。起视夜如何，阴阳正改易。挑灯思旧梦，梦忽无遗迹。沉吟独彷徨，展转情怀恶。短袖识风寒，此心为形役。[二]日夕儿女情，廿载异乡客。怡怡不须臾，岁月几离隔。[三]江南风雪多，游子衣裳薄。迢递阻千山，久已疏刀尺。[四]迟迟三年归，忧心如煎迫。

【注释】

〔一〕蛩，蟋蟀别名。(南朝·宋)鲍照《拟古》诗之七："秋蛩扶户吟，寒妇晨夜织。"

〔二〕此心为形役，典出(晋)陶潜《归去来兮辞》："既自以心为形役，奚惆怅而独悲"。

〔三〕怡怡，特指兄弟和睦。语本《论语·子路》："朋友切切偲偲，兄弟怡怡。"(晋)陶潜《晋故征西大将军长史孟府君传》："便步归家，母在堂，兄弟共相欢乐，怡怡如也。"按，怡怡本多义，此据上文"日夕儿女情"、下文"岁月几离隔"酌定。

〔四〕迢递，遥远貌。(魏晋)嵇康《琴赋》："指苍梧之迢递，临回江之威夷。"刀尺，服装制作。(唐)杜甫《秋兴》诗之一："寒衣处处催刀尺，白帝城高急暮砧。"

【笺疏】

1928—1929年上半年，唐君毅继续就学南京，约三年后才能毕业(唐系旧制中学毕业，按理大学阶段须读两年大学预科、四年本科。称六年学制，即从1926年到1932年)，故诗中有"江南风雪多，游子衣裳薄""迟迟三年归"等系念语。

1929年暑假后,唐君毅选择休学一年待在成都家中。

据诗中"廿载异乡客"(诗人合家离乡乃在1909年唐君毅出生半年之后)诸语,诗或为1928年秋冬时作。诗人年在不惑,似乎相遇了某种微妙的心理冲突。这一阶段诗作中纠结、挣扎的情绪波动,为集中少见。

## 出东门

驾言出东门,何处寻幽壑。〔一〕此身一何微,玉宇一何阔。仰愧高鸢翔,俯羡池鱼跃。〔二〕凉飙西南来,浮云焉所托。〔三〕寸心罗万象,客行谁云乐。

【注释】

〔一〕驾言,驾,乘车;言,语助词。语本《诗·邶风·泉水》:"驾言出游,以写我忧。"用以指代出游,出行。(魏)阮籍《咏怀》之三一:"驾言发魏都,南向望吹台。"(晋)陶潜《归去来兮辞》:"世与我而相违,复驾言兮焉求!"

〔二〕鸢翔、鱼跃,《诗·大雅·旱麓》:"鸢飞戾天,鱼跃于渊。"孔颖达疏:"其上则鸢鸟得飞至于天以游翔,其下则鱼皆跳跃于渊中而喜乐,是道被飞潜,万物得所,化之明察故也。"后以"鸢飞鱼跃"谓万物各得其所。唐君毅《中国文化之精神价值》解之以"上下俱察之意"。此处反用其意,似从(晋)陶潜《始作镇军参军经曲阿作》:"望云惭高鸟,临水愧游鱼"化出。

〔三〕飙,风。(晋)成公绥《啸赋》:"南箕动于穹苍,清飙振乎乔木。"

【笺疏】

观自身之卑微,叹玉宇之寥廓。久客他乡乃至贫病交加的日常磨损当中,诗人亦难免经历心情的低落与懊恼,此时她对于鸢飞鱼跃、光风霁月的道之境界,还不能把握亲切、切实受用。故低迷时有，寥落常现。

【系谱】

1929年初，迪风公本计划去南充教书。半路突然生病，便折回成都教书，从此不再到南充去。全家从泡桐树街搬到仁厚街刘湘的公馆，与彭云生、蒙文通两家住同一院落。因暑期唐先生返回成都，一家人在华新街德义厚像馆拍了一张“全家福”照片。这也是唐先生父、母、弟、妹全家到齐的唯一照片。

## 拟古

一

薄暮怀苦饥，烟雾漫浩浩。〔一〕与君为新婚，采苦江南道。〔二〕江水多风波，自觉容颜好。鸿鹄翔海滨，不食人间稻。〔三〕寒虫夜哀鸣，志乏营一饱。物各适自性，劳人独忧老。

二

乔乔山上松，离离松下草。〔四〕上承雨露恩，下泽惟行潦。〔五〕为感庇荫深，萎黄日枯槁。枯槁不足惜，结根自蕴奥。〔六〕冉冉被平原，日夕牛羊蹈。〔七〕睹此伤我心，幽思可谁告。

【注释】

〔一〕怀苦饥，参《古诗十九首》十二：“东城高且长，逶迤自相属。回风动地起，秋草萋已绿。四时更变化，岁暮一何速。晨风怀苦心，蟋蟀伤局促。”浩浩，广大无际貌。《诗·小雅·雨无正》：“浩浩昊天，不骏其德。”

〔二〕苦，苦菜。即荼。《诗·唐风·采苓》："采苦采苦，首阳之下。"毛传："苦，苦菜也。"孔颖达疏引陆玑曰："苦菜生山田及泽中，得霜恬脆而美，所谓堇荼如饴。"

〔三〕鸿鹄，天鹅，高飞，比喻志气远大。典出《孟子·告子上》《史记·陈涉世家》。

〔四〕乔乔，高大貌。(汉) 扬雄《法言·修身》："或曰：'田圃田者莠乔乔，思远人者心忉忉。'"(明) 文征明《铁柯记》："尝观于松柏乔乔千尺，贯四时不改柯易叶。"离离，浓密貌。(魏) 曹操《塘上行》："蒲生我池中，其叶何离离。"

〔五〕行潦，沟中的流水。《诗·召南·采苹》："于以采藻？于彼行潦。"《孟子·公孙丑上》："麒麟之于走兽，凤凰之于飞鸟，太山之于丘垤，河海之于行潦，类也。"

〔六〕蕴奥，指深远微妙的义理。《宋史·道学传》："妙悟神契，洞彻蕴奥。"也作"缊奥"。此处用来形容草根盘结。

〔七〕冉冉，渐进貌，形容事物慢慢变化或移动。蹈，践踏。幽思，郁结于心的思想感情。(梁)钟嵘《诗品·总论》："资生知之上才，体沉郁之幽思。"(宋)司马光《和子骏秋意》："彩笔动高兴，瑶徽发幽思。"

【笺疏】

看来年在不惑前后的诗人确实正在经历某种微妙的精神危机。就全集而言，这一阶段出现理想与现实之间的落差语，高远志向而受挫不前的嗟叹感，是最频繁的。包括下面这首作为自喻之辞的《源泉》。

## 源泉 自喻。

源泉何涓涓，不舍昼夜流。纡徐历荆榛，危石据上游。〔一〕岂复惮艰险，志在东海头。〔二〕数遇回飙举，吹我忽漂浮。咽咽转悲声，行路增其忧。二月春风来，沛泽膏神州。〔三〕浸淫复汇聚，浰浰缘道陬。〔四〕朝映桃花红，暮涵云景幽。盈科渐次进，何乃命多尤。〔五〕农人利稼耕，堵雍溉田畴。〔六〕渍薄兴跃波，吸引一何遒。〔七〕吁嗟此泉流，终阻绝荒丘。遥瞻长江水，万里自悠悠。〔八〕

【注释】

〔一〕纡徐，迂缓；缓慢。荆榛，树木名。据，占据。

〔二〕惮，害怕。

〔三〕沛泽，沼泽，有水有草的低洼之地。膏，润泽，滋润。《诗·小雅·黍苗》："芃芃黍麦，阴雨膏之。"

〔四〕浸淫，浸润；濡湿。（西汉）董仲舒《雨雹对》："雾不塞望，浸淫被洎而已；雪不封条，凌殄毒害而已。"浰浰，亦作"弥弥"，水满貌。《诗·邶风·新台》："新台有泚，河水弥弥。"（南朝·宋）谢灵运《山居赋》："弥弥平湖，泓泓澄渊。"陬，隅；角落。《史记·绛侯周勃世家》："后吴奔壁东南陬，太尉使备西北。"

〔五〕盈科，水充满坑坎。赵岐注《孟子》："盈，满；科，坎。"（唐）刘禹锡《刘氏集略说》："五达之井，百汲而盈科，未必凉而甘，所处之势然也。"喻打下坚实基础。（明）王守仁《传习录》卷上："为学须有本原，须从本原上用力，渐渐盈科而进。"尤，过失；罪愆。

〔六〕雍，通"壅"。堵塞。

〔七〕渍薄，冲激；激荡。（晋）郭璞《山海经序》："夫以宇宙之寥廓，群生之纷纭，阴阳之煦蒸，万殊之区分，精气混淆，自相渍薄，游魂灵怪，触象而构，流形于山川，丽状于木石者，恶可胜言乎？"遒，劲健；强劲。（魏）曹丕《与吴质书》："公干有逸气，但未遒耳。"

〔八〕瞻，看；望。

【笺疏】

《孟子·离娄下》有谓："原泉混混，不舍昼夜，盈科而后进，放乎四海。"其意正此诗之所由。诗人之夫谙熟《孟子》，著有《孟子大义》。其子君毅又深研心性义理之学。故孟学对诗人的精神世界影响特深。诗人生平虽运思豁达，亦难免有志不遂，本诗其证也。才士才女之恒郁郁，正堪千古同悲。

## 忆诸兄弟

一

皓皓日初沉，秋气凄以怆。〔一〕翩翩南游雁，三五正彷徨。旷野驰霜风，振翮凌虚翔。〔二〕寒声隔重雾，暖翼犹辉光。岂知离群者，孤号天苍苍。徘徊失故路，延颈望八荒。〔三〕

二

岩栖有一士，感结发清商。〔四〕歌声壮激烈，切切悲未央。〔五〕顾我亦孤茕，婴累增忧伤。〔六〕俯仰多所怀，何以报泉壤。〔七〕兄弟缘枝叶，何以各殊方。重阴平地起，痛绝山之阳。〔八〕

【注释】

〔一〕皓皓，《尔雅·释诂》："光也。"谓光明盛大。怆，悲伤。（唐）柳宗元《小石潭记》："凄神寒骨，悄怆幽邃。"

〔二〕翮，大羽、大翅。振翮，喻有宏图大志。

〔三〕八荒,荒,僻远。古代称四方最边远的地方为四荒。四正方之外再加上四隅方(东南、东北、西南、西北),称八荒。

〔四〕岩栖,栖,居住,停留,指代隐逸之士。感结,感伤郁结。清商,哀怨凄凉的曲调。(宋)王沂孙《齐天乐·蝉》:“甚独抱清商,顿成凄楚。”

〔五〕切切,情意恳挚或迫切。《论语·子路》:“朋友切切偲偲。”未央,未尽。《诗·小雅·庭燎》:“夜如何其?……夜未央。”

〔六〕孤茕,孤独,孤单。(魏)曹植《灵芝篇》:“丁兰少失母,自伤蚤孤茕。”婴累,婴通“萦”,缠绕,羁绊。(魏)嵇康《幽愤》诗:“婴累多虞。”

〔七〕俯仰,一低头一抬头间,喻时间短暂。泉壤,犹言泉下、地下。代指逝者。

〔八〕重阴,重重阴影。(魏)曹植《应诏》:“爰有樛木,重阴匪息。”

【笺疏】

诗风延续了这一时期沉郁低落的情绪。诗人有怀兄弟,又思父母,而同时颇置身寂天寞地之寥廓宇宙,殊有魏晋风味、尤富建安气息。这是具体的苦闷,又是抽象的迷茫,所谓道心欲活,即此刻也。不闻朱熹亦有此唱:“徐行发清商,安坐抚枯桐。不问箪瓢屡空,但抱明月甘长终。人间虽乐,此心与谁同。”(《反招隐》)

## 卧病

一

卧病怯长夜,时钟独可听。青灯移就枕,追梦到天明。〔一〕

二

隔树看明月,阴浓夏枕寒。不知书堕手,梦入好家山。

【注释】

〔一〕就,接近。

【笺疏】

诗人生平颇善病,每病辄疑不起。1930年初,诗人全家搬住成都奎星楼街厢房。由于此地树木过多,地势低洼,房屋潮湿,诗人生大病,赖萧中仑先生对症下药,方转危为安(《唐君毅先生年谱长编》)。诗或为此前后作。

## 病起

一

疲病交侵步履难,晚云敛尽月光寒。〔一〕繁花歇迹春长在,玉笛谁家夜倚阑。散木百围天下弃,碧霄万里梦中看。〔二〕此情无计相排遣,闲听松风自往还。

二

风林一萧瑟,凉意满堂前。逸兴输娇女,欢呼放箨船。〔三〕扫庭怜皓月,汲井见青天。仰彼千竿竹,盘根自有年。

【注释】

〔一〕交侵,迭相侵犯。(宋)林亿等《重广补注黄帝内经素问·序》:"以谓人之生也,负阴而抱阳,食味而被色。外有寒暑之相荡,内有喜怒之交侵,夭昏札瘥,国家代有。"

〔二〕散木,典出《庄子·逍遥游》与《人间世》,喻无用之才,见前《述怀》诗注。

(唐) 权德舆《酬南园新亭宴会璩新第慰庆之作时任宾客》:“散木固无堪,虚舟常任德。”排遣,借事来消除寂寞或烦闷。

〔三〕逸兴,超逸豪放的意兴。(唐) 李白《宣州谢朓楼饯别校书叔云》:“俱怀逸兴壮思飞,欲上青天揽明月。”箨,竹类初生时之包皮。可制鞋、冠或为包装材料。此处指以竹类制作的船只。

【笺疏】

诗人梦里看天,叹彼修竹,以散木而喻散人,自然因为胸中有一段郁结尚待开解。“回风一萧瑟,林影久参差。始至若有得,稍深遂忘疲”(柳宗元《南涧中题》),诗人生平从来不曾以“才女”自居,却未必一定没有属于才女的一段心理的微妙曲折。

## 幽居初夏

卜庐稚爱半城乡,僻地由来日月长。〔一〕松径草深妨过客,竹斋风定有余凉。哺雏鸟带慈和色,对弈儿争胜负场。饮露寒蝉无一事,日将哀怨诉穹苍。

【注释】

〔一〕卜庐,寻找居所。稚爱,喜爱。僻地,偏僻地方。(唐) 张说《冯潘州墓志铭》:“远居僻地,代为右族。”借指居住偏远之地。

【笺疏】

诗人与家人避地乡间,此写其幽闲无赖之日常。寒蝉饮露,光阴匆促,这哀怨毋宁也是属人的。

## 稚子

稚子花阴下，笑颜凝目想。〔一〕青虫垂长丝，左右援丝上。

【注释】

〔一〕稚子，幼子；小孩。（唐）寒山《诗》之二四八："余劝诸稚子，急离火宅中。三车在门外，载你免飘蓬。"凝目，注目；凝视。

【笺疏】

此夏日幽居之一霎小景。日常睡起，情思无那，闲睇儿童，并观青虫。这样的幽静岁月，因为国事与家难，到底没能持续太久。

## 重九偕迪率诸儿及其诸生游望江楼

一

君门二三子，邂逅得同游。〔一〕乐此重阳节，来登江上楼。缅焉凌绝顶，一览四郊秋。〔二〕万木尽衰黄，双轮岂暂休。〔三〕人生何劳劳，忆此佳节不。〔四〕

二

层阶倦履步，逸兴固淹留。〔五〕觅座临江水，江水清浅流。班坐论陶诗，棹歌相和酬。〔六〕何必盈觞酒，清茗良悠悠。〔七〕

三

凭栏忽已久，沉病一以轻。回视列席间，豪兴正纵横。稚子无

所事，言笑纵欢声。微风来丛菊，陶然起深情。〔八〕

四

儿女共登楼，遥见舟行处。幼儿向余言，阿兄从此去。

【注释】

〔一〕邂逅，欢悦貌。《诗·唐风·绸缪》："今夕何夕，见此邂逅。"

〔二〕缅，遥远。（南朝·宋）谢灵运《富春渚》："定山缅云雾，赤亭无淹薄。"凌，升，登上。诗脱胎于（唐）杜甫《望岳》："会当凌绝顶，一览众山小。"

〔三〕双轮，指日月。（唐）孟郊《自叹》："四蹄日日多，双轮日日成。"

〔四〕劳劳，辛劳；忙碌。（唐）元稹《送东川马逢侍御使回》："流年等闲过，人世各劳劳。"

〔五〕履步，脚步。淹留，挽留，留住。（唐）杜甫《宾至》："竟日淹留佳客坐，百年粗粝腐儒餐。"

〔六〕班坐，列班而坐；依次而坐。（晋）陶潜《游斜川》："气和天惟澄，班坐依远流。"棹歌，行船时所唱之歌。

〔七〕觞，盛满酒的杯，亦泛指酒器。《礼记·投壶》："命酌，曰：'请行觞。'"

〔八〕陶然，喜悦、快乐貌。（唐）韩愈《送区册序》："与之翳嘉林，坐石矶，投竿而渔，陶然以乐。"

【笺疏】

诗当作于1930年重阳，时诗人全家居成都。1929年唐迪风回成都教书。全家先从泡桐树街搬到仁厚街刘湘公馆，后又搬住成都奎星楼街的厢房，1930年初春再搬进横通顺街袁家房屋。

1930年秋选择休学一年的唐君毅此时已返回南京复学，故诗中有"阿兄从此去”之思念语。

【系谱】

唐君毅休学其间，时任四川大学中国文学院教务长的蒙文通聘请唐和游鸿如到四川大学任教两小时，唐讲授西洋哲学史，游讲授中国文化史。两人当时都只是读过两年大学的大学生，却为大学三年级学生授课。

## 对雪〔一〕

一

茫茫平野接遥天，穆穆荒村景色鲜。〔二〕谁种琼田千万顷，我来舒啸庆丰年。

二

天心总为恤农家，特恐良田茁早芽。〔三〕积素当衣衣地表，独留春色在梅花。

三

俯仰寰区一色中，诗心摇曳雪花风。〔四〕清游尽日归来晚，儿女烧冰试火红。

四

一夜江山改，连朝兴趣赊。〔五〕循城骋游目，玉宇净无瑕。〔六〕啼

鸟皆春意,枯枝着好花。闭门闲缀句,客至竟忘茶。〔七〕

五

修竹逢寒雪,青青色自如。只缘生意足,不与草同枯。

【注释】

〔一〕1973 年本该诗位于《卧病》之前,1991 年全集本挪至此处。

〔二〕平野,平坦广阔的原野。(南朝·宋)鲍照《送盛侍郎饯候亭》诗:"高墉宿寒雾,平野起秋尘。"

〔三〕天心,犹天意。《书·咸有一德》:"克享天心,受天明命。"《汉书·杜周传》:"宜修孝文时政,示以俭约宽和,顺天心,说民意,年岁宜应。"

〔四〕寰区,天下;人世间。《后汉书·逸民传序》:"彼虽硁硁有类沽名者,然而蝉蜕嚣埃之中,自致寰区之外,异夫饰智巧以逐浮利者乎!"(唐)杜甫《解闷》诗之八:"最传秀句寰区满,未绝风流相国能。"

〔五〕赊,引申指情绪的殷切,高涨。(唐)韩翃《酬程延秋夜即事见赠》诗:"节候看应晚,心期卧亦赊。"

〔六〕骋,放纵,放任。

〔七〕缀句,此处指写诗。

【笺疏】

诗人性极爱雪(见前江南雪诗多首)。此当为 1930 年冬家居成都时的遇雪之作。庆祝丰年并能以恤农家,此皆儒者情怀之自然流露。诗人持续近乎两年的心绪低迷终于告一段落,"只缘生意足,不与草同枯",她似乎窥见了某种"万物皆备于我"的体道的自信。根本原因,或者即在"我来舒啸庆丰年""天心总为恤农家"的同体之仁中,诗人已经渐次超越小我、向道而生。

## 人日游草堂〔一〕

人日寒初解，年年趁此时。草堂参胜迹，士女效趋驰。〔二〕只识春光好，难游杜老祠。文章忌轩冕，怀古欲何期。〔三〕

【注释】

〔一〕人日即每年正月初七，亦称“人胜节”“人庆节”“人口日”“人七日”。相传女娲初创世，造出鸡狗猪牛等动物后，第七天造人，故此日为人类生日。汉朝始有人日节俗。古代人日有戴“人胜”的习俗，晋朝开始剪彩为花、剪彩为人，或镂金箔为人以贴屏风，亦戴在发上。此外还有登高赋诗的习俗。草堂，即成都杜甫草堂。位于青羊区青华路 37 号，是杜甫流寓成都时的故居。杜甫先后在此居住近四年，创作诗歌 240 余首。唐末诗人韦庄寻得遗址，重结茅屋，使之得以保存，宋元明清历代都有修葺扩建。

〔二〕趋驰，奔忙；奔走。

〔三〕轩冕，借指官位爵禄。《庄子·缮性》：“古之所谓得志者，非轩冕之谓也，谓其无以益其乐而已矣。”(唐) 崔涂《过陶征君隐居》：“田园三亩绿，轩冕一铢轻。”

【笺疏】

该诗当作于辛未(1931)年人日，因本年 5 月唐迪风即突然去世。此后诗人数年再难得此浓情雅兴。“只识春光好，难游杜老祠”，诗人一生极钦佩杜诗，在精神情操上，亦自信颇可以得与杜老心曲。

## 缝衣

一

一年空悔一年非，壮思无如日益颓。〔一〕轻掷乾坤无个事，一丝

一缕锭春衣。〔二〕

二

剪刀声里炊初熟，春服成时句亦新。笑问灯前墨与砚，不知磨出几多人。

【注释】

〔一〕无如，无奈。

〔二〕轻掷乾坤，参见（唐）韩愈《过鸿沟》："谁劝君王回马首，真成一掷赌乾坤"；又见（清）厉鹗《水龙吟·题吴东壁大洋泛月图》："为问乘槎此客。挹长庚、几经沦谪。一官寄耳，乾坤奇处，肯教轻掷。"

【笺疏】

诗人虽不拘于财米琐屑，但难免于家务细作。时有韶华空过之叹。乾坤抛掷亦属无奈。琐事日常足以消磨英雄、惭愧春风。但在笑问墨砚的一声清凉中，黄粱米熟、春服即成，诗文同时而具、新颖可喜，这便是即寻常日用而体认大道的豁达与释然了。

## 青玉案　自述，用稼轩元夕韵。〔一〕

儿时竞绕池边树，惊飞落、红如雨。月下迷藏穿小路，轻身援木，鸟巢探卵，满地霓裳舞。〔二〕　春蚕到死成丝缕，如许闲情缚将去。〔三〕水尽山穷无可度，笑拈华发，问君知否，柳暗花明处。

【注释】

〔一〕稼轩，宋代词人辛弃疾(1140—1207)。《元夕》原作："东风夜放花千树，更吹落，星如雨。宝马雕车香满路。凤箫声动，玉壶光转，一夜鱼龙舞。 蛾儿雪柳黄金缕，笑语盈盈暗香去。众里寻他千百度，蓦然回首，那人却在，灯火阑珊处。”

〔二〕霓裳舞，《霓裳羽衣曲》为唐代著名法曲。开元中河西节度使杨敬忠所献。初名《婆罗门曲》。经唐玄宗润色并制歌词，改用今名。（唐）白居易《长恨歌》：“渔阳鼙鼓动地来，惊破《霓裳羽衣曲》。”此以美化小儿手舞足蹈之状。

〔三〕春蚕句，（唐）李商隐《无题》“春蚕到死丝方尽”，可见其多，以之缚闲情，以衬闲情虽多，却不经捆缚。

【笺疏】

诗人儿时虽初无读书自由，因自学能力甚强，颇得父亲钟爱（唐至中《我的哥哥》有谓，外公认为自己学问已经尽传女儿、女婿）。词作乃回忆童年天真烂漫之憨顽。如今入得中年，华发早生，但结末终能“山穷水尽”处不减“柳暗花明”，正是千帆过后，生面别开。

## 望江南

新雨后，弱袂怯春寒。〔一〕飞絮满庭如雪乱，试将愁思比看看，无那见眉端。〔二〕

【注释】

〔一〕弱袂，轻罗的衫袖。（唐）刘禹锡《采菱行》：“长鬟弱袂动参差，钗影钏文浮荡漾。”

〔二〕无那，无奈，无可奈何。

【笺疏】

如雪之柳花杨絮，尚不及眉端愁绪。此处几首小词，正如之前组诗，正诗人情怀低迷之一时写照。

## 乌夜啼 脚病。

永日成枯坐，流莺忽报春深。〔一〕米盐针线催华发，无语对清阴。　垂柳只知萦恨，好花未肯关心。〔二〕自惭筋力偷安久，几度发狂吟。〔三〕

【注释】

〔一〕永日，从早到晚；整天。（汉）刘桢《公燕》诗："永日行游戏，欢乐犹未央。"（前蜀）韦庄《丙辰鄜州遇寒食》诗之五："永日迢迢无一事，隔街闻筑气球声。"

〔二〕萦，盘绕，缠绕。

〔三〕筋力，犹体力。《礼记·曲礼上》："贫者不以货财为礼，老者不以筋力为礼。"《后汉书·独行传·刘茂》："少孤，独侍母居。家贫，以筋力致养，孝行著于乡里。"

【笺疏】

米盐针线中的家务细作，自然消磨光阴不少。纵是颇有奇情逸趣道心的诗人，亦未免偶有一声叹息。

## 踏莎行

病锁愁城，尘封笔砚。〔一〕窗前垂柳深深见。瓶花也自惜幽香，低头怕触春风面。　　日色新融，阴霾乍卷。霎时又被云迷眩。拼将闲意属儿曹，纸鸢高纵长天远。〔二〕

【注释】

〔一〕愁城，喻愁苦难消的心境。（北周）庾信《愁赋》："攻许愁城终不破，荡许愁门终不开。"（宋）周邦彦《满路花·思情》："帘烘泪雨干，酒压愁城破。"

〔二〕儿曹，儿辈。《史记·外戚世家褚少孙论》："是非儿曹愚人所知也。"（唐）韩愈《示儿》诗："诗以示儿曹，其无迷厥初。"纸鸢，风筝。

【笺疏】

家务缠身，病痛长伴，诗人虽欲自惜幽香，未免怕触春风之面。此言其偶有闲暇，姑且交付儿辈，以尽母职。虽贤母逸妻，亦有无奈之时，亦有无奈之语。

## 最高楼　月夜。

年过往，无计可追攀。陈迹引愁还。竹松庭宇清阴合，风枝藻荇月波寒。漫相思，人世事，几悲欢。　　谁击破、浑沦儿太极。〔一〕谁击破、小窗儿曙色。天地外、觅身安。床头儿女情无那，重来认取旧家山。到他时，应笑我，变红颜。

【注释】

〔一〕浑沦，犹言混沌。

【笺疏】

人世有悲欢，往来无端倪，天地势大，儿女情宽，诗人于时光流转中，与道日近，心境亦能渐渐释然，能油然寓其思辨之趣于日常琐屑，清通自然。

## 浣溪沙 **韩慎中、李静，与至儿同学。二人移入校中，感赋。**〔一〕

久别无如暂别难，多情娇小泪偷弹，问他明日可来还?〔二〕 梧叶密遮窗户暗，书声夜和素琴间。斯人去后不堪看。

【注释】

〔一〕至儿即诗人二女唐至中。按，川南隆昌县有女诗人名韩慎中(1907—?)，或与该题中人相关。

〔二〕娇小，窈窕；小巧。此处代指女孩，应指其幼女宁孺。

【笺疏】

此好客多情语。诗人与其夫君皆热心教育，好扶掖青年，流风惠德泽及儿女，此其一端。

## 上西楼〔一〕**代某作，寄妹。**

人生无定飘蓬，去匆匆。〔二〕回首膝前欢聚、几时重。〔三〕 凭栏望，多惆怅，落花风。最是满城烟雨、盼归鸿。〔四〕

【注释】

〔一〕原标点为“人生无定飘蓬，去匆匆。回首膝前欢聚几时重。 凭栏望，多惆帐，落花风。最是满城烟雨盼归鸿。”《上西楼》即唐教坊曲名《相见欢》。南唐李煜词有“无言独上西楼，月如钩”句，更名《秋夜月》，又名《上西楼》，又名《西楼子》，又名《月上瓜州》或名《乌夜啼》。今据《钦定词谱》重点。

〔二〕飘蓬，比喻漂泊无定。（南朝·梁）刘孝绰《答何记室》诗：“游子倦飘蓬，瞻途杳未穷。”（宋）杨万里《立春日有怀》之一：“飘蓬敢恨一年迟，客里春光也自宜。”

〔三〕膝前，腿膝前面，代指父母身边。

〔四〕归鸿，归雁。诗文中多用以寄托归思。（魏晋）嵇康《赠秀才入军》诗之四：“目送归鸿，手挥五弦。”（唐）张乔《登慈恩寺塔》诗：“斜阳越乡思，天末见归鸿。”

【笺疏】

满城烟雨落花深，离思纷纷恼客心。此代人表彰思亲之情而作。

## 隔户听迪风为诸生讲学，偶成二绝，博迪一笑

一

蔼然和气耀朝晴，桃李忻忻相向荣。〔一〕行客也知春色好，绿阴深处听啼莺。

二

墙高不碍管弦声，归客长程复短程。〔二〕欲借门童问消息，寒风吹雨一时生。

【注释】

〔一〕朝晴，清晨放晴，（唐）杜甫《水槛遣心兴》之二：“蜀天常夜雨，江槛已朝晴。

叶润林塘密，衣干枕席清。”桃李，《韩诗外传》卷七：“夫春树桃李，夏得阴其下，秋得食其实。”后以“桃李”比喻栽培的后辈和所教门生。忻忻，兴旺兴盛貌。（汉）焦赣《易林·损之节》：“春阳成长，万物华实，福利所钟，忻忻过日。”（宋）范仲淹《水车赋》：“苗忻忻兮，初如律暖。”

〔二〕管弦，原指乐器、音乐，此处指代读书声。

【笺疏】

唐迪风一生从事教育、热爱教育。

一九二七年与吴芳吉（碧柳）、蒙文通（尔达）、彭举（云生）及刘咸炘（鉴泉）一起创办敬业学院，唐被推为院长。其时学院只设立文学院，吴芳吉主持中国文学系，蒙文通主持中国历史系，刘咸炘主持中国哲学系，彭云生为教务。

敬业学院初期尝以唐迪风家为校舍，学生仅二十余人，“皆有志于国学研究者”。唐迪风授经，彭云生授史，杨叔明授诗词。时正值北伐战争风起云涌，虽扰攘不断，唐迪风诸人仍闭门讲学，“一以端本为务，弦歌之声不绝”，“一堂肃然”。

在成都期间，唐迪风与辞去北京大学讲席、回乡任成都大学教授的李璜于成都少城支矶石街隔邻而居。李璜回忆，每夜必闻迪风朗诵《孟子》，气壮声宏，遂“为之起敬”。后经老友彭云生介绍相识，得见迪风“长身美髯，望之有如侠士”，动情处常“慷慨激昂，语声惊路人”（《我所认识的唐君毅先生——其家教与其信行》）。

迪风好与人交谈，常有动容之举，“其声高壮，言语多直致，不作步骤，不尚分析”，常有“惊言高论”，“隔舍听之，若有所呵斥”，然极吸引人，“谈于余塾，则诸生皆惊，而来环于坐前；谈于余家，则诸童皆惊，而来环于窗外”（刘咸炘：《唐迪风别传》）。又有时“呈志情急，至于流涕”，常使人“为之动”（欧阳竟无《唐迪风墓志铭》），尝题诗自画像：“虚堂琴声，空山月色。汝是何人，我也不识。”

该诗写照诗人隔户听丈夫讲学，敬慕欣爱之意溢于言表。卅年夫妇而能有此，黾勉同心，不为言过其词。宜乎夫君一旦病逝，诗人几乎伤心欲绝。

# 卷二

据唐君毅1973年编后记，1931(辛未)年5月10日，唐迪风因染时疫，促卒于宜宾老家，享年仅四十五岁。迪风公逝世周年，诗人集哀悼之作以成此卷，尝自编为一集，寄呈欧阳竟无。次女至中又以之请教李证刚(1881—1952)，二先生咸有题字。欧阳竟无推为"至性过人"者，即此卷诗。

辛未夏四月，迪风以其堂弟迭电来蓉，促归宜宾。〔一〕经旬，噩耗遽至。〔二〕余惊惶失措，率诸儿奔回，竟未及一面。呜呼！昊天不吊，何忍独生。〔三〕顾念诸孤，肝肠败裂，从死无由，聊以托命。〔四〕忽忽逾年日，不知所以。时当期月，往事乃渐清晰。〔五〕寸衷感伤，弥痛居恒。〔六〕即事多悲，无以自遣，杂赋若干首，略识哀悼。〔七〕惟余早年失学，未谙文艺，辞意兼拙，非敢云诗。倘蒙大雅哀矜，加以斧正，则尤所感盼焉。〔八〕壬申陈大任自序于成都。

【注释】

〔一〕辛未,1931年。迭,屡次;接连。蓉,成都。

〔二〕旬,十天。《书·尧典》:"期,三百有六旬有六日,以闰月定四时成岁。"

〔三〕昊天不吊,谓上天不佑,用于哀悼死者。语本《诗·小雅·节南山》:"不吊昊天,不宜空我师。"(汉)蔡邕《焦君赞》:"昊天不吊,贤人遘慝。"

〔四〕托命,托寄生命。(宋)陆游《病中作》:"俗巫医不艺,呜呼安托命?"

〔五〕期月,一整年。《论语·子路》:"子曰:'苟有用我者,期月而已可也,三年有成。'"

〔六〕寸衷,指心,此处指内心的衷情。弥,更加。居恒,平时,时常。

〔七〕即事,当事,临事。自遣,自我排遣。

〔八〕大雅,德高而有大才之人。(汉)班固《西都赋》:"大雅宏达,于兹为群。"哀矜,哀怜;怜悯。《书·吕刑》:"皇帝哀矜庶戮之不辜。"

## 壬申夏四月二十七日回忆一首

服制期欲除,往迹不我遗。〔一〕历历情如昨,哀心靡自持。〔二〕成都临别言,一月以为期。痛彼僰道电,肝腑为烂糜。僰道疫方炽,奈何苦相催。〔三〕人皆谋引避,而反促君归。视弟若同生,忧喜恒随之。函电急星火,岂忍故乖违。〔四〕宅心素已广,浑忘险与夷。〔五〕持志廉以正,不识人我欺。〔六〕友朋狂催走,顺路游峨眉。仓卒即就道,那复与之辞。向晚绽行衣,惴惴心惊疑。〔七〕幼女惮远别,不寝索父啼。〔八〕凌晨独兴早,步步共追随。〔九〕却顾摩儿顶,此去不多时。好好勤读书,当买新书回。含涕向母怀,车轮行复迟。迟迟几顾盼,隐隐尽通逵。[一〇]三五凄以立,见此怀多悲。[一一]弥月即回还,何用伤别为。携幼入君室,怅然搴君帷。[一二]案墨研犹浓,书册叠累累。累累展以阅,一一君钞批。不觉泪已洒,强与儿游嬉。游嬉愈依依,数问父归期。牵衣复出房,引领独欷歔。[一三]回心反初念,怦跳忽如痴。[一四]沿途宁非吉,风露苦凄其。[一五]著书初脱稿,精神固不支。更值行旅劳,何禁百感摧。乡居多暑湿,地僻无良医。药物储行囊,恐君未知之。本图相与偕,计议各参差。[一六]虑我疾病多,虑我风波危。优裕欲我共,劳苦不我施。我愁君不乐,君忧我不知。临行何仓卒,事事措非宜。悔恨心如捣,反复想容辉。容辉不复忆,操心增惶惑。[一七]惶惑将如何,恨无双飞翼。起坐失其序,日望日西匿。[一八]忽忽甫经旬,佳音那易得。[一九]儿女争来集,喃喃问消息。层霾一旦开,夜月添颜色。来日倚虚幌,相将布胸臆。[二〇]明日方午寝,见君坐案侧。惊喜速问讯,君归何乃亟。[二一]如何不我应,何事沉默默。须臾不见君,愁云漫天黑。[二二]辗转久寻思,道远何可测。[二三]悲哉此何时,苍天曷有极。[二四]

【注释】

〔一〕服制,古代丧服制度的简称。或直称“制”。除规定“斩、齐”等五服外,君臣、师友、亲疏等各有差别。我遗,即遗我,丢下我。

〔二〕靡,无,没有。《诗·秦风·晨风》:“未见君子,忧心靡乐。”

〔三〕僰道,秦置县名,属蜀郡,治所在今四川宜宾市西南安边场,此处指宜宾。

〔四〕乖违,背离。

〔五〕宅心,居心;存于心中。夷,平坦。

〔六〕我欺,即欺我。

〔七〕向晚,傍晚。绽,缝合。惴惴,恐惧。

〔八〕惮,害怕。寝,睡眠。

〔九〕兴,起;起身。《诗·卫风·氓》:"夙兴夜寐"。

〔一〇〕却顾,回顾,回头。顾盼,看。通逵,四通八达的路。

〔一一〕三五,三辰五星的代称。《史记·天官书》:"为天数者,必通三五。"

〔一二〕搴,通"褰"。

〔一三〕引领,参卷一《季弟视学平武……》,形容盼望或思念殷切。欷歔,叹气,抽噎,亦作 "唏嘘"。

〔一四〕反,同返。

〔一五〕凄其,寒凉貌。《诗·邶风·绿衣》:"凄其以风。"

〔一六〕参差,不齐,此处指不同意见无法达成一致。优裕,富裕充足。

〔一七〕容辉,仪容风采。

〔一八〕西匿,太阳在西方隐没下沉。(魏) 曹植《赠白马王彪》:"原野何萧条,白日忽西匿。"

〔一九〕甫,表行为、状态发生或出现不久。

〔二〇〕虚幌,亦称"虚幔",指能透过光亮的窗帘帷幔。(唐) 杜甫《月夜》"今夜鄜州月,闺中只独看。遥怜小儿女,未解忆长安。香雾云鬟湿,清辉玉臂寒。何时倚虚幌,双照泪痕干。"相将,一起,共同。(宋) 柳永《尉迟杯·宠佳丽》:"且相将、共乐平生,未肯轻分连理。"布,陈诉。胸臆,心里的话或想法。

〔二一〕问讯,探问,慰问。何乃,即"为什么""怎么"。亟,急。《诗·豳风·七月》:"亟其乘屋,其始播百谷。"

〔二二〕须臾,片刻。

〔二三〕辗转，翻来覆去。

〔二四〕苍天曷有极，化用《诗·唐风·鸨羽》："悠悠苍天，曷其有极。"喻悲痛。

【笺疏】

诗人一一追思一年前此日与丈夫别离之场景、别后之心情。字字白描而句句情语，痛不欲生，痛何如哉。其神大类陶渊明《祭从弟敬远文》所云：

斯情实深，斯爱实厚！念畴昔日，同房之欢，冬无组褐，夏渴瓢箪，相将以道，相开以颜。岂不多乏，忽忘饥寒。

## 五月十日周年致祭三首

一

中夏已云至，怵惕心震惊。〔一〕奈何有此日，奚用存此生。〔二〕庭鸟独相知，对我长哀鸣。门前话别时，讵意杳归程。〔三〕寝兴疑是梦，入梦恐非真。真假皆空幻，哀悼何日宁。灵右泣所娇，抚慰神若存。啼饥依余怀，恍惚睹君形。形神知安否？音信杳冥冥。冥冥可奈何，忽忽期年盈。眷言临君祭，何以为祭牲。〔四〕念君嗜苦笋，黾勉为君烹。〔五〕清香忆食性，清苦想生平。君魂兮何所，其鉴余中诚。至诚兮格天，胡言之靡灵。〔六〕凄凄对灵座，湛湛奠空觥。〔七〕不见君颜色，仿佛尝斯羹。悲风起竟夕，窗月何光明。〔八〕永怀今昔痛，何以答深情。

【注释】

〔一〕中夏，夏季之中，亦指盛夏，此处即指唐迪风去世之五月十日。怵惕，戒惧惊惕。

〔二〕奚用，何用。

〔三〕讵，岂；哪。

〔四〕眷言，顾念；回顾貌。言，语助词。祭牲，祭祀用品。

〔五〕黾勉，勤勉，努力。《诗·邶风·谷风》："何有何亡，黾勉求之。"

〔六〕格天，感通于天。古代统治者自称受命于天，凡所作为，能感通于天，皆称格天。语出《书·君奭》。胡，语气助词。

〔七〕湛湛，澄清，《楚辞·招魂》："湛湛江水兮，上有枫。"觥，酒器。

〔八〕竟夕，终夜，通宵。

二

结褵廿七载，道义相与之。〔一〕虽曰为夫妇，实乃吾良师。而今谁相勉，有过谁箴规。〔二〕眷念勖我殷，无以报心期。〔三〕眷念遇我厚，百赎莫能追。〔四〕搦翰惊隔世，凝想渺容仪。〔五〕遗编希晤言，儿辈韫藏之。〔六〕启箧增惆怅，省书肝肠摧。〔七〕墨迹寻平素，意义谁析疑。循循谈在昔，邈邈旷今兹。〔八〕春风不再盛，桃李无复姿。已矣自暴弃，心共纸钱灰。〔九〕纸烟随长风，烛泪亦成堆。掩卷枕以泣，今夕是何时。祭君君不食，哭君君不知。赋诗徒自慰，神魂忽飞驰。悠悠共明月，千里越山陂。携稚来故乡，望门思凄洏。〔一〇〕踟蹰不忍入，遥见容光辉。〔一一〕相趋迎以近，手抚摩娇儿。惊呼哭向父，如何久不归？骤忆往昔情，顿感中心悲。恐非平生人，握持君裳衣。衣裳志在握，分明往昔非。瞿然剩空握，泪下不可挥。〔一二〕息息儿酣枕，惨惨灯映帷。〔一三〕之子在何许，顾瞻靡所依。〔一四〕窃冀年月降，悲怀或可衰。太上云忘情，此生安可期。

【注释】

〔一〕结褵，古代嫁女的一种仪式。女子临嫁，母为之系结佩巾，以示至男家后奉事舅姑，操持家务。《诗·豳风·东山》："亲结其缡，九十其仪。"此处指男女结婚。

〔二〕箴规，劝戒规谏。(汉) 王符《潜夫论·明暗》："过在于不纳卿士之箴规，不受民氓之谣言。"

〔三〕眷念，怀念；想念。心期，心愿，期望。

〔四〕百赎，谓一身虽百死亦不能补偿。(南朝·梁)刘令娴《祭夫徐敬业文》："躬奉正衾，亲观启足。一见无期，百身何赎？"

〔五〕搦翰，拿笔。

〔六〕晤言，对面交谈。

〔七〕省，阅览。

〔八〕循循，有顺序貌。邈邈，远貌。旷，荒废，耽搁。今兹，现如今，即当今。

〔九〕已矣，叹词，罢了，算了。

〔一〇〕凄洏，因感伤而流泪。(晋) 陶渊明《形赠影》："但余平生物，举目情凄洏。"

〔一一〕踟躕，徘徊不前貌。

〔一二〕志在，目的在于。瞿然，惊骇貌。

〔一三〕息息，呼吸之气。

〔一四〕之子，这个人。《诗·周南·汉广》："之子于归，言秣其马。"顾瞻，回视；环视。《诗·桧风·匪风》："顾瞻周道，中心怛兮。"

三

谁云天地宽，触处断人肠。景物感人情，动静含凄怆。况乃届当年，私心益恐惶。[一]魂一日数迁，梦哀其不常。孤女泣旦暮，遗著充箧箱。流尘封笔砚，泪满旧时裳。[二]月下无仿佛，出入思同行。每饭陈处座，相对心怛伤。[三]举箸撒所嗜，菲微先祭尝。[四]恍惚共筵席，天壤空怅望。天地有时毁，五月不可忘。

【注释】

〔一〕况乃，况且。届，当时。

〔二〕流尘，浮灰。

〔三〕怛伤，犹悲伤。《楚辞·九章·抽思》："悲夷犹而冀进兮，心怛伤之憺憺。"

〔四〕箸，筷子。菲微，菲薄卑微。（宋）张世南《游宦纪闻》："幸被宽裕而有容，敢以菲微而废礼。"

【笺疏】

三诗均为迪风公去世周年祭祀之作。诗人追念丈夫生前与自己道义相期、犹如师保。而今音容难寻，幽明异路。诗人梦里还乡，宛然如见却遽然成空，伤痛更甚。晋人潘岳(247—300)悼亡诗于青史有令名，但嫌为文造情、未免矜持轻躁。诗人这卷怀人之诗，皆直抒胸臆、声泪俱下，却不觉情文相生、感人至深。

## 炎飙二首

一

炎飙胡太酷，吹折连理树。[一]矧伊同心人，中道遽异处。[二]沉痛可奈何，私怀从此路。[三]此路良自安，讵忍不复顾。[四]

二

伤哉无父儿，相依怯离去。哀哀相背泣，切切相宽语。〔五〕聊以托性命，含悲终年暮。悠悠者苍天，夺我平生故。

【注释】

〔一〕炎，极热。飙，旋风；暴风。

〔二〕矧伊，矧，况且，何况。《诗·小雅·伐木》："矧伊人矣，不求友生。"

〔三〕私怀，个人的情怀。

〔四〕讵，岂，哪。

〔五〕切切，象声词。形容声音轻细。

【笺疏】

连理同心，可见夫妻之义重；舐犊情深，转叹父子之缘浅。此伤怀之重申，故剑仍在抱。私怀从此路、此路良自安，"此路"当为夫妇如师弟、相持以道之意。观其祭祀之文中，诗人自道亲率儿女于亡夫灵前轮番诵读《论语》以慰夫魂，此意可明矣。

## 遣悲怀

天地生万物，各遂其常理。雨露滋芳华，风雷厉柔靡。〔一〕仁人赞化育，立德修文纪。〔二〕而曰仁者寿，胡不保之子。〔三〕岂伊凤不至，于何伤麟死。〔四〕世方逐横流，滔滔者皆是。〔五〕悬景自孤光，天风无定止。〔六〕躬欲使其淳，人斯谁与己。〔七〕惟感平生言，惧同草木毁。朝获闻大道，夕死斯可矣。〔八〕泰山竟尔颓，吾其奚仰止。〔九〕同穴知何年,永痛无穷已。正声久不闻,悲歌犹在耳。〔一〇〕即命救人间,夫何充天使。世诚不可为,宁灭先圣轨。圣轨固昭彰,子去谁率履。〔一一〕形骸虽幻化,精诚实相契。待当休明世,吾子复兴起。〔一二〕至人值嘉会,驾言心转喜。〔一三〕全家欢重聚,情钟良足恃。吾子居何方?安得以语此。哀思如循环,天应成人美。

【注释】

〔一〕滋,滋生;生长。厉,同砺,磨也,《荀子·性恶》:"钝金必将待砻厉然后利。"柔靡,柔弱萎靡。(宋)范仲淹《上时相议制举书》:"故文章柔靡,风俗巧伪。"

〔二〕仁人赞化育,典出《中庸》:"惟天下至诚,为能尽其性;能尽其性,则能尽人之性;能尽人之性,则能尽物之性;能尽物之性,则可以赞天地之化育;可以赞天地,则可以与天地参矣。"立德修文,参见《论语·季氏》:"修文德以来之。"

〔三〕仁者寿,典出《论语·雍也》:"知者乐水,仁者乐山。知者动,仁者静。知者乐,仁者寿。"

〔四〕岂伊,难道。凤麟,古以麟为仁兽,有王者出则至。凤为圣人受命之征兆。孔子因乱世获麟而悲,因凤鸟不至而叹。故后以"泣麟悲凤"形容对乱世的哀伤。事本《公羊传·哀公十四年》《论语·子罕》。

〔五〕横流,水不按原道流动而泛滥,比喻动荡的局势。滔滔,水势盛大。

〔六〕景,太阳。

〔七〕斯,指代,此。

〔八〕朝闻句,典出《论语·里仁》:"子曰:'朝闻道,夕死可矣。'"

〔九〕泰山句,喻有才德有声望的人去世。语出《礼记·檀弓上》:"孔子蚤作,负手曳杖，消摇于门，歌曰：‘泰山其颓乎！梁木其坏乎！哲人其萎乎！’”奚，什么。仰止，仰慕。

〔一〇〕正声，与变声相对，正统之声。

〔一一〕昭彰，昭著；显著。率，率领，带领。履，践行。

〔一二〕休明，美好清明。《左传·宣公三年》：“楚子问鼎之大小轻重焉。对曰：‘在德不在鼎……德之休明，虽小，重也；其奸回昏乱，虽大，轻也。’”

〔一三〕至人，思想或道德修养最高超的人。《荀子·天论》：“故明于天人之分，则可谓至人矣。”《史记·屈原贾生列传》：“至人遗物兮，独与道俱。”驾言，托言。

【笺疏】

诗人娴于儒家经典，博引旁征，以见夫君在其心目中优入圣域的高尚德行。此诗中作者悲怀略有排遣。诗人不仅试图超越“形骸虽幻化，精诚实相契”的肉身拘执，更期待“待当休明世，吾子复兴起”的光明未来，乃至憧憬“至人值嘉会，全家欢重聚”的美好可能。

## 杂感二首

一

惟君多苦心，生而即孤惸。〔一〕孝慈特兼常，视人皆弟兄。持道正人伦，卓荦穷六经。〔二〕仁以为己任，学希集大成。行年逾不惑，万里求师正。风云岂不险，洙泗承其清。〔三〕竟师大嘉许，解颜欢相迎。谓为圣人徒，不图遇于今。虽乏膏火资，长歌金石声。〔四〕学幻三年归，仍载壁书赓。〔五〕兴文斥异端，人禽肆力争。〔六〕终赖固穷节，义利辨益精。卷之藏于密，放之六合盈。〔七〕宣尼厄陈蔡，而君谁重轻。〔八〕子路犹愠见，道高终难明。君其何自苦，敦道岂忘形。曲肱固已乐，举世少复诚。〔九〕幸有二三子，曷若共隐沦。〔一〇〕言之不我鄙，挚意加温存。素心两相惬，完质刚坚贞。〔一一〕拳拳漆投胶，馥馥兰扬馨。〔一二〕感结忽伤悲，我悲君泪零。收泪顾言他，故故怡我情。〔一三〕只今一回首，不见君影形。神魂长相依，恐君为不宁。礼佛强自宽，以此酬生平。天乎胡此酷，追念独怦怦。卜葬期何日，泥土应无倾。恨我不得力，莫安君之灵。夙昔委穷达，遑计身枯荣。〔一四〕忧乐以天下，遑顾身后名。〔一五〕理也可奈何，天地终无情。

【注释】

〔一〕孤惸，无父无兄弟，惸同“茕”，唐迪风为遗腹子，固有此说。

〔二〕卓荦，超绝出众。

〔三〕洙泗，洙水和泗水。古时二水自今山东省泗水县北合流而下，至曲阜北，又分为二水，洙水在北，泗水在南。春秋时属鲁国地。孔子在洙泗之间聚徒讲学。《礼记·檀弓上》：“吾与女事夫子于洙泗之间。”后因以“洙泗”代称孔子及儒家。

〔四〕膏火，照明用的油火，特指夜间读书用的灯火，又特指供学习用的津贴。

〔五〕学幻，《列子·周穆王》：“穷数达变，因形移易者谓之化，谓之幻。造物者其巧妙，其功深，固难穷难终；因形者其巧显，其功浅，故随起随灭。知幻化之不异生死也，始可与学幻矣。”此处指就学支那内学院。赓，抵偿；补偿。

〔六〕兴文句，斥异端、辨人禽，此处指对儒学尤其孟子学的坚持。

〔七〕卷之句，语见(宋)朱熹《四书集注·中庸》：“放之则弥六合，卷之则退藏于密；其味无穷，皆实学也。”

〔八〕宣尼句，语本《论语·卫灵公》："在陈绝粮，从者病，莫能兴。子路愠见，曰：'君子亦有穷乎？'子曰：'君子固穷，小人穷斯滥矣。'"后用以比喻处境困难而又不为人理解。《孟子·尽心下》："君子之厄于陈、蔡之间，无上下之交也。"

〔九〕曲肱句，语本《论语·述而》："子曰：'饭疏食，饮水，曲肱而枕之，乐亦在其中矣。不义而富且贵，于我如浮云。'"

〔一〇〕曷若，哪若。隐沦，隐居。

〔一一〕素心，纯洁的心地。

〔一二〕拳拳，诚挚眷爱。

〔一三〕顾，乃。故故，故意，特意。

〔一四〕委，委身。枯荣，同穷达。

〔一五〕忧乐句，见(宋)范仲淹《岳阳楼记》："不以物喜，不以己悲。居庙堂之高，则忧其民；……其必曰：先天下之忧而忧，后天下之乐而乐欤！"

二

矫矫比翼鸟，巢居泰华颠。〔一〕饥食琼树浆，渴饮清泠渊。〔二〕早出晚来归，双飞影翩翩。量力事颉颃，守辙终余年。〔三〕严霜虽切肤，体意自便便。〔四〕谐声天宇阔，丽羽日辉宣。何物兴妖氛，一翼罹其愆。感此崩五内，魂魄共遐迁。〔五〕彷徨三五雏，哀号闻我前。我心固匪石，行者立凄然。何惜手拮据，所生难保全。何惜口卒瘏，室家忍弃捐。〔六〕顾独耻委食，所悲非饥寒。〔七〕哀彼之人兮，伤余之涕涟。〔八〕感君子之诚兮，继道绪之绵绵。〔九〕磨涅不缁磷兮，原无损于白坚。〔一〇〕念国之无人兮，痛匏瓜之空悬。求仁而得仁兮，余又何怨乎天。

【注释】

〔一〕矫矫，强壮，矫健。泰华，泰山、华山，喻高山。颠，山顶。

〔二〕清泠渊，水名，《庄子·让王》："〔北人无择〕因自投清泠之渊。"《山海经·中山经》："神耕父处之，常游清泠之渊，出入有光。"郭璞注："清泠水，在西鄂县山上，神来时，水赤有光耀。"（魏）嵇康《圣贤高士传》："许由怅然不自得，乃遇清泠之水，洗其耳，拭其目。"

〔三〕颉颃，鸟飞上下貌。语本《诗·邶风·燕燕》："燕燕于飞，颉之颃之。"

〔四〕体意，此处指身姿和意态。便便，形容坦荡平易。《史记·张释之冯唐列传论》："《书》曰：'不偏不党，王道荡荡；不党不偏，王道便便。'"

〔五〕遐迁，远迁，远离。（魏）曹丕《短歌行》："神灵倏忽，弃我遐迁。靡瞻靡恃，泣涕涟涟。"

〔六〕卒瘏，《诗·豳风·鸱鸮》："予口卒瘏，曰予未有室家。"毛《传》："瘏，病也。"

〔七〕委食，典出《列子·黄帝篇》，指被蓄养。

〔八〕涕涟，涕泪涟涟。

〔九〕道绪，道统，绪，指功业。

〔一〇〕磨涅句，典出《论语·阳货》："不曰坚乎，磨而不磷；不曰白乎，涅而不缁。吾岂匏瓜也哉！焉能系而不食？"比喻高尚的品格能不受污染，但有才德之人不被任用而无所作为。

【笺疏】

欧阳竟无在为唐迪风撰写的《墓志铭》中，清晰记得唐氏初来内学院就学的场景："民国十四年，支那内学院建法相大学，先三日，宜宾唐烺字铁风者至。坐定，呈志情急，口吃，至于流涕。予已为之动。释奠之日，遍拜大众，忏诉生平，则涕泗交并，一时大众悚然。”这便是诗人谓为“竟师大嘉许，解颜欢相迎。谓为圣人徒，不图遇于今”的表现。至于唐氏“学幻三年，躬杵臼，妻炊爨，童子绕埸读，三数人，歌声若出金石”的贫不忘学、贫而好学的精神，更是令欧阳竟无印象深刻。

诗之一追忆了唐迪风的生平与学志，以及丈夫对自己的精神支撑，并目前无力安葬丈夫的内疚心情。诗之二则以拟人的手法描绘了丈夫生前夫妇比翼双飞的美好生活，以及自己今后力持众雏的毅力决心。

按，唐迪风逝后无法顺利安葬，部分原因在于当时风水先生携唐氏二子走遍周坝没能找到合适的墓地，但更主要还是其时唐家经济拮据，后来决定暂时殡起来，且延至阴历七月十六日始出殡。之后唐君毅返回南京继续学业，诗人则和其他儿女搭船回到成都。全家搬住锦江街居住。此时唐家完全没有收入来源，生活十分困难。迪风公的生前友好筹措了一笔款作为奠仪送来，一家人靠这笔钱用了好一阵。直到第二年唐君毅大学毕业回成都，同时在几个中学教书，家中经济上才开始宽裕一点。迪风公的正式安葬，则要迟至八年之后的1939年暑假。

诗人这卷悼亡诗，最难得的是绝无怨天尤人情绪，而是以道自勉、自励、自立、自期。宜乎欧阳竟无会许之以“悲天悯人”而不妨其“乐天知命”。

## 忆昔

忆昔伤时语，分明现此时。仁心无隔绝，世乱已先知。天遣斯文丧，每遗君子悲。同情成独慨，何用此生为。〔一〕

【注释】

〔一〕同情，指丈夫与自己的彼此共情。

【笺疏】

强调人人共情、物物感通、人物感通，乃至人与神明、与形上世界的真实感通，是唐君毅之学的基本气质。这一点，在其父母之教，已经明显昭露。此处谓为仁心无隔，二人同情，皆此类意。《祭迪风文》中，诗人尝言：

夜或兀坐灯前，仿佛与君展书共读。竹窗风过，仿佛君激昂慷慨声。临饭即欲奉君所嗜菜，仿佛来尝。宁儿啼饥，仿佛仁慈恺悌坐儿膝上，食之糖饵。呜呼迪君！是精诚无乎不在也。我思君之诚，无时不然也！其或能相感而一见君之颜色乎！前于清夜，特步庭中，诚虔敬祝君归来。满庭月色仍如旧日，四顾回还，独不见君影形。惟惨淡灵灯，愈助人凄绝，更进而伏棺静听，频频呼君，仍不闻君动息。呜呼痛已！迪君乎！其有知欤？抑无知也欤？呜呼迪君！素与君心心相印，兹独无感应乎？呜呼迪君！即不能形影相接，希常于魂梦相通。

又云：

念君最崇孔圣，雅好《论》《孟》诸书。特于君灵前早晚虔诵，并令儿辈轮流奉读。恨我平日未能如君之事我以事君。兹欲补前愆于万一，顾可得哉！当我读至君所爱之章句，忽觉君音容如出其上，如在其左右，辄伏案痛哭，不可卒读矣！

皆此“感通”之意。

## 昔同游

迪常与余谈论，多属性理。惜余未细心领悟。两年后，触处发现其意，瞥然契于心，因益伤迪不复起矣。曩即无以告慰，今将奚以为？终成孤陋，而增自哀。用《昔同游》以寄意。

明月照清渊，濯乎渊之上。放歌两忘言，悠然天界敞。声挟松风回，宛转应山响。同心极娱乐，事倏成已往。何忍重登临，中心凄以怆。相彼水更清，月亦比前朗。澄澄涵空明，渺不分天壤。神魂若左右，俨然共欣赏。趋从忽莫由，余其将安放。〔一〕思切忧转深，涕泣不可仰。来世终有期，葵藿永相向。〔二〕

【注释】

〔一〕趋从，趋向。

〔二〕葵，葵花；藿，豆叶。（唐）杜甫《自京赴奉先县咏怀五百字》："葵藿倾太阳，物性固莫夺。"

【笺疏】

唐迪风生前常以圣学期待妻子以成，尤重性理之学，此从其为妻子诗集命名"思复堂"即昭然可见。《祭迪风文》有谓：

呜呼吾君！平日启发我者，无所不用其极也。恨我役役终年，不知何者为学，更不知君之所以教，忆君语我有云：学非求功利也，尽其在己而已。我习焉不察，凡所为，莫不与君背驰。及其弊端百出，君反引为己咎，自责其过，而我仍长恶不悛。君又以《涵泳篇》等置我侧，更亲磨墨裁纸，令我钞书，意我游心于此以纾积弊。呜呼迪君！我始终不悟，吾君在天，其不瞑目矣！君尝言我父为读书人，而我从未读书，恒以为深惜。每以至言激动我。我生性不知，与俗浮沉。君时隐其孤衷，殷殷开导我云：良书即无友之人之良友也。尝思之：我年四十，而壮心未死。昔即不体父之志，以略尽其孝。今且无以副君之望，而励其行。抚躬内怍，不觉汗之浃背。年来方奋志为补牢之计，早晚从君学问。呜呼痛已！往日君谆谆诲我，我偏悠忽，旋听旋即置之，殊未味乎其言也。今而知欲学而君不留。思聆君之教，而不复得矣。

诗人在丈夫去世之后，心中惕然有会，警然默契，惜不能起亡人于地下，共与论道，故有此作。

按，祭文中提到的《涵泳篇》为清人陈广敷（1805—1858）编撰。广敷名溥，字稻孙，为陈用光（1707—1760，江西新城人，理学家，道光皇帝钦命“文魁”，被喻为“四朝文臣、三代帝师”的祁寯藻乃其婿）之从孙，著有《陈广敷遗书》48 卷，性豪迈，少从俊杰游。后潜心研究经史，文章多理学及讲学之作，诗多道气。

《涵泳篇》光绪九年（1883）成都伍肇龄有刻本，同时还有《性修论》《凝神篇》《王阳明集节录》等刻板。是书之后罕见流传，各家书目均未著录，然宜乎其为当时蜀地儒门后学关注。

【系谱】

1966 年 6 月 26 日，唐先生携夫人谢廷光至夏威夷，住海滨之 Reeb Hotel，游人甚多。次日清晨，唐先生问夫人：“今天六月廿七是什么日子？”夫人一时答不出来。原来是两人结婚二十三周年纪念日。夫人谓：“从今天起我要许下一愿，我要尽其在我。”（《日记・廷光代笔》）此亦可谓夫妇间能相期以圣学之余响。

## 秋夜二首

一

道义相期人，去我一何速。月明千里心，耿耿抱幽独。〔一〕

二

手置衣与衾，一著一心酸。娇儿解我意，母暖父心安。

【注释】

〔一〕耿耿，忠诚貌。幽独，孤独寂寞。

【笺疏】

“道义相期”是诗人对其夫妇关系的最根本定位。诗人于此再三致意。这既是基于唐迪风生前的爱惜与勉励，更见得诗人天性卓尔不俗、以道自任。这一倾向，是持续了其一生的。

## 三月十五夜二首

一

永日悲难遣，心期会梦中。〔一〕神灵何处是，仿佛可能逢。立尽阶前影，靡亲月下容。杜鹃啼复息，碧落终无穷。

二

誓共长相守，忍何独自归。梦中不数见，泉下几时偕。昔每心相印，今偏意独乖。为怜儿女幼，残命付寒灰。

【注释】

〔一〕永日，长日。碧落，天空；青天。

【笺疏】

丧偶之痛，痛何如之。何况还是心心相印之天作佳偶。寻寻觅觅不见，凄凄惨惨难逢。夜深儿女灯前，泉路几度春秋。诗人虽努力自遣，难免悲情有所反复。

## 记梦〔一〕

人天虽乖隔，至诚能感通。魂兮归乎来，窗月光玲珑。忽睹坐观书，故衣故时容。惊疑旋复喜，喜极泪沾胸。何期三秋别，于今一旦逢。〔二〕儿女沉哀疢，遑论独我躬。子今果在此，原非昨梦同。明明非昨比，晓日升已东。顾我但微笑，何必形影从。死诚得所归，生乃实懵懵。〔三〕死生与离合，执此皆愚庸。闻之心断绝，欲呼声转穷。欲听耳无聪，欲视眼无瞳。隐约君颜色，遽尔乘晨风。

【注释】

〔一〕1973 年本题目作“记梦一首”。

〔二〕三秋别，《诗·王风·采葛》：“彼采葛兮，一日不见，如三月兮！彼采萧兮，一日不见，如三秋兮。”中文常用“一日三秋”表示情侣、朋友之间相思情深。

〔三〕懵懵，糊里糊涂。（唐）岑参《感旧赋》：“上帝懵懵，莫知我冤。”

【笺疏】

诗中所记，乃为诗人思念至极、得与亡夫梦里相感交通。幽明感通基于至诚之心，这一理念后来在唐君毅哲学中得以发扬光大。

唐君毅哲思天挺，其六七岁时就通过“地球毁灭”之想象感受到“生”与“死”的感通，十七岁经由“离别父亲”之体验感受到“个人”与“人类”的感通，1925 年在北京“看露天电影”更直觉感受到“人”与“宇宙”的感通。直至诗人去世之后，唐君毅于慈航净苑诵经设祭，见庵主病中吊唁并“凡入庵礼佛者，虽素不相识，亦至母灵前作礼”，即叹“古人言凡民有丧，匍匐救之，今乃亲受之也”；又忆昔年祖母去世而父亲哀毁过情、欧阳（竟无）大师病逝江津而母子往吊，更感“念人生代代，相哀相悼，竟无穷已”（《母丧杂记》）。皆此一念感通之意。

这一感通之力与感通之学，唐氏父母亦皆有之。或者说，诗人一生渐次加重认同的这种感通之学与感通之力，也来自儿子的反哺之义（唐安仁《伯伯》文中曾追忆，“全家人包括阿婆在内，都最听伯伯的话”）。在这篇记梦之辞里，诗人记载了梦中丈夫对于形影为幻而死生一如的豁达解释，实则暗示了诗人自己正在经历的精神成长。在痛绝人天的惨痛面前，慧性高越的诗人藉儒释理泽，正在步步超越执著情执的旧我。

【系谱】

1956 年 8 月，唐君毅第一次访问台湾。曾在两日内独往台南文庙瞻仰两次。

台南文庙即孔庙，又称“全台首学”，基本建筑为陈永华（1634—1680）主持落成于南明永历年间，是全台建成的第一座孔庙，也是郑成功收复台湾后在台建立的第一所高等学府，清初一度是全台童生入学之所。

永华父陈鼎为崇祯十七年进士，顺治五年（永历二年，1648）清军攻陷同安，同安教谕陈鼎在明伦堂自缢。永华时年十五岁，走厦门，后见郑成功，郑许之以“当今卧龙”，令子经师事之（后永华女嫁经子克臧）。康熙四年（永历十九年，1665），陈永华来台后即向郑经建言“建圣庙，立学校”，发展文教事业，“以收人才，庶国有贤士，邦本自固，而世运日昌矣”。次年孔庙、学院等陆续落成。

1956 年唐先生置身台南孔庙，走过两庑中董仲舒、周濂溪、程明道、程伊川、朱子、陆象山等人的神位，觉得他们的思想与为人，好像化作一句话，或一种精神气象，一一更迭呈现于心。在不满二十分钟内，两千年前儒家中的贤哲，好像一一与自己觌面相见。此种精神上的感受与体验，既不是世俗所谓宗教崇拜，也不是艺术欣赏、文学灵感、哲学思辨、道德实践，更不是心理学所谓的幻想，而是一种与历史人物、列圣列贤神交默契的生活。这种生活使唐先生顿觉心灵之天门真正开启，许多平时不懂的道理，好像自己会直接呈现昭显。因此，唐先生对台南文庙印象特别深刻。

## 人日游草堂二首

一

微命寄所娇，何忍拂其意。〔一〕牵衣赴草堂，沿途随所憩。不见旧游人，尘埃蔽天地。清影度寒塘，低回有深泪。

二

三年旷游迹，今来夫谁使。〔二〕望中千万人，独不见之子。

【注释】

〔一〕所娇，所怜爱的人，此处当指幼女宁孺（1926—1994），1931 年父亲去世时彼年方五岁。

〔二〕旷，废，缺。

【笺疏】

唐迪风去世之后，诗人携幼女再赴杜甫草堂。此乃旧日夫妇同游之地。此刻花摧叶损，物是人非，心情之惨淡可想。据所言“三年旷游迹”，此或为 1934 年人日所作。

## 幼女三首

一

夕阳斜射池塘里，挟策归途独延伫。夜梦呼爷泪湿衣，朝来窃向阿兄语。

二

偶市樱桃不忍食，趋庭供奉父灵侧。萧萧风过幕帏开，背立中堂频掩泣。

三

儿哭父兮母泪收，父思儿兮谁解愁。惄如捣兮我心忧，宛在望兮天尽头。〔一〕

【注释】

〔一〕惄如捣兮，《诗·小雅·小弁》："我心忧伤，惄焉如捣。"（汉）毛氏传："惄，思也。""惄焉如捣"形容心情忧伤。

【笺疏】

此写幼女宁孺思父情状。其或独立路边，等候下学之兄姊；或夜梦亡父，醒来向哥哥悄语。或购买樱桃而不忍自食，已经懂得供奉父灵。背立中堂泪眼婆娑者当不止小女一人。至此诗人笔锋一转，则谓亡人念子之苦何以告慰。此种背面傅粉之法，极富表现力。诗人不自言其思夫，而情实自见。

【系谱】

宁孺五岁丧父，《忆大哥》一文中，尝记唐先生二三事：

我六七岁时，一夕，月光惨淡，吾立人围中，有盲父女二人正弹唱。兄忽来吾后，出数铜子嘱散后以谢父女，兄归家复来，加数毫，我归，兄告我盲父女为真正音乐家，兄言时不胜感伤。

某日，有亲戚来闲话，兄无以对答。遂携我至杜甫草堂，见江畔芦苇丛生，叹曰："'茅飞渡江洒江郊'岂此江欤！"

吾放学归常遇兄于途，常拄杖托腮坐黄包车中，视我若无睹。吾兄思想时皆如此。

……

往事何堪说，惟萦回是间，若梦若幻。吾忆一境，不知其为梦耶！非梦耶！

苍苍之天，若阴若暮，母与吾等五儿女坐渡口土墩上。天空数雁飞过，振翼之声可闻，瞬息之间，声随影灭。墩上人心，先随以飙升，旋复堕埃尘，土墩之上，依然母子六人，四周荒凉如故。

时不知父出殡未？想吾兄立意抚妹弟成人，当为斯时也。

# 卷三

据1973年本唐君毅编后记，此卷为诗人悲怀渐减，与子女共居成都时、及抗日战起感怀时事之作。

## 晓发嘉定

晓帆风趁白云生，日照江流镜面平。何事客心转凄切，雍雍穆穆棹歌声。〔一〕

【注释】

〔一〕雍雍穆穆，和谐，和睦；端庄恭敬。《诗·周颂·雍》："天子穆穆。"（魏）曹植《求通亲表》："是以雍雍穆穆，风人咏之。"《南史·顾觊之传》："家门雍穆。"

【笺疏】

四川乐山古称嘉州，后称嘉定，清中叶改称乐山。诗人《祭迪风文》中："原约至嘉定当与我信，眼欲穿而音仍杳。”此嘉定即指今之乐山。上海附近虽亦有嘉定，而 1933 年冬唐君毅赴南京中央大学任教，直至 1937 年七七事变之后方才离开，期间唐至中也曾跟随父友彭云生由成都去南京听欧阳竟无讲学。然诗人此间并无出蜀。故此嘉定仍当指乐山。

## 隐几

群稚环趋笑语和，中庭隐几慨偏多。〔一〕月明满院人何在，言念门前不忍过。

【注释】

〔一〕隐几，典出《庄子·齐物论》：“南郭子綦隐机而坐，仰天而嘘。”言念，助词，无义。《诗·秦风·小戎》：“言念君子。”

【笺疏】

诗人虽然悲怀渐减，毕竟伤怀未歇。眼见儿女环顾，月明满院而终乏一人。她依然在顽强地思念早逝的丈夫。

## 青玉案

无端几霎丝丝雨，怎不带、人愁去。却悄和苍苔细语，请承花落，倩邀红住，点缀天心处。〔一〕 绿肥稳隔春归路，底事啼鹃独声苦。逝者如斯延久住，四年前梦，几曾回顾，肠断江村暮。

【注释】

〔一〕天心,(唐)刘兼《江楼望乡寄内》:"云生陇首秋虽早,月在天心夜已长。"指天空。

【笺疏】

花落苍苔,啼鹃独苦,既云四年旧梦,此当作于1935年前后。诗人系念亡夫,悲怀尚存。所谓"怎不带,人愁去"是也,江村一顾,春归无路,细雨肠断,旧时愁绪。

## 青门引

一

雨润春光冷,行趾江边初定。〔一〕褰裳相率上轻舟,一篙离岸,归客渐无影。　　沙鸥点点谁惊醒,滩过波平静。群山迭易移后,望中城阙看看近。〔二〕

二

正落帆时候,雨浥轻尘新透。〔三〕东风吹渡吊黄楼,飘然衣履,宛尔绝尘走。〔四〕　　逶迤崖径羊肠瘦,伛偻登高阜。〔五〕独来楼上寻觅,那年游迹还存否。

三

往事成千古,风景依然如故。悬崖峭壁泻飞泉,似犹认取杯在

曲池处。　　儿童欢爱清如许，濯足酣歌舞。栋花无语相向，替人脉脉怀酸楚。〔六〕

**四**

一片冰心冷，触处惊魂难定。此番游兴属娇痴，循池深涉扰乱古柏影。〔七〕　　杨花舞困风吹醒，旋逐微波静。杖藜重促行履，入城灯火黄昏近。〔八〕

【注释】

〔一〕行趾，行迹。足迹。搴裳，提起衣裳。

〔二〕此二句1991年全集本原标点为“群山迭易，移后望中城阙看看近。”其下三阕同此。按覆词谱，《青门引》末句应为六、七句式。此词所用为词谱例词张先词韵，双调五十二字，前段五句三仄韵，后段四句三仄韵。依例改标如上。

〔三〕浥，沾；浸渍。

〔四〕吊黄楼在宜宾县东，黄庭坚离开戎州（今宜宾）后，士民怀之，遂修此楼，建于宋代。宛尔，明显貌，真切貌。

〔五〕阜，土山。《诗・小雅・天保》：“如山如阜，如冈如陵。”毛传：“高平曰陆，大陆曰阜，大阜曰陵。”

〔六〕栋，方言。山岭。（清）李调元《卍斋琐录》卷四：“李膺《益州记》：‘蜀人谓岭为栋。’”栋花即山岭上开的花。

〔七〕娇痴，天真可爱而不解事。（唐）宋之问《放白鹇篇》：“著书晚下麒麟阁，幼稚娇痴候门乐。”此处当指幼女。

〔八〕行履，行走。

【笺疏】

诗人再来吊黄楼上，重睹曲水流杯，虽从娇痴儿女之游兴，未免触动此前夫妇同游之况，悲怀又起。此为合家再过涪翁楼之作。

## 代朱宗肃作忆母诗二首

一

更尽星残欲曙天，思亲半夜未成眠。霜风萧瑟鸣窗外，魂梦依稀绕膝前。锦里岁华看逝水，巴山城阙隔浮烟。此身珍重将何待，宝剑摩挲已有年。〔一〕

二

缺月挂林隈，儿心怆以摧。宗肃父早丧，母被叔父等退出外家。〔二〕风停知树静，草长怕春回。〔三〕羁旅愁千里，关心独古梅。萧疏松竹影，疑母送衣来。

【注释】

〔一〕宝剑摩挲，鼓舞其人奋发有为之语。此为鼓励朱宗肃立志向上语。朱宗肃其人情况不详。

〔二〕隈，隅，角落。（魏晋）左思《魏都赋》："考之四隈，则八埏之中。"怆以摧，极度伤心，（汉）苏武《诗四首》："长歌正激烈，中心怆以摧。"

〔三〕风停句，《孔子家语・致思第八》："与友厚而小绝之，失之三也！树欲静而风不止，子欲养而亲不待也。"《韩诗外传》卷九："树欲静而风不止，子欲养而亲不待。"草长句，（唐）孟郊《游子吟》："谁言寸草心，报得三春晖。"

【笺疏】

诗人持身特重人伦孝道(见后卷四"大孝终身慕父母"等语),故代人作忆母之诗,而能体贴如此。幼时多为常相忆,少不更事催亲泪,树静风烈,欲养不待,纵有功名、已无人知,人子伤心,莫此为甚。

## 雨余赴慎中约游公园,久待不至,三首

一

朝霞红润雨声残,遥想清游兴未阑。绕遍莲塘搔首立,美人犹隔碧云端。〔一〕

二

蒙蒙烟霭隐朝暾,却怪幽人静掩门。〔二〕垄断晴光作诗料,思君不见满园昏。

三

荷风缕缕掠轻寒,霁日辉临露未干。偏有鹦哥能解意,声声归去劝人还。

【注释】

〔一〕美人句,典出李白《杂曲歌辞·长相思》:"长相思,在长安,络纬秋啼金井阑。卷帷望月空长叹,美人如花隔云端。"

〔二〕暾,太阳。

【笺疏】

慎中，疑即唐至中的同学韩慎中（参见卷一《浣溪沙》）。慎中似亦颇能诗，或有所请益于诗人，乃有“垄断晴光作诗料，思君不见满园昏”之诙谐。

## 和其烱侄孙原韵，兼示之，三首

一

长松何忍独居高，时引风光映画桥。游客几曾知驻脚，满园驰骋逞英豪。

二

烟云多处天愈高，人也何须文绣袍。暴虎凭河宁谓勇，当仁不让乃英豪。〔一〕

三

古松老柏自孤高，其叶青青似锦袍。怪得岁寒不知冷，吟风弄雪自逍遥。

【注释】

〔一〕暴虎凭河，空手打老虎，徒步过大河。比喻有勇无谋，鲁莽蛮干。《诗·小雅·小旻》：“不敢暴虎，不敢冯河；人知其一，莫知其他。”当仁不让，《论语·卫灵公》：“当仁不让于师。”谓对于应做之事要勇于承担、不推诿。

【笺疏】

作为示意晚辈(侄孙)之诗,诗人"当仁不让"而以理喻之。无论暴虎凭河之戒,抑或岁寒松柏之叹,皆是开示人生至道之语。烟云不遮天高远,至人无需巧纹饰,这番岁寒而后知松柏之劲节的豪情,正见诗人道心日朗,是自抒心得语。

## 率幼子宁儿登城闲眺五首

一

徙倚凭城堞,新苗满阡陌。[一]农人方灌畦,心闲万事适。回看城垣下,纷纷驰逐客。覆辙更相寻,感叹向谁白。

二

理义悦我心,刍豢悦我腹。[二]瞻乌爰复止,终于吾之屋。[三]草木竞繁花,结实乃娱目。良苗虽怀新,所贵获嘉谷。理义自森著,奈何苦追逐。[四]

三

天地一洪炉,沸浪无与焉。[五]策我千里骥,驰骋泰华巅。濯足东西洋,狂歌天外天。应醉便须醉,毋复多挂牵。

四

行近旧居处,凄惶弗忍顾。[六]弱女牵我裙,道勿从此去。脉脉

两无言，欲留不得住。太上云忘情，所愿体纯素。〔七〕

五

席地坐城头，展卷共儿读。好风为翻书，晚霞代明烛。餐胜悦我心，努力果我腹。事往讵能追，且极今时乐。

【注释】

〔一〕徙倚，犹徘徊；逡巡。《楚辞·远游》："步徙倚而遥思兮，怊惝怳而乖怀。"凭，靠。城堞，城上的矮墙，也泛指城墙。阡陌，田界。

〔二〕理义句，典出《孟子·告子上》："故理义之悦我心，犹刍豢之悦我口。"

〔三〕瞻乌句，典出《诗·小雅·正月》，"忧心茕茕，念我无禄。民之无辜，并其臣仆。哀我人斯，于何从禄。瞻乌爰止，于谁之屋。"此处转下一意，而为作者今已义理在握的自信。

〔四〕此与注〔二〕，为一诗之中而有"理义"两出，对于甚喜孟子、象山之学的诗人，也是自然之极，不嫌复出，所谓"万物森然于方寸之间，满心而发，充塞宇宙，无非此理"（《陆九渊集》卷三十四《语录上》）。

〔五〕天地一洪炉，典出《庄子·大宗师》："今一以天地为大炉，以造化为大冶，恶乎往而不可哉？"

〔六〕行近旧居处，迪风公去世之后，唐家不再住横通顺街，搬住锦江街，此处指路过其旧宅。

〔七〕太上云忘情，（南朝·宋）刘义庆《世说新语·伤逝》："圣人忘情，最下不及情，情之所钟，正在我辈。"后用"太上忘情"指圣人不为凡俗之情所动。所愿句，体，领悟，体现；典出《庄子·刻意》："能体纯素，谓之真人。"

【笺疏】

逐客纷纷，驰于外务。诗人观此世况，有所感慨。毕竟繁花满目而结实为上，良苗虽好而禾谷是求，虚名浮誉，能有何益。诗人此时渐脱悲怀，心悦理义，故胸襟阔大，乃欲策千里马而登临极顶(驰骋泰华巅)，振衣千尺，濯足万里。虽时而还会触目生悲，难忘故人，但已经由“餐胜悦我心，努力果我腹”的理义振作，开始更加乐观地面对现世生活。唐迪风生前“以阐明孟子及象山之学为己任”(彭举《孟子大义》跋)的求道热诚影响及于闺门，已然在家庭之内落地生根。

## 和吴伯慧见寄原韵

年来心境似穷秋，苦恨时光不倒流。道义相期人既远，残生此外我焉求。〔一〕翩翩林翮烟中鸟，渺渺予怀水上鸥。〔二〕自古文章忌轩冕，锦江何日得同游。

【注释】

〔一〕道义相期人，指迪风公。

〔二〕翮，鸟翅。(魏)曹植《送应氏诗》：“愿为比翼鸟，施翮起高翔。”(唐)牟融《客中作》：“十年江汉客，几度帝京游。迹比风前叶，身如水上鸥。”此正诗人之心境。

【笺疏】

吴伯慧，情况不详，当为诗人之友。诗人虽然悲怀渐减，还是难免时有伤悲泛起，尤其如果奉和之原作中有相关内容。而诗中再提“道义相期”之愿景，以及“文章冠冕”之难兼，抑或也是对吴伯慧的一番开导勉励语。

## 程行敬青城山访程芝轩老居士，书此寄之，三首〔一〕

一

菩提无树镜非台，心上灵根不待栽。〔二〕日月贞明长在望，风云变幻久相猜。〔三〕知君参透无生理，恨我颓然若死灰。〔四〕为拟一言须记取，虚怀而往实而回。〔五〕

二

六籍韬光贤达隐，万方多难道途赊。〔六〕孔颜乐处堪寻味，佛道禅通未敢夸。〔七〕灵气所钟二程子，悲怀岂眷一中华。〔八〕天心未忍斯文丧，宇宙原来是一家。

三

此行非比等闲游，为访青城云外叟。细雨谈禅鱼出听，深林长啸鸟惊秋。层峦叠水环三面，明月琴声共一楼。莫讶尺书冰皎洁，朝朝漱石枕清流。〔九〕

【注释】

〔一〕程行敬，江津人，为唐迪风拜门弟子(唐君实《追忆先父赴南京从学欧阳大师及大师往事》，未刊稿)。曾出席 1943 年在重庆上清寺鲜英老先生家宅“特园”举办的唐君毅婚礼。《唐君毅日记》1948 年 12 月 26 日言“访程行敬及吕先生”，时同在南京。1949 年 1 月 12 日又曾访之。程芝轩，字昌祺，别号静观，佛教居士。曾就读于日本宏文师范。1926 年受聘于华西协合大学，任中国文学系主任。青城山名联“一生二，二生三，三生万物；人法地，地法天，天法自然”据说即为程氏所集。

〔二〕菩提句，典出《六祖坛经》：“菩提本无树，明镜亦非台，本来无一物，何处惹尘埃”。灵根，性灵，智慧，这里特指佛性，(清) 龚自珍《已亥杂诗》：“龙树灵根派别三，家家椰栗不能担。”

〔三〕贞明，谓日月能固守其运行规律而常明。《易・系辞下》：“日月之道，贞明者也。”孔颖达疏：“言日月照临之道，以贞正得一而为明也。”

〔四〕无生理，佛家语，谓无思念、无生灭，以指涅槃之境。

〔五〕虚怀句，喻谦虚往学，满载而归。《庄子・德充符》：“立不教，坐不议，虚而往，实而归。”《庄子・秋水》：“道无终始，物有死生，不恃其成。一虚一满，不位乎其形。年不可举，时不可止。消息盈虚，终则有始。是所以语大义之方，论万物之理也。物之生也，若骤若驰。无动而不变，无时而不移。何为乎，何不为乎？夫固将自化。”

〔六〕六籍，即六经。(汉) 班固《东都赋》：“盖六籍所不能谈，前圣靡得言焉。”(晋) 陶潜《饮酒》诗之二十：“如何绝世下，六籍无一亲。”

〔七〕孔颜乐处，典出《论语・述而》“子曰：‘饭疏食，饮水，曲肱而枕之，乐亦在其中矣。不义而富且贵，于我如浮云’”，《论语・雍也》“一箪食，一瓢饮，在陋巷，人不堪其忧，回也不改其乐”。宋明儒者语此，则有明显的理学工夫论所指。

〔八〕二程，指北宋理学家程颢、程颐兄弟。

〔九〕尺书，书信，古代用来写信的书版长一尺，故称。漱石句，典出《世说新语・排调》，指以石为枕、用流水漱口。形容隐居山林的生活。

【笺疏】

因诗是送别儒学晚辈前往拜谒佛教居士，故诗人其中着意融通三教的旨趣甚为明显，引经据典，涉及范围甚广，举凡禅宗、理学、老庄、大易，均有举证。诗人日常读书之博览与道心之恳切，于此蔼然可见。

有趣的是，1941 年正处在热恋中的唐君毅，曾经一本正经写下情诗："嫦娥远见莫相妒，宇宙原来是一家"。(《旧游杂忆·新都》，1 月 3 日《致廷光书》)。正与组诗之二结句同。尚不知母子两个如此异口同声，是英雄所见，还是互有所本。数年之后，唐君毅远赴香港，于"中华文化花果飘零"之际，再审"灵根自植"之意，独握天枢、以争剥复，当与其父母之邦同此"灵根"。

## 诸儿读书小屋为风雨所破歌

霖雨十日不出户，〔一〕满街泥泞艰于步。仓皇女仆报信来，小屋墙倾震如雷。我闻急足去如飞，室中瓦砾竟成堆。柱折床摧衾陷没，隔院蔓花红满屋。更怜黄土最多情，不使诸儿受一惊。不使诸儿受一惊，心中犹自独怦怦。幼儿跳跃欢来迎，小猫悄悄目瞠瞠。归来相向庆重生。〔二〕

【注释】

〔一〕霖雨，连绵大雨。《晏子春秋·谏上五》："景公之时，霖雨十有七日。"《庄子·大宗师》："子舆与子桑友。而霖雨十日，子舆曰：'子桑殆病矣！'裹饭而往食之。"

〔二〕怦怦，心急貌；心跳貌。《楚辞·九辩》："私自怜兮何极，心怦怦兮谅直。"瞠瞠，直视貌。

【笺疏】

西南多雨，雨大土润，则有屋颓之祸。诗人念子情切，急步如飞赶赴现场，惟恐儿女受伤，竟而幸免，心犹怦然。此写母亲之心情如画。题目则拟杜甫《茅屋为秋风所破歌》。结以"幼儿跳跃欢来迎,小猫悄悄目瞠瞠",旦夕之祸浑然无知于孩童之心眼,天真憨态可掬,正与母亲之焦心相映如画。

## 率诸儿同行敬等拟游康庄,阻水,因漫游郊外,感怀〔一〕

盈盈一水隔康庄,夜雨涨波断舟航。空令稚子兴如狂,遵道群趋辟大荒。〔二〕缘涧曲直拂垂杨,所过危石与高冈。历历翻新云锦张,小鸟窥人漫行藏。〔三〕青鞋蹴踏露草香,缅焉深契清溪长。〔四〕傍丛竹兮班坐羡,凤鸟兮翱翔。〔五〕惟即时之可娱兮,斯嘉会之靡常。审夫人生若梦兮,何欢聚而哀亡。忆昔之偕游兮,一步一趋何可忘。魂即逝而焉往兮,恍若相依以同行。心恻恻而增痛兮,幽室独闭于故乡。〔六〕伊能长享极乐兮,予虽永痛而何伤。系予怀之耿耿兮,仰穹隆而苍苍。流水兮凄凄,旷野兮茫茫。感时兮迈往,遣愁兮无方。聆长幼之高歌兮,少开怀以相将。兄兰发兮弟琼芳。歌声宛转兮,悲且凉。衣袖翩翻兮,舞霓裳。蒹葭风起兮,素波扬,明霞绚烂兮,五彩光。上下一色兮,水中央。歌竟兮天欲暮,兴未阑兮莫敢遑。〔七〕纷投叶兮逐清漩。胜载酒兮,泛玉觞。〔八〕独对此而破涕兮,且徘徊。以彷徨复驾言兮,咏而归。屡回首兮,何所望。

【注释】

〔一〕行敬,即程行敬。康庄,或即成都康公庙一带。

〔二〕大荒,遥远的荒野,此处代指郊外。

〔三〕行藏,形迹,行止,来历。

〔四〕蹴踏，踩；踏。缅焉，遥远貌。契，用刀刻，此处指深入。

〔五〕班坐，依次而坐。（晋）陶潜《游斜川并序》："气和天惟澄，班坐依远流。"

〔六〕幽室，此处指墓穴。（晋）陶潜《挽歌》："幽室一已闭，千年不复朝。"伊，他。迈往，超逸非凡，一往无前。

〔七〕遑，急迫；匆促不安。

〔八〕胜，充盛。《素问·评热病论》："精胜则当能食而不复热。"载酒，凡酒在樽，或携带装在器皿中的酒，皆可曰载。《诗·大雅·旱麓》："清酒既载，骍牡既备。"

【笺疏】

诗人虽已渐减悲怀，能与儿辈、弟子等乘兴出游，中途还是未免又想起早逝的夫君，故有"忆昔之偕游兮，一步一趋何可忘。魂即逝而焉往兮，恍若相依以同行"之叹。虽然眼前子弟成立，芝兰玉树差可欣慰，然遥念故乡墓门木拱、夜杨萧萧，诗人的情绪未免低回高昂，几经起伏。

## 丙子除夕静坐偶成五首〔一〕

一

一年将尽夜偏赊，五十无闻敢自嗟。〔二〕书籍盈橱琴挂壁，一炉红火一壶茶。

二

布新除旧见生机，物理循环未足奇。但觉寸衷如槁木，也无相契也无疑。〔三〕

三

谁信吾心帅天地，巍巍舜禹何与焉。〔四〕一灯如豆浑无焰，照遍阎浮三大千。〔五〕

四

烦恼无根讵可寻，只求不愧影和衾。〔六〕光风霁月来天地，鱼跃鸢飞寄此心。〔七〕

五

儿时如渴盼新年，长佩高冠耀日鲜。抚念而今营底物，炉香闲袅一丝烟。〔八〕

【注释】

〔一〕丙子除夕，当为 1936 年岁末。诗人生于 1887 年，此时年已五十，故诗中有“五十无闻”之说。

〔二〕赊，多。嗟，叹息。

〔三〕寸衷，寸心，灵台。槁木，枯木，典出《庄子・齐物论》，“形固可使如槁木，而心固可使如死灰乎”，指不为外物所动的一种精神状态。

〔四〕吾心帅天地，典出《孟子・公孙丑》“夫志，气之帅也；气，体之充也。夫志至焉，气次焉。故曰：‘持其志，无暴其气。’”一灯如豆浑无焰，此可理解为写实语，但更似为描述诗人静坐中所见心光乍明之境界语，否则下句无着落。

〔五〕阎浮，即“阎浮提”。梵名 Jambu，原为树名，洲名为泛指人类世界之地。《西域记》卷一，“海中可居者，大略有四洲焉。……南瞻部洲旧曰阎浮提洲”。三大千，即三千大千世界，略称“大千世界”。佛教说一日月照四天下,覆六欲天、初禅天,为一“小世界”;一千个小世界覆一二禅天,为一“小千世界”;一千个小千世界覆一三禅天,为一“中千世界”;一千个中千世界覆一四禅天,为一“大千世界”。一大千世界有小、中、大三种“千世界”,故称三千大千世界。

〔六〕只求不愧影和衾,《晏子春秋・外篇》:“婴闻之,君子独立不惭于影,独寝不惭于魂。”《文子・精诚》:“圣人不惭于影,君子慎其独也。”《淮南子・缪称训》:“周公惭乎景,故君子慎其独也。”至于《宋史・蔡元定传》乃有“独行不愧影,独寝不愧衾”之成句。指不做亏心事、独处时内心不感到惭愧,喻为人行为光明、问心无愧。元定(1135—1198)字季通,学者称西山先生,建宁府建阳县人,南宋著名理学家、律吕学家、堪舆学家,朱熹理学主要创建者之一,被誉为“朱门领袖”“闽学干城”,著有《律吕新书》《西山公集》等。

〔七〕光风霁月,(宋)黄庭坚《豫章集・濂溪诗序》:“春陵周茂叔,人品甚高,胸怀洒落,如光风霁月。”敦颐(1017—1073)字茂叔,北宋道州人,世称濂溪先生,北宋五子之一,著有《周元公集》《爱莲说》《太极图说》《通书》等。鱼跃鸢飞,见《诗・大雅・旱麓》:“鸢飞戾天,鱼跃于渊。”鸢,老鹰,后用“鸢飞鱼跃”喻万物各得其所。

〔八〕底物,何物。

【笺疏】

组诗作于唐迪风去世五年后的1936年除夕。父亲去世之后,唐君毅顾念母亲与弟妹无微不至:“伏案之余,辄和颜悦色为母言说,恒至深夜。大意为望母超脱于念儿女之情及人生之可悲悯者,母因是而心情日渐开朗”(唐至中《我哥哥》)。有仁孝之子若此,诗人悲怀遂渐得宽减。如今诗人年近半百,更辅以静坐工夫,胸次更为阔大。诗人向慕儒道,稔熟理学传统,对修行实践亦有兴趣,对境界次第似亦有体证。故诗中引经据典,信手拈来,如话家常,对儒门贤圣家风体贴甚感亲切。

“北宋五子”首座邵雍(1011—1077)在《摄生吟》中尝谓:“心为身之主,志者气之帅。沉珠于深渊,养自己天地。”此正承孟子“心—气—志”践行在体持论之余绪(杨儒宾《儒家身体观》)。至宋元之际,“江西诗派殿军”方回(1227—1305)虽操行有亏,其诗《秋晚杂书三十首》其一“独吟不愧声,独立不愧影。独行不愧履,独卧不愧衾”,说的却还是此“暗夜之中,不负神明”之余意。

## 丁丑元旦出游二首〔一〕

一

乘兴何须载酒行,麦苗风暖掠衣轻。悠然洽意成枯立,活活源头春草生。〔二〕

二

无论乔木与深溪,春意平沾未有私。謦咳一声城郭应,余音回薄使人迷。〔三〕

【注释】

〔一〕丁丑元旦,当为 1937 年 1 月 1 日。

〔二〕洽意,合意,中意。

〔三〕謦咳,咳嗽。《列子·黄帝》:“康王蹀足謦咳疾言。”引申为言笑。(南朝·梁)简文帝《六根忏文》:“得彼天聪,闻开塔关钥之声,弹指謦咳之响。”此处“謦咳”之主体具体为谁,不妨仁者见仁,智者见智。回薄,谓循环相迫变化无常。《鹖冠子·世兵》:“精神回薄,振荡相转。”(汉)贾谊《鹏鸟赋》:“万物回薄，振荡相转，云蒸雨降，纠错相纷。”李周翰注：“回薄振荡，相转无常。”

【笺疏】

源头春自生，春意了无私，乔木深溪而俱得沾润。尤其洽意枯立与源头春草对称而起，作者此际悠然心会，乃得“体用”之微妙。诗之文句并不复杂，因作者娴熟于三教经典，又卓有体会，故理趣盎然，信手拈来，圆活自在。

## 步心孚四兄秋江晚眺原韵

一

笔墨荒疏鬓发苍，苦吟江畔意茫茫。〔一〕破天浩劫糜中土，接地层阴澹夕阳。〔二〕汉族子孙半臣妾，百年世事叩羲黄。〔三〕劝君狂饮尊前酒，醉里云山即故乡。

二

时事何须叩彼苍，长空过雁影微茫。衣冠文物思千古，敌国飞鸢噪夕阳。〔四〕渡口无人舟自渡，黄花得雨色逾黄。精诚端信磨难灭，且听渔歌出水乡。〔五〕

三

山含落日水苍苍，极目江天益渺茫。白露凄其催短景，中秋才过又重阳。〔六〕翻疑是梦纡怀抱，讵为思儿变瘦黄。〔七〕但愿锤平三岛

后,一家团聚乐仙乡。[八]

四

短杖扶携适莽苍,江流浩浩野茫茫。一腔热血浇云液,万里秋风正夕阳。[九]稚子不知家国恨,东篱笑插满头黄。连宵梦作江南客,犹认他乡是故乡。

【注释】

〔一〕苦吟江畔,用屈原"涉江"典。

〔二〕糜,糜烂。接地层阴,典出(唐)杜甫《秋兴八首》之一:"江间波浪兼天涌,塞上风云接地阴。丛菊两开他日泪,孤舟一系故园心。"

〔三〕臣妾,古时对奴隶的称谓。男曰臣,女曰妾,后亦泛指统治者所役使的民众和藩属,此处指中国民众沦为异族(日本)的奴役对象。羲黄,伏羲和黄帝。(唐)元稹《和乐天赠樊著作》:"羲黄眇云远,载籍无遗文。"

〔四〕敌国飞鸢,此处指日本飞机。

〔五〕精诚,真诚。《庄子·渔父》:"真者,精诚之至也,不精不诚,不能动人。"《后汉书·广陵思王荆传》:"精诚所加,金石为开。"

〔六〕凄其,寒凉,参卷二《壬申夏四月二十七日回忆一首》。

〔七〕纡,萦回;围绕。

〔八〕三岛,清末民初这一时期国人对日本的别称。指当时日本的本部领土:本州岛、四国岛、九州岛。且常和"英伦三岛"相提并论。后因北海道渐次开发,日本就不再是三岛而是四岛了。这个别称也变得很少被现代提及。

〔九〕云液,雨水、露水。

【笺疏】

唐君毅曾称母亲之诗得益于陶靖节、杜工部最多。此组诗于集中最见少陵风味。尤其神接杜甫《秋兴》八首。例如其四："闻道长安似弈棋，百年世事不胜悲。王侯第宅皆新主，文武衣冠异昔时。直北关山金鼓振，征西车马羽书迟。鱼龙寂寞秋江冷，故国平居有所思。"读者不妨参读。

又据王康先生追忆，抗战胜利之后，诗人尝吟诵杜甫《闻官军收河南河北》："剑外忽传收蓟北，初闻涕泪满衣裳。却看妻子愁何在，漫卷诗书喜欲狂。白日放歌须纵酒，青春作伴好还乡。即从巴峡穿巫峡，便下襄阳向洛阳。"至数日不辍（《后语》，《思复堂遗诗》重庆碧野学堂自印单行本，2016 年）。

"心孚四兄"未知具体何人，其人当有忧国感时之作，诗人和之，其意尤良，洵为集中上佳之作。

## 瑶台聚八仙　**用心孚四兄原韵。**〔一〕

雨浥轻尘，悲故国、山河半璧无存。〔二〕儿童笑指，渔樵论古谈今。且说新醪堪痛饮，陶然一醉尽黄昏。契上乘，高歌起舞，影泻升平。〔三〕　为问区区诸老，垂千秋事业，继者何曾？豺狼塞路，寒鸦纷比烟云。宛转哀声震地，千般恨、怎奈上苍心。伤情候，顾挥觞已罢，深入夷庚。〔四〕

【注释】

〔一〕1973 年手抄本无标点。两全集本皆作："雨浥轻尘，悲故国山河，半璧无存。儿童笑指渔樵论古谈今。且说新醪堪痛饮。陶然一醉尽黄昏。契上乘高歌起舞，影泻升平。为问区区诸老，垂千秋事业，继者何曾？豺狼塞路，寒鸦纷比烟云。宛转哀声震地。千般恨，怎奈上苍心伤情。候顾挥觞已罢，深入夷庚。”此据《瑶台聚八仙》词牌重新标点。

〔二〕半璧，半圆形玉器，此处指残山剩水。

〔三〕醪，汁渣混合的酒，即浊酒，也叫醪糟。上乘，佛教术语，又名大乘。(唐)李邕《岳麓寺碑》:“注《大道经》，究上乘理，永托兹岭，克终厥生。”此处代指高超之理念。升平，太平。张衡《东京赋》:“文又躬自菲薄，治致升平之德。”

〔四〕伤情候。即伤情时候。夷庚，平坦大道，比喻王政。(晋)束皙《补亡诗》:“荡荡夷庚，物则由之。”李善注:“喻王者之德，群生仰之以安也。”

【笺疏】

诗人虽久居家政，却未被淹没于柴米油盐之琐屑当中。不仅积极向道，而且关心现实。该词写照抗战期间国土沦陷而诸公素位，作者意宛而讽，颇为悲愤。孙中山(1866—1925)先生写于三十年前的《挽刘道一(1884—1906)》:“半壁东南三楚雄，刘郎死去霸图空。尚遗余业艰难甚，谁与斯人慷慨同。塞上秋风悲战马，神州落日泣哀鸿。几时痛饮黄龙酒，横揽江流一奠公。”三十年后尚觉与此堪称异曲同工、异调同慨。

## 谁将

谁将国贼决篱藩，海外来潮势若吞。大厦倾连梁上燕，新巢破饱室中猿。〔一〕扶危端仗书生泪，却敌还须战士魂。无数少年安佚乐，纷纷北辙复南辕。

【注释】

〔一〕室中猿，无确典。或指当时沐猴而冠大发国难财者。佚乐，悠闲安乐。

【笺疏】

此诗仍表现诗人忧国忧民之心。诗人见国贼外侮，破巢屋倾，而国中新晋小生犹贪佚乐，南辕北辙而迷途不返，不由感慨叹息者再。唐君实《追忆先父赴南京从学欧阳大师及大师往事》（未刊稿）尝有记载：

“九一八”后，大师（笺注者按，即欧阳先生）为讨伐日寇种种侵略暴行多次撰文予以揭露、批驳，并对部分官吏享乐腐败现象给予强厉的抨击、批判，乃有“山河破碎，上下晏然，秉国不钧，民将无气”之警句，认为明代亡国悲剧难免重演，而当政衮衮诸公竟无动于衷！大师大声疾呼，俨若宏钟。对个别僧人误解佛门不宜涉及经务者，辄答以斯乃小乘个别区区见识，不值辩驳。嗣对江河日下之国事，为批判之论日有增加，措词义正词严不啻金刚再世，先母每每收得毅哥转来大师诸论，辄向我辈琅琅诵读，常谓：“大师为文炯似马迁、昌黎，气势磅礴，浩浩荡荡。”

正与此诗中意旨，有异曲同工之妙。

## 闻渝关被炸有怀毅、慈二子〔一〕

一

雨隔钟声晓不知，渝关风急意俱驰。趁墟可得平安信，催唤真儿早治炊。〔二〕

二

晴明风日天地宽，警报声中心胆寒。宁愿萧萧竟日雨，此心犹得暂时安。

【注释】

〔一〕渝关,即榆关。又称临闾关、临渝关、临榆关。隋开皇三年(583)筑。唐时为东北军事重镇。辽、金、元渐废。明洪武初年徐达修复,改名山海关。宋辽人已讹渝关为榆关,故山海关又有榆关之称。此处指日军进犯内地,战争形势紧张,故诗人怀念远在他乡的儿子。

〔二〕趁墟,赶集。(宋)钱易《南部新书》辛:"端州已南,三日一市,谓之趁虚。"(宋)范成大《豫章南浦亭泊舟》之二:"趁墟犹市井,收潦再耕桑。"

【笺疏】

1937年七七事变,唐君毅于八月与正在南京支那内学院等处旁听的二妹至中乘船返回四川。之后唐君毅一直在成都华西大学,以及成都、成公、天府、蜀华等中学任教。教课之余,与友人一起创办《重光月刊》,鼓吹抗战,同时宣传复兴中国固有的学术文化。

1939年抗日战争进入胶着状态,日本飞机频频扰乱后方,作为大后方的成都也警报不断,生活极不安定。本年暑假之后,诗人与二女至中、六女宁孺返回宜宾老家。至中到柏溪的宜宾中学任教,宁孺在该校读书。恂季随四川大学迁往峨眉山,慈幼在成都参加大学入学考试后,回到宜宾家中等待发榜。之后唐君毅则转往重庆,到已经迁至彼处的教育部做特约编辑。故诗当作于君毅、慈幼尚羁留成都之时。一家人分散各地。

因雨天可随视度差,飞机难以执行轰炸任务,故诗人为儿女安全计,此时反甚怕天晴。

## 地湿

余每戒儿辈勿愤世疾俗，然往往躬自蹈，且有甚焉。末之奈何也已。

地湿多蛇蝎，张牙可怕人。隔窗投饼饵，得食不伤身。

【笺疏】

此为寓言诗，甚有警趣。诗人不愿自己与儿辈成为一味"愤世嫉俗"者流，自是因为心中更有一段高蹈的体道光景。此意在下面这首写给女儿恂季的诗中，体现更为鲜明。

## 示恂儿

恂儿肄业峨眉四川大学，与同学某龃龉，余因缀数句以警之。

一

举世少复真，渊明先我告。〔一〕汲汲鲁中叟，弥缝乏其道。硁硁击磬声，荷蒉犹讥笑。〔二〕果哉末之难，沦胥以自悼。〔三〕而汝抱区区，志欲酬宿好。〔四〕章甫自足贵，越人非所宝。〔五〕矧伊若狂澜，云胡挽即倒。〔六〕螳螂臂当车，只未量力小。摆脱尔迷痴，展舒尔怀抱。鹏飞万里天，绿满窗前草。〔七〕开卷友古人，挥翰奋文藻。温泉漱寒齿，峨眉夺天造。俯仰廓悠悠，风光足笑傲。〔八〕涵虚契冥会，称心固为好。〔九〕

二

恭宽信敏惠，蛮貊亦能行。〔一〇〕愿尔志斯志，胸中自坦平。

【注释】

〔一〕复真，恢复真性。（晋）陶潜（渊明）《饮酒二十首并序》其二十："羲农去我久，举世少复真。汲汲鲁中叟，弥缝使其淳。"

〔二〕鲁中叟，指孔子。典出《论语·宪问》："子击磬于卫。有荷蒉而过孔氏之门者，曰：'有心哉！击磬乎！'既而曰：'鄙哉！硁硁乎！莫己知也，斯已而已矣。"深则厉，浅则揭"。'子曰："果哉！末之难矣。"

〔三〕沦胥，相率从。《诗·小雅·雨无正》："若此无罪，沦胥以铺。"《诗·大雅·抑》："如彼泉流，无沦胥以亡。"毛《传》："沦，率也。"郑《笺》："胥，皆也。"

〔四〕区区，微不足道的小事。宿好，平素所嗜爱。（晋）陶潜《辛丑岁七月赴假还江陵》："诗书敦宿好，林园无世情。"

〔五〕章甫句，典出《庄子·逍遥游》："宋人资章甫而适诸越，越人断发文身，无所用之。"

〔六〕矧，表示递进关系的连词，况且。《诗·小雅·伐木》："相彼鸟矣，犹求友声；矧伊人矣，不求友生。"这四句劝说女儿要审时度势，量力而行。

〔七〕绿满窗前草，典出《宋元学案》，《濂溪学案下》："周茂叔窗前草不除去，问之，云：'与自家意思一般。'"《明道学案下》："明道书窗前有茂草覆砌，或劝之芟，曰：'不可！欲常见造物生意。'又置盆池畜小鱼数尾，时时观之，或问其故，曰：'欲观万物自得意。'"周茂叔即周敦颐（1017—1073），世称濂溪先生。明道即程颢（1032—1085），少从周茂叔学，后自成一家。此处与鹏飞万里对比，鼓励女儿襟怀远大，能与万物俯仰。

〔八〕廓，开拓，扩大。《荀子·修身》："狭隘褊小，则廓之以广大。"

〔九〕涵虚，浩大空旷，水映天空。（唐）孟浩然《望洞庭湖赠张丞相》诗："八月湖水平，涵虚混太清。”冥会，自然吻合，默契。《南史·陶弘景传》：“弘景为人，员(圆)通谦谨，出处冥会，心如明镜，遇物便了。”

〔一〇〕恭宽信敏惠，孔子关于“仁”的五个德目。典出《论语·阳货》：“子张问仁于孔子。孔子曰：‘能行五者于天下，为仁矣。’请问之，曰：‘恭、宽、信、敏、惠。’”能行此五者于天下，就能“恭则不侮，宽则得众，信则人任焉，敏则有功，惠则足以使人”。蛮貊，亦作“蛮貉”，古代泛指边远地区少数民族。《书·武成》：“华夏蛮貊，罔不率俾。”

【笺疏】

恂季出生于1918年，以22岁大学毕业计，诗或作于1940年左右。

女儿与同学之间因细故不和，诗人迭称经典，征引以儒家教义为主的古典智慧，警示开导女儿要打开胸襟、志向高远，躬行仁道，追摹圣贤。《地湿》一诗以反身自省为主，本篇则是振奋母教、以身作则、化育晚辈为主。宜乎欧阳竟无会盛道诗人风仪足以“直接孟母之贤，岂陶母欧母之所能毗”(见前揭为诗人诗集所题句)。

## 久望毅儿不至，书以示之

函函报佳信，日日倚门闾。〔一〕怅望空归棹，翻疑易轨途。辞根怀旧壤，吊影愧枯株。〔二〕顾眄何生趣，行车取道无。〔三〕

【注释】

〔一〕门闾，城门与里门。《吕氏春秋·仲夏》：“门闾无闭，关市无索。”高诱注：“门，城门；闾，里门也。”此处指家门。

〔二〕吊影，形影相吊。形容孤独或处境的孤苦可怜。江淹《恨赋》：“拔剑击柱，吊影惭魂。”

〔三〕顾眄，左顾右盼。

【笺疏】

据唐至中《我的哥哥》文中记诗人之言：“记得民国三十年在宜宾乡下时，哥哥尚未结婚。暑假中，廷光来玩，与之同去眉山看谢姻伯。回来我以‘久望毅儿不至书以示之’一诗与看，他顿时神色黯然。”故诗当作于1941年。

但据《唐君毅先生年谱长编》，1941年6月13日，唐先生写信央请正在外地读书的恋人谢廷光女士到重庆，然后一道回家。谢女士应约而来。二人从重庆，经泸州，先回宜宾唐先生老家，然后再到嘉定(乐山)、眉州，回谢女士家，后又到新都、成都。去谢家乃在其回故乡之后。故可能诗人记忆不确。

然此为候子之思则无疑。

## 闻恂儿途中被匪劫，大惊，有作以寄

俾尔从兹役，行囊劫一空。〔一〕传闻惊破胆，见信笑生风。与匪相争夺，绒衣得胜红。恂从贼手中夺回红绒衣。再兼仁智术，何事不成功。

【注释】

〔一〕俾，使。尔，你。兹，这。役，事。

【笺疏】

恂季女孩，路被匪人，而反能以勇力制胜，夺回被劫衣物。宜乎诗人言笑彦彦，以为若再加以“仁智”之术，则才全矣。其典，出《论语·宪问》：“君子道者三，我无能焉，仁者不忧，知者不惑，勇者不惧。”亦见《礼记·中庸》：“知、仁、勇，三者天下之达德也。”

## 复示慈儿

得信如见汝，肫肫立膝前。〔一〕陈辞怜拙句，寓意解愁颜。报国须当纪，私亲非所先。名慈思称职，慈幼服务振济委员会。妙语可延年。

【注释】

〔一〕肫肫，诚挚貌。《礼记·中庸》：“夫焉有所依，肫肫其仁。”

【笺疏】

此诗写给五子慈幼(时服务于迁至重庆的中华民国振济委员会)。诗人诫子之诗，不仅晓以国族大义，明以公私利害，并且鼓励儿子移孝作忠，尽职公职。非仅慈母，的为贤母。诗当作于1941年之后。

【系谱】

唐慈幼(君实，1921—2009)约于1938年前后考入重庆中央政治大学会计专修科(唐育仁《我的父亲唐君实》，未刊稿)，毕业后曾通过国民党高级文官考试，短期任职区分部书记并介绍数人加入国民党。1959—1962年被认为有“反革命罪”，因此被管制劳教两年多。

## 待姊江干二首〔一〕 代宁儿作。

方骏才，广安人。性险诈贪婪。民卅一年长校宜宾。所聘训育主任某洞悉其奸，方忌之。设计陷害，借以革其职。事后为高中女生所悉，方惧。旋欲灭众口，因骤严其教育法。令召集学生曰："敢有犯规者，饬令默退。"适国文教师课《正气歌》，继渊儿及数同学问："何谓正气？吾校有正气乎？"于是加罪不患无辞矣。乃正其名为侮辱学校，拟默退渊儿与吴生。然三日未决，故请至儿到校，欲当家长以定罪。至儿据理一一问之，方辞穷，撤回原令。

初渊儿尚不知其得罪也。中山先生诞辰放假告归，方勿许。渊曰："将归取衣。"方曰："止。待汝姊来，然后归。"渊儿知姊将诣校，待于江干，但不识姊来究何为也，心微知有故。天暮矣，仍不见姊来。方通知次日方到。怅然归校。渊儿后为余述待姊事，余凄然动于中，感而代作二律。

一

一家骨肉分三处，何日团圞未有期。望远心随南雁去，趁墟人过午鸡啼。桡公长醉缘何渡，寒日无光景以凄。〔二〕沙碛已非留足地，恐将鞋袜浸潮泥。

二

霜风拂面雨凄凄，挟策彷徨路几迷。砺吻苍鹰掣电下，决云劲翮掠村西。〔三〕雏鸡抢地惊飞急，钩爪凭空着野低。去去不堪回望眼，慈亲相待在高堤。

【注释】

〔一〕江干，江边，江岸。

〔二〕桡公，指船夫。

〔三〕砺，磨。决，冲开。

【笺疏】

诗约作于1942年左右。此时诗人并二女至中、六女继渊（宁孺）居宜宾，唐君毅居重庆，慈幼亦在外地，一家人分散数地。诗人作为母亲，心挂几处，虽然诗题因女儿事而起，其诗通篇写照，乃是诗人自己对众子女的牵挂之情。

## 返校道中待渡 代宁儿作。〔一〕

一

翻飞黄叶报深秋，暑假时光若水流。砧杵声中天已暮，隔江人息待归舟。〔二〕指方校长不善导学生。

二

沉沉暮霭隐山冈，宿鸟何如学子忙。三五趋巢栖欲定，舟人闲话在沧浪。〔三〕方校长不以学校及学生学业为重，日与妻斗殴，与友人竹牌为戏。

【注释】

〔一〕1973年本无诗序说明。

〔二〕砧杵，捣衣石和棒槌。亦指捣衣。

〔三〕沧浪，青苍色。多指水色。此处指青苍色的水。

【笺疏】

诗人曾一度担任职简阳女子师范教师、重庆省立第二女子师范图书馆管理员和女生训育员，以及短期负责敬业学院女生训导等职务（唐君毅《编后记》），其夫君、子女亦多终生从事教育，故诗人对教育问题一生均甚关心，可称闺中之女师无疑。缘此，对于为人师而不能尽职者，则责之愈切，此诗与上诗之针对方某的发言，皆为此。

## 行敬三十一初度，与法雨合影，诗见示，兹将南去昆明，和韵戏作

匏系江阳既有年，何如饷客早烹煎。〔一〕频劳宴饮倾金罍，尝恨浮瓜乏此缘。〔二〕南徙欲求千祀秘，何当法遍九州天。〔三〕微尘似解无为化，闲泛坳堂一芥船。〔四〕

【注释】

〔一〕匏瓜，典出《论语·阳货》："吾岂匏瓜也哉！焉能系而不食？"江阳属四川泸州市。

〔二〕金罍，泛指酒器。浮瓜，（魏）曹丕《与朝歌令吴质书》："浮甘瓜于清泉，沉朱李于寒水。"后以"浮瓜沉李"为消夏乐事之一。（宋）孟元老《东京梦华录·是月巷陌杂卖》："都人最重三伏，盖六月中别无时节，往往风亭水榭，峻宇高楼，雪槛冰盘，浮瓜沉李……通夕而罢。"

〔三〕千祀，千年。千祀秘，此处当指成道的秘传之法。鸡足山距昆明仅四百里，相传迦叶尊者入定于此，守护正法以待弥勒。诗人一生信佛（参见唐君毅、谢廷光、唐晓帆等多人回忆），或此处即指佛法。

〔四〕坳堂，堂上低洼之处。典出《庄子·逍遥游》："且夫水之积也不厚，则其负大舟也无力。覆杯水于坳堂之上，则芥为之舟，置杯焉则胶，水浅而舟

大也。”

【笺疏】

行敬即程行敬(参前《程行敬青城山访程芝轩老居士》),既是迪风公弟子,对诗人亦颇执弟子礼。故诗人诗以慰之壮之。末句“微尘似解无为化,闲泛坳堂一芥船”,则诗人之自拟与自谦之辞,而以大鹏一日乘风起、扶摇直上九万里期待即将远行的行敬。

## 赠程行敬

癸未春二月,程君行敬将应友人约,赴昆明任某职,晚过我。谈次述其悲悯之怀往往不容自已,乡人多求请理其事者,或白冤,或纾困,或急难,种种纷至沓来。以故心力交疲,而终于人无益纤毫,甚且怨尤丛集,而内疚日增。若此将奈何?余曰:无已!俾自作者自受之而自弭之,可乎?行敬并属请赠以言。卓学识浅狭,焉敢班门弄斧。迫不得已,敢陈固陋,程君以为狂妄鄙俗,一笑置之可也。

平时摩得熟,临时用得着。〔一〕首在明明德,新民居其末。〔二〕思诚泣鬼神,行健撼山岳。〔三〕如奇花初胎,如源泉活活。〔四〕顾諟天明命,致知在格物。〔五〕汲汲鲁中叟,弥缝乏其术。〔六〕我佛大慈悲,慈航空寂寞。道德五千言,世人尚咄咄。〔七〕感君饥溺怀,展转伤局躅。〔八〕际晓南其辙,弹冠俟心腹。〔九〕春风入庭户,明月照华屋。几净无纤尘,勤携《大学》读。竭诚奉赠君,未遑计辞俗。

【注释】

〔一〕摩得熟，此为理学修身语，在工夫论述已成传统。《朱子语类》卷八：“学者须是熟。熟时，一唤便在目前。”卷十二：“存养得熟后，临事省察不费力。”二程子也讲涵养需要纯熟、学贵义理之精熟。《鹤林玉露·丙篇》卷一：“欧阳公问一僧曰：‘古之高僧，有去来翛然者，何今世之鲜也？’僧曰：‘古人念念在定慧，临终安得而乱？今人念念在散乱，临终安得而定？’公深然之。此说却是正理，如吾儒易箦结缨之类，皆是平日讲贯得明，操守得定，涵养得熟，视生死如昼夜，故能如此不乱。静春先生刘子澄，朱文公高弟也。病革，周益公往拊之曰：‘子澄澄其虑。’静春开目微视曰：‘无虑何澄？’言讫而逝。”

〔二〕明德句，典出《大学》开篇：“大学之道，在明明德，在亲民，在止于至善。”

〔三〕思诚，典出《孟子·离娄上》：“诚者，天之道也；思诚者，人之道也。至诚而不动者未之有也，不诚未有能动者也。”行健，《易·乾》象传：“天行健，君子以自强不息。”孔颖达疏：“行者，运动之称；健者，强壮之名。”（唐）司空图《二十四诗品·劲健》：“饮真茹强，蓄素守中，喻彼行健，是谓存雄。”

〔四〕奇花初胎，典出《二十四诗品·精神》“欲返不尽，相期与来。明漪绝底，奇花初胎”。源泉典见卷一《源泉》诗注。

〔五〕顾諟，典出《书·太甲上》：“先王顾諟天之明命，以承上下神祇。”孔传：“顾谓常目在之，諟，是也。”致知，典出《礼记·大学》八目：格物、致知、诚意、正心、修身、齐家、治国、平天下，“欲诚其意者，先致其知；致知在格物。物格而后知至，知至而后意诚”。

〔六〕汲汲，心情急切貌。《礼记·问丧》：“其往送也，望望然，汲汲然，如有追而弗及也。”鲁中叟，指孔子，见《示恂儿》。

〔七〕咄咄，感叹声。表示责备或惊诧。

〔八〕饥溺怀，典出《孟子·离娄下》："禹思天下有溺者，由己溺之也；稷思天下有饥者，由己饥之也，是以如是其急也。"局躅，踯躅不进。《史记·淮阴侯列传》："骐骥之局躅，不如驽马之安步。"

〔九〕际晓，拂晓。（唐）王维《晓行巴峡》："际晓投巴峡，余春忆帝京。"

【笺疏】

癸未为1943年。诗人的小友即将南行，临别之际，将自己为人处世中悲怀恻隐而不得其法的苦闷倾吐，于是诗人以诗勉之。其中于儒理、佛法、道言，各家义理皆有参考，而归结在儒（"勤携《大学》读"）。重心尤在工夫，期其内证有成，而能入俗无碍。

诗中所言"思诚"，同时还是欧阳竟无写给唐迪风的题字。《唐迪风墓志铭》后唐君毅附志："欧阳竟无先生为先父所书'思诚'二大字，长数尺。题识有：'迪风挈眷万里，精研三祀。膏火无资，而歌声若出金石。古人所难，不图于今见之。诚之所至，何事不成。……'余不复忆。"《中庸》第二十章有谓："诚者，天之道也；诚之者，人之道也。诚者，不勉而中，不思而得，从容中道，圣人也。诚之者，择善而固执之者也。博学之，审问之，慎思之，明辨之，笃行之。"（宋）王禹偁《日月光天德赋》有道："配行健之功，功深煦育；叶无私之道，道契皇王。"皆可参读。

## 题程积仪纪念册

积仪以纪念册属书。余曰：积仪何如集义？行敬曰：善。因书以应之。

君名曰积仪，敢字以集义。仪端见于外，义正实乎里。直养而无害，美哉浩然气。〔一〕卷之藏于密，放则弥天地。〔二〕以此赠之子，及时当勉励。

【注释】

〔一〕直养、集义、浩然气。诸典皆出《孟子·公孙丑上》："（公孙丑问曰）：'敢问夫子恶乎长？'曰：'我知言，我善养吾浩然之气。''敢问何谓浩然之气？'曰：'难言也。其为气也，至大至刚，以直养而无害，则塞于天地之间。其为气也，配义与道；无是，馁也。是集义所生者，非义袭而取之也。行有不慊于心，则馁矣。我故曰，告子未尝知义，以其外之也。必有事焉而勿正，心勿忘，勿助长也。'"

〔二〕藏密句，见卷二《杂感》诗注。

【笺疏】

全诗基本可视作对孟子语义的释读，而以有韵之句出之。惟其发自自家腔子里，故感人也深。诗人对"集义—积仪"两个不同命名中意含内外之辨的明敏，惟深于修证者有之。

## 临江仙 同刘仲英、梁某及至儿游江津公园。

落日涵江水射红，远山烟霭重重。〔一〕布帆安稳去雍容，小楼朱槛，人倚碧天空。〔二〕　独立长亭凝望久，蛾眉月挂孤松。相将都入画图中，丹青谁使，为道是东风。

【注释】

〔一〕涵，浸润。（宋）苏轼《湖州谢上表》："天覆群生，海涵万族。"射红，见（宋）王炎《江亭晓望》："天在空蒙外，山横杳霭中。潮翻江水白，日射海霞红。"

〔二〕布帆安稳,(南朝·宋)刘义庆《世说新语·排调》:“顾长康(恺之)作殷荆州佐,请假还东。尔时例不给布帆,顾苦求之,乃得发。至破冢,遭风大败。作笺与殷云:‘地名破冢,真破冢而出。行人安稳,布帆无恙。’”喻旅途平安。(唐)李白《秋下荆门》:“霜落荆门江树空,布帆无恙挂秋风。”

【笺疏】

江津位于川南,在重庆南部。1939 年中期后,至 1945 年 11 月返回南京之前,唐君毅均在重庆一带工作。先在教育部任特约编辑,1940 年 10 月之后,回沙坪坝中央大学哲学系任教。据唐君实《追忆先父赴南京从学欧阳大师及大师往事》(未刊稿),1943 年春唐至中在江津四川中学教书,其母与兄及弟曾先后分别由宜宾、重庆前去江津看望。又因抗战期间内学院迁四川成立蜀院,1943 年欧阳竟无去世之前,亦居江津,其病剧以逝之后,参加悼念活动者先后约近二百人。诗人并唐君毅妹弟数人皆于悼毕后乃离去。抑或以此因缘,诗人有江津公园之行,并以诗记游。

## 汽船

破浪乘风逐下流,万人同载去悠悠。一声汽笛如雷震,那管波翻小小舟。

【笺疏】

诗人颇能好奇,常以新事物入诗,此其一例。亦见其经由“观物”以兴发仁心。

## 柏树村病中〔一〕

四体不能勤,〔二〕四壁尚可看。〔三〕稚子识婆心,梦中来相见。

【注释】

〔一〕本诗1973年本位于本卷末,全集本挪移至此。

〔二〕四体不勤,典出《论语·微子》:“子路问曰:‘子见夫子乎?’丈人曰:‘四体不勤,五谷不分,孰为夫子?’”此为诗人卧病中诙谐语。

〔三〕四壁,罗洪先(念庵,1504—1564)《答翁见海》有谓:“盖欲为天地立心,必其能以天地之心为心;欲为生民立命,必其能以生民之命为命。今吾人之心与其所谓命者,果安在乎?能无愧于天地而不负生民矣乎?诚有意于经世者,固不能一日悠悠尔矣。古者淡饮食、恶衣服、轻财物,卑宫室、甘苦分余以求得此心者,正所以为锻炼之功,而必与诸欲不并存者也。以此从事,随力所至,以为经纶,在家益家,在国益国,在天下益天下,大用之不愧四海,小用之不愧四境,不用亦不愧四壁,此不为磊磊大丈夫哉?”诗人稔熟理学典故。其环顾四壁之时,宁有此意在心也?

【笺疏】

1940年10月之后,唐君毅任教于沙坪坝中央大学哲学系,住在柏溪分校。1943年唐君毅与谢廷光结婚后一直想接母奉养。1944年因二妹至中到中大实验中学任教,唐君毅便接母亲、二妹与自己一起居住,并舍去地势高敞、坚固漂亮且有地板的单人宿舍,选择登记了中央大学的柏树村宿舍。

柏树村宿舍乃是由水稻田新建的简陋平房,位置比汉渝马路尚低数丈,共两间。唐先生特意将母亲同二妹一室请木工铺为地板,又亲自去磁器口添置各种用品,自居一室却十分潮湿。一遇下雨,地滑难行,唐先生因此双脚患上湿气,长久不愈。

【系谱】

唐先生一直都很关心妹弟的成长,尤其爱护因父亲遽然去世不得不及早就业分担家累而又热爱学问的二妹。1945年春假,唐先生特地带二妹至中去壁山看吕凤子(1886—1959,江苏画派先驱,时在壁山创办私立正则艺术专科学校)先生。同年又带二妹去向李证刚(1881—1952,民初称“江西佛学三杰”之一)先生求教书法,又要二妹去中央大学哲学系旁听宗白华先生讲美学。在实验中学及日后在江南大学,唐先生不时在教室外听二妹讲课,事后又指出缺点,还在百忙中抽出时间为二妹批改作文卷子。

## 乙酉秋,客渝柏树村,感时八韵

百川源自出昆仑,枝叶仍须返本根。穆穆雍雍缘孝弟,亲亲长长始人伦。〔一〕寰区灵性皆心腹,物与民胞尽弟昆。〔二〕天赖立心民立命,兽能知爱鸟知恩。〔三〕老莱衣毁干戈后,棠棣花凋柏树村。〔四〕海外奔潮趁风势,国中名士半沉沦。蛟龙怒触穿穹碧,枪弹横冲裂厚坤。只为阋墙开万恶,鹡鸰原上赋招魂。〔五〕

【注释】

〔一〕穆穆雍雍,见卷二《晓发嘉定》诗注。

〔二〕寰区,天下。(唐)杜甫《解闷》诗:“最传秀句寰区满,未绝风流相国能。”物与民胞,(宋)张载《西铭》:“民,吾同胞;物,吾与也。”弟昆,兄和弟。《论语·先进》:“人不间于其父母昆弟之言。”引申为兄弟般亲爱。

〔三〕立心句,即“横渠四句”,出自张载《横渠语录》:“为天地立心,为生民立命,为往圣继绝学,为万世开太平。”兽能知爱,(南朝·梁)萧衍《孝思赋》:“灵蛇衔珠以酬德,慈乌反哺以报亲。”《增广贤文》:“羊有跪乳之恩,鸦有反哺之义。”民间常多此类传说。

〔四〕老莱句,传说春秋时楚国隐士老莱子非常孝敬父母,七十多岁还穿五色彩衣以娱父母（“斑衣戏彩”）。后以“老莱衣”喻孝道。（唐）杜甫《送韩十四江东省亲》诗：“兵戈不见老莱衣，叹息人间万事非。”棠棣句，典出《诗·小雅·棠棣》：“棠棣之华，鄂不韡韡，凡今之人，莫如兄弟。死丧之威，兄弟孔怀。原隰裒矣，兄弟求矣。脊令在原，兄弟急难。每有良朋，况也永叹。兄弟阋于墙，外御其侮。每有良朋，烝也无戎。”

〔五〕阋墙，鹡鸰，即脊令，典同《诗·小雅·棠棣》。

【笺疏】

乙酉为1945年，此诗写国共两党内战，所谓“兄弟阋墙”，百川同源、枝叶同根云云，皆此深意。诗人七律，尤其感时伤世之作，深得杜甫神韵。此又其一证也。

## 农家二首

一

县府严令急索租，举家惶惧哭穷途。仰瞻但愧为人子，俯畜维艰委路隅。〔一〕忆昔惯随爷学种，抢怀时共弟争哺。〔二〕饔飧只望余升合，来岁征捐作预储。〔三〕

二

农家儿女从来贱，那抵权门爱犬驹。鬻市不完三月税，荒年难保一双雏。慈鸟伏翼空巢冷，征雁离群月影孤。归路忽传新战讯，前方长子死沟渠。

【注释】

〔一〕仰瞻，仰视，仰望。俯畜，俯，下；畜，养活。此指对上侍奉父母，对下养活妻儿。泛指维持一家生活。委路隅，委身道旁，指抛弃。

〔二〕抢怀，诗人时以口语入诗，此其一证。指幼儿争相让大人抱持，故有“与弟争哺”之说。

〔三〕饔飧，早餐和晚餐。《孟子·滕文公上》：“贤者与民并耕而食，饔飧而治。”

【笺疏】

宁为太平犬，不做离乱人。诗人目睹战乱生民惨痛之况，被驱不如犬与鸡，不禁悲怀涌动。所谓“朱门酒肉臭，路有冻死骨”，正杜甫《兵车行》之同道。

## 所见

健妇炎天血汗锄，瓜田炊粳集翁姑。〔一〕牵衣稚子凭婆问，前线阿兄食饱无。〔二〕

【注释】

〔一〕粳，稻之不黏者。

〔二〕凭，靠。

【笺疏】

诗人触目所见，不由念及前方战事，此亦为杜诗“三吏”“三别”之同调。

## 大学教授

课罢闲烹手种蔬，清香腾沸小锅垆。〔一〕杯盘不耻陈空底，味道真醇体自腴。

【注释】

〔一〕垆,通炉。

【笺疏】

诗人此时住在中央大学柏溪校区,儿子的同事和学生时相造访。故日常多与此辈交道,得以亲近观察他们的行常。这是安贫乐道的大学活计,颇为酷爱诗书生涯、心心期许圣道的诗人所喜爱。宜乎诗人对他们有着"味道真醇体自腴"的美好愿景。

## 征兵 **重庆南开中学学生作文纪实,因译为五言。**

西村陈二姥,为人颇谨厚。且能识大义,出身亦富有。曾作我家佣,时年逾七九。日昨扶杖来,见余辄拜手。〔一〕云有第三郎,守分勤陇亩。征兵令甫下,人迹绝广袤。〔二〕县吏威足畏,农事敢疏漏。赋税迫人命,刑法在官守。众计难顾全,乃乘月夜耨。〔三〕忽来三五吏,林木风飕飕。一吏径入室,搜索尽筐篓。妇孺竞奔藏,惶惶比鼠伏。众农屏息立,余吏肆怒嗾。〔四〕锵锵揽长链,一一如络兽。少有不合意,鞭血迸林薮。〔五〕每餐一瓢粥,夜宿养马厩。嗟此无父儿,孱弱何禁受。若以干国难,适足见羞丑。〔六〕我公常仁恻,县府且故旧。恩义兼属公,特来求相救。言已伏不起,涕泣再泥首。

我闻长太息,窃疑事不就。因问大二男,曾有信回否。答言五年来,消息竟无有。念之心欲摧,恐已死倭寇。忆昔狂催去,三男时尚幼。母子命相依,含凄守破陋。轧轧夜机畔,迢迢坐膝右。〔七〕

儿饥母饮泣，儿肥母容瘦。生涯日以促，一手糊双口。即恨能力薄，复叹衰老朽。今儿刚得力，横逆何巧凑。请公早发驾，明午敬候复。县官志觊觎，人情不恕宥。〔八〕怏怏回报姥，姥噤无一语。〔九〕目瞠无所视，唇震无所剖。少焉忽大笑，狂扬何赳赳。从此竟疯狂，日月忽已久。时或若祈祷，破指血书奏。时或大呼儿，回响应山吼。纺机与农器，随意毁击掊。〔一〇〕秋风倏已厉，霜华被户牖。孤坐茅檐下，骨形靠衰柳。低头绽寒衣，针针复缕缕。

有客推门入，惊喜语急骤。吾儿一以归，神灵果我佑。倭奴一以灭，旋歌酌醇酒。客乃微笑应，我为令郎友。彼此皆农民，中男格不彀。〔一一〕同往弗同归，能无增隐疚。赎身荡家业，无复为母寿。谁实无国家，安辞雪耻诟。谁实非人子，宁忍甘践蹂。兹为令郎谋，八万可赎取。请速备其数，迟则恐莫救。抗战多所需，剥削曾不厚。上峰耳目少，兵士逊鸡狗。或被赦出伍，反加逋逃咎。〔一二〕逋缓虽违令，聚敛无所负。人皆惜性命，厥迹谁追究。

姥闻鹄尔立，独生抑何趣。〔一三〕椎胸但痛号，我命绝旦昼。儿归终有期，归来莫予觏。〔一四〕努力事戎行，勿复忆阿母。儿衣挂床头，记取归来后。絮絮更呜咽，彷徨绕室走。垢面多惨怆，弊襟纽不扣。夜静启荆扉，旷野垂星宿。瑟瑟竹溪风，声声山杵臼。慈乌挟雏栖，游鱼为饵诱。林月挂长梢，明照湖心透。苍然露发顶，旋见寒波洌。〔一五〕嗟嗟彼苍天，谁言无私覆。钓而不用网，戈不射宿彀。〔一六〕未闻斯语矣，天道诚悠谬。

【注释】

〔一〕拜手，本是古代男子跪拜礼的一种。既跪，两手拱合，俯头至手与心平，而不至地，故称“拜手”。《列子·仲尼》：“颜回北面拜手。”女子则称“手拜”，既跪，两手先到地，然后拱手，同时头低下去，到手为止。此处泛指行礼。

〔二〕广袤，指土地的面积，东西为广，南北为袤。此处指广阔的土地。

〔三〕耨，除草。

〔四〕嗾，使狗声，亦谓使狗，《左传·宣公二年》：“公嗾夫獒焉。”此处指发怒。

〔五〕林薮，丛林和草泽。借指山野。《后汉书·儒林传序》：“四方学士多怀挟图书，遁逃林薮。”

〔六〕干，干犯，冒犯。

〔七〕轧轧，象声词。（唐）温庭筠《江南曲》：“轧轧摇桨声。”（宋）秦观《马上口占》：“轧轧隔林闻挽车。”

〔八〕觊觎，非分的希望或企图。《后汉书·杨秉传》：“宜绝横拜，以塞觊觎之端。”

〔九〕怏怏，闷闷不乐。

〔一〇〕掊，打破。《庄子·胠箧》：“掊斗折衡，而民不争。”

〔一一〕彀，同“够”。

〔一二〕逋，全集本作“道”，今据1973年本改正。

〔一三〕鹄尔立，即鹄立，如鹄之延颈而立。《后汉书·袁谭传》：“今整勒士马，瞻望鹄立。”

〔一四〕觏，同“遘”。遇见。《诗·豳风·伐柯》：“我觏之子。”

〔一五〕浏，水深而清澈貌。《诗·郑风·溱洧》：“溱与洧，浏其清矣。”

〔一六〕钓不用网，戈不射宿，《论语·述而》：“子钓而不纲，弋不射宿。”悠谬，荒诞无稽。

【笺疏】

此战时惨绝人寰之悲剧。子被拉夫，老母不保，人生有离合，岂择衰盛端，四郊未宁静，垂老不得安。存者既无消息，死者已为尘泥，存者苟且偷生，死者长已而已。“家乡既荡尽，远近理亦齐。永痛长病母，五年委沟溪。生我不得力，终身两酸嘶。人生无家别，何以为蒸黎。”（杜甫《无家别》）诗人之笔，力透纸背。绝有杜甫“三吏”“三别”之遗风。

## 柏树村乙酉除夕四首

一

爆竹惊除夕，围炉坐夜阑。邻童群赌博，旧岁已输完。

二

呼儿细煎茶，以饮明朝客。拨火待微温，莫教香味泄。

三

灯火满城郊，歌声彻碧霄。全村人共乐，无那夜迢迢。

四

时人安习俗，狂作鱼龙舞。〔一〕志士感年除，凄然心独苦。

【注释】

〔一〕鱼龙舞，原指节日指舞动鱼形、龙形的彩灯。此指世俗嬉乐。（宋）辛弃疾

《青玉案·元夕》:“东风夜放花千树,更吹落,星如雨。宝马雕车香满路。凤箫声动,玉壶光转,一夜鱼龙舞。”

【笺疏】

乙酉为 1945 年。岁月渐老,而诗人道心弥坚。因感光阴易逝,更惧成道弥远,除岁之嬉闹喧哗反增其苦感。此求道渴望出自年近耳顺之女性之手,特为难得。诗人之脱俗若此。

# 卷四

据唐君毅1973年《编后记》，此卷为（中日战争）战火既熄（1945年之后），诗人与二女至中居灵岩山，旋同去江南之所作。此时诗人子女皆渐有家室，故为诗尤多谆谆诲勉之辞。

## 丙戌秋初至灌县灵岩山〔一〕

为爱幽窗对翠微，好看红叶映斜晖。〔二〕江城下指棋盘布，岭树高擎鸟迹稀。晓起最怜云幻海，漫游何惜露沾衣。此来酬答山林志，药物无情已愿违。

【注释】

〔一〕此为全集本题，1973年本原题为《丙戌初至灵岩望雪山》。

〔二〕翠微，青翠掩映的山腰幽深处，此处泛指青山。《尔雅·释山》："未及上，翠微。"郭璞注："近上旁陂。"郝懿行义疏："翠微者……盖未及山顶孱颜之间，葱郁茲薀，望之裕裕青翠，气如微也。”李白《赠秋浦柳少府》诗：“摇笔望白云，开帘当翠微。”

【笺疏】

1946年李源澄(1907—1958)邀唐君毅往灵岩书院讲授中国哲学史等课程十余天。是年秋，中央大学由重庆迁返南京。唐则被华西大学社会系借聘半年，但实则只有三个月，至十一月间，唐君毅即返南京授课。该诗当作于唐君毅离开四川之前。诗人一家在灵岩山小住。丙戌即1946年，诗作于初秋红叶乍艳之际。

【系谱】

1945—1947年间李源澄创立维持灌县(今都江堰)灵岩书院。李氏早年受业于蒙文通、廖平，称“蜀学后劲”，曾游学于南京支那内学院、苏州章氏(太炎)国学讲习会，一度任教于无锡国专。1937年曾在苏州创办《论学》。后陆续任教于四川大学、蜀华中学、浙江大学等，因不满当时大学多派系斗争，故自筹书院建设。灵岩书院艰难维持两年有余，期间蒙文通、张圣奘、潘重规、牟宗之、赖高翔、饶孟侃、罗念生、钱穆、谢文炳、朱自清、张敷荣、周辅成等先生都曾应邀到灵岩书院讲学。至1947年秋，终因资金后继无力而停办。李源澄去昆明，执教云南大学与五华书院。1948年受梁漱溟先生之邀，曾到重庆北碚勉仁文学院作教务长和史学教授。

## 灵岩山居即景〔一〕

一

门对灵岩静欲禅，无边红叶满秋山。乱鸦声里斜阳晚，樵采人归古木寒。俯瞰江城若棋局，遥连天际出尘寰。峰峦起伏波涛状，

淹忽如飞隔霭看。〔二〕

二

雪山肝胆俱莹澈，远望悠然会此心。但觉风飘凉透骨，始知身正立高岑。彩霞横抹层层锦，红日扬辉缕缕金。俯瞩遥瞻浑入画，杖藜闲倚数飞禽。

【注释】

〔一〕此为全集本题，1973年本原题为《丙戌秋灵岩山居即景》。

〔二〕淹忽，迅疾。（清）钱澄之《永安杂兴》诗：“山城何所恋，淹忽十旬余。”

【笺疏】

诗人一生劳瘁，经常“奔波道途，罕余闲治学”（王康《后语》，《思复堂遗诗》碧野学堂自印本，2016），作诗也常难得余裕推敲，常有口语、俗词入诗。此处彩霞、红日之对，亦复如是。然肝胆莹澈而能悠然会心，诗人自觉身在高岑的自然端正，却非章句之辞能限。

## 灵岩寺书示毅儿

日日山头望信归，荫孙枝下想依稀。出门到处愁荆棘，入眼风波有是非。欲探灵岩真面目，可堪草露湿裳衣。待当云敛天清日，共尔遥看诚庶几。〔一〕

【注释】

〔一〕庶几，状语，此处后置，表示对动作行为、情况等的揣测、估计。

【笺疏】

1946 年 11 月之后，唐君毅即返回南京中央大学任教。诗当作于此后。为思子念孙语。荆棘、风波，以喻乱世时局。诗人身处山中，期待云散天清，家人早日团聚。

## 晓起

雾里看红叶，山容自不同。〔一〕何如登绝顶，平看峨眉峰。

【注释】

〔一〕山容，山之姿容。（唐）元稹《和乐天重题别东楼》："山容水态使君知，楼上从容万状移。"（宋）陆游《即事》诗："云起山容改，潮生浦面宽。"

【笺疏】

雾里看山而欲求平视极顶，此正诗人之胸襟道性之自然流露。其欲超迈今古若此。

## 灵岩书院学生折大枝红叶插庭中

开门惊绝呼儿看，小树何时叶尽红。为道书生无个事，一枝新插小庭中。

【笺疏】

1947 年秋，由于资金短缺，灵岩书院被迫关闭，唐家也在该年 11 月再赴江南。就心境以及之后诗歌尚及于春色推断，该诗当作于 1946 年深秋。

时灵岩寺住持传西法师为欧阳竟无弟子，书院设在东岳庙，书院匾额为谢无量(1884—1964)题写。灵岩红叶甚有名,至今为当地风景名胜。唐至中《白云轩诗抄》(见附录)中亦有所题写。

## 雏燕

翩翩弱翅上庭柯,才堕泥中又触萝。更恐低飞入邻舍,殷勤为嘱莫张罗。

【笺疏】

摹写乳燕学飞之窘状,活画诗人体物护生之悲心,或其意在劝说邻人莫要张罗拘捕雏燕。吾人不妨参读曹植《野田黄雀行》中所发悲愿:“高树多悲风,海水扬其波。利剑不在掌,结友何须多?不见篱间雀,见鹞自投罗?罗家得雀喜,少年见雀悲。拔剑捎罗网,黄雀得飞飞。飞飞摩苍天,来下谢少年。”

## 老燕

掠地低回未肯归,斜阳笼照影依依。颓基顾盼巢初破,黄口成音体尽肥。〔一〕先业旧规今即没,空梁回首意多非。〔二〕阿雏来岁将雏日,户牖绸缪计莫违。〔三〕

【注释】

〔一〕颓基,指建筑物废弃的地基。(晋)陶潜《拟古》诗之四:“颓基无遗主,游魂在何方!”(宋)朱熹《武夷七咏·趋真亭》:“危亭久已倾,祇有颓基在。”

〔二〕先业,先辈基业。

〔三〕绸缪，语本《诗·豳风·鸱鸮》："迨天之未阴雨，彻彼桑土，绸缪牖户。"原谓趁天还没下雨，就把窝巢缠捆牢固。喻事前作好准备。

【笺疏】

诗写老燕面对旧巢倾破的怅惘情态，却以教导幼燕于生奋进而结束全诗，甚见诗人为母之平常心、为人之精进心。将雏燕、老燕两诗作一对读，则生命轮回、暮落朝起，个中滋味，更不寻常。

## 蝶

迷花混叶懒迟迟，恰是庄周入梦时。晓起蘧蘧然周也，墙阴栩栩属阿谁。〔一〕

【注释】

〔一〕全诗典出《庄子·齐物论》："昔者庄周梦为胡蝶，栩栩然胡蝶也。自喻适志与，不知周也。俄然觉，则蘧蘧然周也。"蘧蘧，悠然自得貌。栩栩，欢喜自得貌。(宋)叶适《翁常之挽词》："幸能栩栩形中去，何不蘧蘧梦里归。"

【笺疏】

诗人一生极好庄子文(见卷一《忆丹凤街旧寓》"小窗相对读蒙庄"等)。故此诗写蝶而纯以此意出之。亦卓有清趣。

## 风筝

一回放纵一低昂，缓缓飞腾达上苍。倘遇天风浑不定，可怜颠

沛在池塘。[一]

【注释】

〔一〕天风，风。风行天空，故称“天风”。（汉）蔡邕《饮马长城窟行》：“枯桑知天风，海水知天寒。”

【笺疏】

咏物诗贵在以小见大。对于素有道心的诗人，物物时时无非都是道心、妙性之流现。观风筝俯仰由人之命运亦如此。此见诗人独立自强之胸襟，其一生教育子女亦以此。

## 示毅、慈二儿

濠上知鱼乐，空中任鸟飞。[一]尔能知此意，何用侍庭闱。[二]

【注释】

〔一〕濠上，濠水之上。《庄子·秋水》记庄子与惠子游于濠梁之上，见鯈鱼出游从容，因辩论鱼知乐否。后多用“濠上”比喻别有会心、自得其乐。（唐）贾岛《寄令狐绹相公》诗：“不无濠上思，唯食圃中蔬。”

〔二〕庭闱，内舍。多指父母居住处。（晋）束晳《补亡诗》：“眷恋庭闱，心不遑安。”李善注：“庭闱，亲之所居。”

【笺疏】

1946 年秋，中央大学由重庆迁返南京。唐君毅被华西大学社会系借聘，至十一月间始返南京授课，教授一年级哲学概论及二年级中国哲学史。其时五弟慈幼亦在南京工作，其余家眷，均在成都。诗约作于 1947 年夏秋之间。

诗人以鸢飞鱼跃、光风霁月之本地风光语，豁达教导在异地就职因此不能奉母的儿子，此非仅移孝作忠之家国情怀，更是诗人体道、味道的绝大心愿。

## 秋夜

一

为爱乘凉户半开，流萤飘入小书台。床头稚子频相问，何事飞机里面来。

二

月亮月亮，正照在我床上，心神舒畅，同稚子低声浅唱。

【笺疏】

诗人惯会书写幼儿情状。此以流萤作飞机者，亦一例也。从下文断，此处稚子或即指唐安仁。诗之二也是诗人唯一存世的白话诗。

## 安孙纪实四首

一

采摘动盈筐，蓬蓬倾满案。剪蕉持作羹，撮土垒成饭。

二

竞竞舞空觞，殷殷劝客馔。〔一〕牵帘阿母来，一笑筵席散。

三

晨起展书读，喃喃未肯休。盘飧屡催促，不见一回头。[二]

四

阿婆病怕累，不共阿婆睡。傍晚辄相依，阿婆病好未？

【注释】

〔一〕竞竞，小心谨慎貌。（晋）葛洪《抱朴子·刺骄》：“恂恂以接物，竞竞以御用。”

〔二〕盘飧，指饭菜。（唐）杜甫《客至》：“盘飧市远无兼味，樽酒家贫只旧醅。”

【笺疏】

此摹写唐安仁(1943— )幼年游戏之状。小女儿过家家情状如画，且能好读书，末首不着一字，而孝意自露。诗人含饴弄孙，颇慰老怀。诗当作于1946—1947年间唐氏家眷阖家居川之时。

## 江海歌

浩浩长江水，思与东海会。中流起风波，激荡声澎湃。风波何足惧，澎湃何足怪。但恐逆流中，舟人无主宰。风波互相因，造因又谁谁？赖得非蛟龙，兴无乃天地。罪嗟彼苍兮实自馁。[一]胡空虚缥渺兮，不为其统帅。溯元始何浑沌兮，忽沉淀为块磊。[二]冥顽已不灵兮，索然而与道悖。[三]芸芸繁兮孽债，顾无假兮旁贷。[四]敢有所忮求兮，惟躬自悼悔。[五]凄其以风露兮，弗使并育而无害也。[六]

彷徨复太息兮，终有愧于覆载也。〔七〕遗此憾兮，谁补属？参赞兮，莫怠。〔八〕四时秩合兮，天和群。黎感沾兮德爱。〔九〕错大块于灵台兮，万物粲呈光彩。〔一〇〕风沄不波兮，舟摇摇乐自在。〔一一〕山水绿兮，棹歌欸乃。泱泱畅流兮，直到海。斯岂蜃楼兮空企仰。诚如蟾兔兮，圆可待。〔一二〕

【注释】

〔一〕苍，指苍天。馁，泄气。

〔二〕溯元，追溯原始。块磊，典出《世说新语·任诞》："王孝伯问于王大：'阮籍何如司马相如？'王大曰：'阮籍胸中垒块，故需酒浇之。'"后泛指郁积之物。《宋书·五行志五》："宋文帝元嘉二十九年十一月己卯朔，日始出，色赤如血，外生牙，块礨不圆。"此处特指大地。古人相信气凝为物，故有此说。

〔三〕冥顽，愚昧顽固。索然，空乏貌。（晋）陆机《叹逝赋》序："或所曾共游一涂，同宴一室，十年之外，索然已尽。"

〔四〕芸芸，众多貌。《老子》："夫物芸芸，各复归其根。"孽债，造孽的罪，必须偿还。所以下文有"顾无假兮旁贷"，责无旁贷。

〔五〕忮求，典出《诗·卫风·雄雉》"不忮不求，何用不臧"。《论语·子罕》中发挥为："子曰：'衣敝缊袍，与衣狐貉者立，而不耻者，其由也与！不忮不求，何用不臧？'子路终身诵之。"

〔六〕并育无害，典出《礼记·中庸》："万物并育而不相害，道并行而不相悖。小德川流，大德敦化。此天地之所以为大也。"

〔七〕覆载，天覆地载，即指天地。

〔八〕补属，缝补联接。参赞，典出《中庸》，见前卷二《遣悲怀》诗注。

〔九〕秩，秩序。黎，黎民，民众。《诗·小雅·天保》："群黎百姓，遍为尔德。"

(汉)郑玄笺:“黎,众也。群众百姓,遍为女之德言则而象之。”

〔一〇〕错,通措。大块,庄子哲学术语,即“自然”。《大宗师》:“夫大块载我以形,劳我以生。”成玄英疏云:“大块者,造物之名,亦自然之称也。”亦指“天”或“地”。

〔一一〕沄,见卷一《野草》诗注。

〔一二〕蟾兔,传说月宫中有此二物,此处代指月亮。

【笺疏】

诗集中这类渴望得道成己的作品,最能体现诗人求学为己的特别天资。诗人志气不凡,且积极乐观。江流入海途中遭遇风波澎湃并不可惧,只要心中有所主宰,笃定纯一,不忮不求,参赞天地,江河终能汇入汪洋。隐喻众庶经由百折不挠、实际参修,终能汇入圣境,于道有所成就。

## 寄示毅、慈二儿

人事譬耕种,善种获嘉禾。理也日月明,掩助空婆娑。想见怀孤诣,骨肉情无那。〔一〕缅思蕴心曲,纡回慨已多。〔二〕而或遏其慨,毋乃君子过。君子爱以德,云复如之何。用舍忘其道,时光亦蹉跎。〔三〕系予何怫郁,纷乱浪翻波。〔四〕藉慰隔靴搔,惊鸟疑张罗。回顾耿耿在,强抑如养疴。一旦申其方,黾勉共琢磨。功疏怜小器,力尽得明珂。温润发光华,把玩漫摩挲。谁道贯力间,粘液如悬螺。〔五〕及兹好三月,融融一气和。花叶竞缤纷,一笑醉颜酡。吁嗟隔岸人,观景得无讹。春风一夜来,飞度秦淮河。忆昔徒劳劳,为赋江海歌。遥示毅慈辈,知予轻负荷。

【注释】

〔一〕无那，无限，非常。

〔二〕缅思，遥想。（唐）杜甫《画鹘行》："缅思云沙际，自有烟雾质。"

〔三〕用舍，《论语·述而》："子谓颜渊曰：'用之则行，舍之则藏，唯我与尔有是夫。'"用，得到任用；舍，不得任用。此谓无论行、藏，皆要唯道是崇。

〔四〕系，系念，不能割舍。怫郁，怫郁，愤懑，心情不舒畅。（汉）王褒《九怀》："寤辟摽兮永思，心怫郁兮内伤。"

〔五〕谁道句，未知确典。或喻指工夫纯熟而一以贯之，切磋琢磨、不粘不脱。

【笺疏】

写过《江海歌》之后，诗人应当已经将其寄给远在江南的两个儿子阅读。后感有未足，再书此以专寄子，以明自己今时悲天悯人而能乐天知命之境界已不同于往日。故有"忆昔徒劳劳，为赋江海歌。遥示毅慈辈，知予轻负荷"之语。诗当作于 1947 年 11 月诗人携眷迁往无锡之前。

## 江南岁暮大风歌

午夜风声肆怒吼，蓬蓬来去挟雨走。排门挞户力何雄，其身仿佛大于牛。〔一〕旋作猛虎之长啸，忽如骇浪之奔凑。〔二〕楼宇飒飒几动摇，飞沙狂舞相驰骤。凛冽入窗战齿牙，重衾那抵坚冰厚。活动洋楼实若虚，此身温润蜀风久。昔尝客此不知寒，昔时年壮今衰朽。于今冷暖特关情，风物依稀非故旧。当时春草遍江南，风枝迎客垂新柳。只今兀兀压城郭，西式崇楼尽华富。〔三〕居人方寸屹山水，烈日不融风不透。〔四〕腾腾焰起翳双眸，茫然自诩江南秀。天寒地冻道涂中,冻尸累累知见否。自是小民不足惜,是亦人子或父母。毛羽族尚悲同类,衣冠讵不若禽兽。谁道天地为不仁,风化斯人实其咎。天地好生固其德,摧残万物风为首。环山若彼光濯濯,岂伊牧作牛羊薮。歌台舞榭暖溶溶,岂伊才出斧斤口。〔五〕大半因风拔其材,卷入海漩如刍狗。兴感无端晓未眠,壁影摇摇整衣纽。耳畔呼呼不少停,独坐窗前惟袖手。

【注释】

〔一〕挞,拍打。

〔二〕奔凑,集聚,会合。(唐)刘商《金井歌》:“闾阎少长竞奔凑,黄金满袖家富有。”

〔三〕崇楼,高楼。

〔四〕屹,山势高耸,亦泛指高耸、耸立貌。《史记·周本纪》:“弃为儿时,屹如巨人之志。”(汉)王延寿《鲁灵光殿赋》:“屹山峙以纡郁,隆崛岉乎青云。”张载注:“屹,犹孽,高大貌。”

〔五〕岂伊,犹岂,难道。伊,语中助词,无义。《诗·小雅·頍弁》:“岂伊异人,兄弟匪他。”

【笺疏】

1947年秋,诗人和唐君毅夫人谢廷光等家眷移居无锡。诗当为此年冬作。诗人感今追昔,未免想起二十多年前寓居江南的感受。风人之旨,贵在悲天悯人,诗人自己于大风呼号当中,感念的乃是天寒地冻之道涂上的冻尸累累,哀民生之多艰。感叹大风之摧残万物,何尝又不是对现实社会风气的影射与担忧。

## 人穷

衰疾连年，起伏无端，老而弥感未尽人子道之痛。静夜迢迢，悲来填膺，援笔制诗，句法六章。

人穷兮反本，呼天兮不应，呼我父母兮，不醒。〔一〕树欲静兮，凄矣其风。父兮！母兮！仿佛其容。色思，其和婉矣其容。〔二〕父兮！母兮！追念何从。人少不慕少艾则慕妻子，大孝终身慕父母。〔三〕事孰为大？事亲为大。不得于亲，则惶惶然，其惟舜帝。〔四〕墙壁毁矣，尚可为也。根基颓矣，不可为也。

【注释】

〔一〕人穷反本，典出《史记 · 屈原列传》："人穷则反本，故劳苦倦极，未尝不呼天也；疾痛惨怛，未尝不呼父母也。"

〔二〕树欲静，见前卷二《代朱宗肃作忆母诗》诗注。色思，典出《论语 · 季氏》："孔子曰：'君子有九思：视思明，听思聪，色思温，貌思恭，言思忠，事思敬，疑思问，忿思难，见得思义。'"婉容，典出《礼记 · 祭义》，见卷一《忆亡姊》诗注。

〔三〕少艾，年轻美丽的女子。《孟子 · 万章上》："人少，则慕父母；知好色，则慕少艾；有妻子，则慕妻子；仕则慕君，不得于君则热中。大孝终身慕父母。五十而慕者，予于大舜见之矣。"赵岐注："少，年少也；艾，美好也。"

〔四〕事亲句，典出《孟子 · 离娄上》："天下大悦而将归己，视天下悦而归己犹草芥也，惟舜为然。不得乎亲，不可以为人；不顺乎亲，不可以为子。舜尽事亲之道而瞽瞍厎豫，瞽瞍厎豫而天下化，瞽瞍厎豫而天下为父子者定，此之谓大孝。"

【笺疏】

诗人之父应该就是在唐家早年寓居江南时去世，诗人以未能恪尽人子职分而痛悔久之，暮年犹有余哀，故有此作。特以孝道为人性根基，诗人仰慕儒风之情志宛然。

## 戊子春二月十二日，六十一岁初度，同儿辈摄影于无锡梅园，〔一〕有怀幼子宁

一

感逝伤离独悄然，九原负约十余年。〔二〕生前所爱怜娇小，却使偏留滞蜀川。伯仲行中如断雁，风云影里觅联翩。依依此日知谁似，寂寂书斋望母还。

二

摄影他乡感慨多，人情反复事蹉跎。免劳市脯酬嘉客，欢聚家筵学醉歌。〔三〕明月将圆春欲暮，思亲此际意如何。顾身已复同枯树，荣悴无关养泰和。〔四〕

【注释】

〔一〕全集本题目如此。1973 年本无“同儿辈”。

〔二〕九原，泛指墓地。（唐）皎然《短歌行》：“萧萧烟雨九原上，白杨青松葬者谁？”

〔三〕市脯，买肉。此处指准备生日菜肴。

〔四〕泰和,天地间冲和之气。

【笺疏】

戊子为1948年,诗人时年六十有一,生日之际,未免再次怀念早逝的丈夫。时诗人居无锡。六女宁孺(继渊)留居西蜀,故亦同怀之。

## 示毅、至二儿

思而不学,无源易涸。〔一〕心若违理,暴慢斯作。〔二〕把稳天枢,物莫我夺。〔三〕何以淑身,是为礼乐。所恶执一,是为害道。〔四〕其直如矢,其言若躁。遍计固乖,守中微妙。〔五〕盍不尔思,天钧是窍。〔六〕学而不思,忽恍如遗。万理森著,得之也稀。棱棱秋霜,肃以杀气。熙照暖日,护以生机。奇花放矣,孕育以时。〔七〕相彼君子兮,仁为里兮义为衣。

【注释】

〔一〕思而不学,典出《论语·为政》:"学而不思则罔,思而不学则殆。"

〔二〕暴慢,凶暴傲慢。

〔三〕天枢,原指穴名。《灵枢·骨度》:"属足阳明胃经。当伸臂指天,舒足指地,以绳量之,中正当脐也,故又曰半,所谓天枢也。天枢,正当脐两傍同身寸之二寸也。"《素问·六微旨大论》:"天枢之上,天气主之;天枢之下,地气主之。"此处形容事务、情势之关键、要诀。(明)王夫之《读通鉴论》:"君子自竭其才尽人道之极致者,唯此为务焉。有明王起,而因之敷其用。即其不然,而天下分崩,人心晦否之日,独握天枢以争剥复,功亦大矣。"

〔四〕执一,儒学方法论命题。执一之一有二义:一为专注于一(执道),一为拘泥于一。此处为后者,指毫无变通的拘泥于一。《孟子·尽心上》:"子莫执中,执中为近之。执中无权,犹执一也。所恶执一者,为其贼道也,举一而废百也。"

〔五〕遍计,即遍计执性。不了依他,妄计实我实法,即名遍计执性。唯识宗认为,遍计所执性对我和法妄加分别、执为实有,便产生我执、法执。由我执便生出种种烦恼障碍进入涅槃。守中,道家、医家、儒家性理修为术语。《性命圭旨·性命双修万神圭旨》第二节口诀:"何谓守中?曰勤守中,莫放逸,外不入,内不出,还本源,万事毕。"

〔六〕天钧,庄子用语。又作"天均"。是庄子用以形容把握道的方法。《庄子·寓言》:"万物皆种也,以不同形相禅,始卒若环,莫得其伦,是谓天均"。

〔七〕奇花,即"奇花初胎",典出《二十四诗品》,见卷二《赠程行敬》诗注。

【笺疏】

在理学工夫论中,天枢有独特的涵义。诗人行年至此,于道学乃至修行工夫,已经颇有心得。故唐君毅《母丧杂记续记》中,直言"吾母生前原已有见于道,尝信人生有死而不亡者存。吾亦尝与吾母言及此义。吾母谓吾学问有所得亦指此"。因此,即使面对已为大学哲学系名教授的儿子,发言亦常有当仁不让处。此亦母职之恢弘也。

## 游东大池

一片荒寒满目间,映阶苔藓碧珊珊。蚀碑但剩龙蛇迹,败瓦堆成狐兔关。〔一〕曲径遥连古坟墓,此中犹有旧衣冠。池塘风皱如鱼甲,稚子欢嬉不欲还。

【注释】

〔一〕龙蛇迹，指剥落严重的碑文。

【笺疏】

东大池为无锡西郊著名风景区，位于龙山村嶂山与莲花山之间的山谷前，池为惠山山水所汇成之深潭，溪水前绕，林木葱茂，景色幽寂，秀丽多姿。1918 年经陆培之、徐燕谋几经修缮，有“小桃源”之称。此诗人居江南时往游之作。

眼看龙蛇有迹而碑蚀瓦败，稚子欢笑而不知岁时风雨已行将无地仓皇。诗人此际对“旧衣冠”的感念，毋宁更是文化意义上的。

## 儿辈再度游东大池，余以力不足，憩待于路旁

东大池程半里余，杖藜犹恐费工夫。年来持护多忠力，暂假同伊歇路隅。〔一〕

【注释】

〔一〕伊，即“杖藜”，诗人此时行远路已经需杖。路隅，路旁。

【笺疏】

诗人年过花甲，体力稍减而诗兴不减，故随处成句。

## 有感而作

彼葛藤兮，依附松枝。共承雨露，生息相资。随顺托根，节节攀跻。蓊蔽周匝，花叶参差。〔一〕或断其梗，立显其危。枯藤倒挂，随

风纷披。绵绵其葛，进渐于几。[二]灼灼其华，日美丰姿。松独减翠，兼养益亏。彼居之人，云胡能夷。

【注释】

〔一〕蓊，茂密之状。周匝，周围，一圈。

〔二〕几，《说文》："几，微也。"几，隐微，细微。隐微。多指事物的迹象、先兆。《易·系辞下》："几者，动之微，吉之先见者也。"韩康伯注："几者，去无入有，理而无形，不可以名寻，不可以形睹者也。"孔颖达疏："几，微也，是已动之微。动，谓心动、事动，初动之时，其理未著，唯纤微而已。"

【笺疏】

(汉) 袁康《越绝书·外传计倪》谓："进有退之义，存有亡之几，得有丧之理。"(明) 王夫之《周易外传·屯》谓："阳方来而交阴，为天地之初几，万物之始兆，而屯绍乾坤以始建，信矣。"诗人一诗当中包含数感。先感松藤并生之事实。次感葛藤攀附生涯不能自立。再感松为藤累而颇减翠色。"彼居之人，云胡能夷"，观物而再感进而自观己身的诗人，自然因此而心情不得平静了，此亦万念始兆之初几。

## 戊子暮秋，与儿辈及其友诸人拟游太湖，旋以病作，止于梅园[一]

一

太湖游兴蕴多时，才欲登程力不支。止向梅园斗彩戏，两儿赢得两泥儿。五彩泥人罗列满地以为博掷者。

二

诸子相将驾小舟，曲溪取次太湖游。遥看一抹承云际，湖水湖风天地秋。

【注释】

〔一〕戊子年份为全集本所加,1973 年本无。无锡梅园位于无锡市西郊东山、浒山和横山。面临太湖,背靠龙山,是久享盛誉的江南赏梅胜地,一度为江南荣氏私家园林。

【笺疏】

诗人与子女相将出游,难得有此一段惬意生涯。虽因病未能尽兴,然坐看儿女陶然,对于母亲,也就是至乐之喜了。戊子为 1948 年,诗作于深秋时节。

## 无锡野坐〔一〕

环山濯濯了无材,樵妇担头尽草莱。〔二〕见说前朝尝美矣,而今赢得舞歌台。

【注释】

〔一〕野坐,意指在野外闲坐。

〔二〕濯濯,光秃。草莱,犹草莽。杂生的草。《南史·孔珪传》:“门庭之内,草莱不剪。”

【笺疏】

诗人随意闲坐,然目中所见,已有故宫黍离之叹,可见 1948—1949 之交,国内形势已呈“山雨欲来风满楼”之势。所谓“前朝之美”,已经阴晴莫定。

## 老树

老树空心景以凄,百年挺干复奚疑。只缘妇孺贪樵采,未许浓阴护嫩枝。

【笺疏】

诗人缘物而言情，此老树嫩枝之间，自然寄托一份人间情怀。缘于砍伐而至老景凄凉而不得护持后劲的，又何尝不是此时正呈奄奄一息之状的中国传统文化呢?

## 梅园啜茗

一

望里云山带乡思，满园幽胜属人家。风枝度影侵茶座，闲听儿曹细品茶。

二

四面青山作院墙，太湖远看若坳堂。〔一〕穹庐帐下人如蚁，各自营私各自忙。

【注释】

〔一〕坳堂，参见卷三《行敬三十一初度》诗注。

【笺疏】

诗人客居江南日久，偶然亦动乡思。而观天地之大，众生难免蝇营狗苟之活计。诗人又何以置身事外，正所谓“偶开天眼觑红尘，可怜身是眼中人”(王国维句)。

## 卧病示诸儿

卧病弥月，思前想后，百感交集，杂赋十三首，用示毅、至诸儿并光、蕙二媳，聊当遗嘱耳。

一

芳草无言庭院静，老来心事只天知。象忧象喜何关舜，人溺人饥讵犯伊。[一]一息尚存通宇宙，百年有役警愚痴。闲谈亲戚之情话，稚子嗤婆不识时。

二

久病知医独我迂，单方杂药弃无余。新篁解箨醇香味，坐我丛中读我书。

三

偶然四大合成身，世事何须苦认真。[二]谁碎鲜花抛满地，拾来点点未黏尘。[三]

四

骈赘天生自任天，庖丁游刃意闲闲。[四]余今识得新生计，一盏清茶一卷烟。

五

理无大小何由达，仁者须当斩乱麻。后果前因同一辙，春花秋月在千家。莫将好丑评昆仲，恐谓婆心有等差。[五]午梦觉来情默

默，可堪打草更惊蛇。〔六〕

六

病榻摩挲一卷经，梁间乳燕话情亲。风幡未动心先动，仁者争论亦可人。〔七〕

七

未愁白日行将晚，为道清阴尚可赊。蕙砌兰阶风细细，半钩残月正西斜。

八

六十余年成一梦，五千里外去三回。而今犹醉江南月，醉梦醒时归未归。

九

笔砚有心空伴我，镜台何处惹尘埃。〔八〕感时愤世思儿泪，一一都从个里来。

十

记得当年嫁小姑，小姑九妹系七叔母之女。画堂同绣翠罗襦。私家奁品存婆处，乞合婆心赠与渠。

十一

宇内般般已分事，北堂温凊没些差。〔九〕月明苍莽来天地，无臭无声润物华。〔一〇〕

十二

供奉才完儿睡稳，布衣浣濯灿明霞。闲来展读象山集，默默无言解得耶。〔一一〕

十三

吾形之影遍天涯，宇宙之心属自家。〔一二〕风波肝胆兮，我悲伤。鸿沟楚汉兮，国濒亡。吁嗟余兮，思欲狂。

【注释】

〔一〕象忧句，典出《孟子·万章上》："象忧亦忧，象喜亦喜。"传说舜生性孝友，象为其异母弟，其弟忧，舜亦忧；其弟喜，舜亦喜。人溺句，典出《孟子·离娄下》："禹思天下有溺者，由己溺之也；稷思天下有饥者，由己饥之也；是以如是其急也。"

〔二〕四大，佛教名词。指地、水、火、风四种构成物质世界的基本要素。此四大造作一切色法，故称为"能造四大"。

〔三〕谁碎句，典出《维摩诘经·观众生品第七》："时，维摩诘室，有一天女，见诸天人闻所说法，便现其身。即以天华散诸菩萨、大弟子上。华至诸菩萨，即皆堕落，至大弟子，便着不堕。一切弟子神力去华，不能令去。"此处转用其意，表桶底脱落，无可黏着。

〔四〕骈赘句，典出《庄子·骈拇》："骈拇枝指，出乎性哉！而侈于德。附赘县疣，出乎形哉！而侈于性。”此处反用其意，谓为顺天任运。庖丁游刃，典出《庄子·养生主》，庖丁解牛、游刃有余之意。

〔五〕等差，等级次序，等级差别。《礼记·燕义》：“俎豆、牲体、荐羞皆有等差，所以明贵贱也。”

〔六〕打草惊蛇，禅宗话头，散见语录多处，意指不要功亏一篑。

〔七〕风幡句，典出《六祖坛经》：“时有风吹幡动。一僧曰风动，一僧曰幡动。议论不已。惠能进曰：‘非风动，非幡动，仁者心动。’”

〔八〕镜台句，典出《六祖坛经》：五祖弘忍唤诸门人“各去自看智慧，取自本心般若之性，各作一偈，来呈吾看。若悟大意，付汝衣法，为第六代祖。”上座神秀书一偈曰：“身是菩提树，心如明镜台，时时勤拂拭，勿使惹尘埃。”五祖令门人炷香礼敬，尽诵此偈。但亲告神秀曰：“汝作此偈，未见本性，只到门外，未入门内。如此见解，觅无上菩提，了不可得。”惠能虽不识字，一闻此偈，便知未见本性。托人亦书一偈曰：“菩提本无树，明镜亦非台，本来无一物，何处惹尘埃。”后得五祖衣钵。此处所言乃惠能意。

〔九〕宇内句，典出（宋）陆九渊（1139—1193）《象山先生全集》卷二十二《杂说》：“宇宙便是吾心，吾心便是宇宙”，“宇宙内事是己分内事，己分内事是宇宙内事”。北堂，《诗·卫风·伯兮》：“焉得谖草，言树之背。”（汉）毛氏传：“背，北堂也。”后引申之以“萱堂”或“北堂”为母亲的代称，并以“北堂”作为咏萱草的典故。温凊，《礼记·曲礼上》：“凡为人子之礼，冬温而夏凊，昏定而晨省。”后世用作咏侍亲的典故。

〔一〇〕无臭句，典出《诗·大雅·文王》：“上天之载，无声无臭。”

〔一一〕象山集，即陆九渊著述。

〔一二〕宇宙之心，同注〔九〕，陆九渊语。

【笺疏】

作为疑将不起、聊作“遗嘱”的组诗，这十三首诗体现诗人一生的精神结构与生命境界最为系统、鲜明。其中虽然多少也追忆了生平与日常（诸如“六十余年成一梦”“记得当年嫁小姑”）故事，但诗人最大的和主要的兴趣，还在“体道”之所得。故诗中大量征引儒、庄、禅宗、理学典故，以明自家心地。此正诗人之迥超俗流、也迥异于一般“才女”者，她的性命旨归，直接指向的是“向道而生”的圣贤气象、现量直呈。其中诗之十二，无意之中透露了诗人日常躬自操劳、却能于家务琐细中随处体道的惊人毅力与定静心态。

【系谱】

唐家自 1931 年迪风公去世之后，相当长的时间经济都颇为拮据。赖高翔先生回忆：“吾与君毅之初相识，盖在 1932 年……蜀华中学在锦江公学旧址，地名锦江街，后改为蜀华街。君毅家即居此街，吾往叩门致聘，略谈数语而别，见其面容枯瘠，衣履垢脏，以为笃学深思之士不修边幅者之常情，而未知其家之窘也。”（《忆唐君毅教授》）唐君毅 1939 年 6 月致廷光书中亦曾言“（母亲）近来特别俭省，而常未请佣人，我们虽晓喻她也无用。因为家中有存款时是不多的。”

## 孟夏同儿辈暨郑君学弢游艺圃，远眺太湖景〔一〕

一

身着高堤万象低，树阴移彻小楼西。湖拖远景兼天净，烟织平林一斩齐。〔二〕

二

拚将眼力试谁强，额手遥看极渺茫。〔三〕天色湖光浑莫辨，依微中有数帆樯。

【注释】

〔一〕孟夏,夏季的第一个月,农历四月。《礼记·月令》:“孟夏之月,日在毕。”郑学弢(1920—2010)毕业于无锡国专,为钱穆弟子,后与唐至中结为夫妇,生前尝为苏州大学中文系教授,与王蘧常(1900—1989)有亲。

〔二〕一斩,一样,西南官话。

〔三〕额手,以手加额。

【笺疏】

诗当作于1948年孟夏,彼时唐君毅并诗人皆尚在江南。该年年底诗人即返回西蜀。据《唐君毅日记》1950年7月15日:

得母亲信,言二妹允与学弢订婚,系学弢真情所感并询母亲及我等意为多。

## 毅、至二儿同郑君跻及小山顶,余坐以待〔一〕

一

少年气盛好登临,山径崎岖积翠深。坐待树根频引领,飘然见立最高岑。〔二〕

二

时风作态弄晴阴,破寂蝉声断续吟。苍翠满园人独坐,湖山一曲一乡心。

【注释】

〔一〕此为全集本题目。1973 年本无“二儿”。

〔二〕引领,伸颈远望。岑,山峰,山顶。(晋)陆机《猛虎行》:“静言幽谷底,长啸高山岑。”

【笺疏】

诗人全家难得有此相聚欢愉。老人随喜之余,又起思乡之情,毕竟江南非蜀南,一人独坐一曲清歌,未免乡心翻腾。

## 游艺圃,主人以未熟之桃相赠,有感〔一〕

不时不食可存诚,惟听林间剥落声。〔二〕皮色足征仁未熟,数枚见赠作和羹。〔三〕

【注释】

〔一〕艺圃,苏州名园之一,位于阊门内天库前文衙弄,始建于明嘉靖二十年(1541),经几代人营建成为著名园林。

〔二〕不时不食,典出《论语·乡党》:“齐必变食,居必迁坐。食不厌精,脍不厌细。食饐而餲,鱼馁而肉败,不食,色恶不食,臭恶不食,失饪不食,不时不食,割不正不食,不得其酱不食。”

〔三〕仁未熟,典出《孟子·告子上》:“五谷者,种之美者也。苟为不熟,不如荑稗。夫仁,亦在乎熟之而已矣。”

【笺疏】

苏州艺圃自其建成,园主均以讲气节、有学问称。如第二任主人文震孟(曾祖父文征明、祖父文彭、父亲文元发,都是著名书画家,且都有功名)贵为状元,为官秉公为政，廉洁自律，多所建言，官至大学士。与其弟震亨(《长物志》作者)在明代东林党与阉党的斗争中始终站在东林党人一边，颇为朝野拥戴。

朱子曰：“是以为仁必贵乎熟，而不可徒恃其种之美，又不可以仁之难熟，而甘为他道之有成也。尹氏曰：‘日新而不已则熟。’”(《四书章句集注》卷十一《告子章句上》)诗人在以气节之士著称的艺圃思考“仁熟”问题，显得很是应景。

1948 年中秋，诗人携幼女从南京到无锡(时至中在无锡江南大学中文系任讲师，见唐晓帆未刊稿《回忆母亲》)，宁孺提议中秋去苏州游览。诗人担心长子届时到锡而不欲去苏。宁孺谓哥有嫂、侄在宁，不会来锡，于是母女同去苏州。次日返回无锡，发现唐君毅果然曾经来过(《唐君毅日记》1948 年 9 月 17 日)。诗人知长子来而复去，不得见母妹，必甚失望，十分后悔苏州之行。

该诗或作于此行。本年 11 月 22 日唐君毅虽曾伴母、妻等游苏州，然只到拙政园、狮子林、沧浪亭。未及此处。

## 巴山老缝工为友人作寒衣寄其儿女诗

一

寒砧夜度壁山岑，刀尺生涯老更深。〔一〕布剪残云秋瑟瑟，棉铺白雪夜沉沉。却嫌巧样趋时俗，且讶奇装变古今。服制漫云徒保暖，昔贤志别兽和禽。

二

寒衣催寄锦官城，我独无家访弟兄。〔二〕与子同袍缘不浅，视君儿女若亲生。〔三〕眼花漠漠穿针苦，意恐迟迟负友情。黾勉此心缝密密，一庭风露正三更。

三

寒衣催寄几时成，我已无家访弟兄。深夜不辞刀尺冷，异乡难负友生情。眼花但觉穿针苦，心碎居然转目明。熨贴殷勤缝密密，君家儿女当亲生。

附本诗初稿：乱离间老衣工自叹〔四〕

一

人家儿女隔山州，限作寒衣刻日完。老眼昏花心独苦，一针针要倩人穿。

二

乱离时更体人情，我已无家访弟兄。熨贴殷勤关冷暖，君家儿女当亲生。

三

密缝稳绽针复针，素线长牵万里心。布剪残云秋瑟瑟，棉铺白雪夜沉沉。

【注释】

〔一〕壁山，位于重庆以西，古属巴国。1939 年 10 月唐君毅曾宿壁山青木关教育部所在地，其地原为古庙温泉寺，以小神殿为临时寝室。当夜卧于神龛之侧，松风无韵，静夜寂寥，素月流辉，槐影满窗，倚枕不寐，顾影萧然，触处所动，交迭于心，于是起而濡笔写成《古庙中一夜之所思》。1944 年《人生之体验》出版时收入，易名为“我所感之人生问题”。

〔二〕转用（唐）杜甫《送韩十四江东省觐》诗：“我已无家寻弟妹，君今何处访庭闱？”

〔三〕与子同袍，典出《诗·秦风·无衣》：“岂曰无衣？与子同袍。王于兴师，修我戈矛，与子同仇！岂曰无衣？与子同泽。王于兴师，修我矛戟，与子偕作！岂曰无衣？与子同裳。王于兴师，修我甲兵，与子偕行！”

〔四〕此见于全集本。1973 年本无。

【笺疏】

参读该诗初稿与定稿之别。则诗人的修订要目，特别是“却嫌巧样趋时俗，且讶奇装变古今。服制漫云徒保暖，昔贤志别兽和禽”几句，以及对“与子同袍、黾勉此心、难负友生”的刻意强调，正是匠心所在。在此，《诗·秦风·无衣》的介入无妨就是灵魂性的介入。

度其笔意，该诗当为 1948 年年底诗人从上海返回四川后作。

1948 年 12 月初，时局极度紧张，唐君毅迁居中央大学宿舍大钟亭二十四号。11 日与诗人乘民裕轮抵上海。14 日晨，唐君毅登民裕轮送诗人返蜀，之后返回学校继续上课。与母亲临别之际，唐告诗人：“儿未尝为官吏，亦不隶任何政党，唯儿上承父志，必以发扬中华文教为归，今世乱方亟，以后行无定所，今有妹等侍养，望勿以儿为念。”诗人则答曰：“汝必欲与中华文教共存亡，则亦任汝之所之矣。”（唐君毅《母丧杂记》）。

此一答问之间，诚可谓有其子必有其母。

## 孤愤行

落日照空庭，无限乡心。长郊嫩草碧油油，映我书楹。〔一〕泽之以雨露，煦之以阳春。蓬勃兮逆睹，软如茵兮可亲。〔二〕嗟彼人之剪伐，如许殷勤。参差而正美兮，务一律而斩平。新本出于故兮，偏厌故而喜新。图博游人之赞赏耶，曷不思天然之美与真。不顾生机戕贼耶，而列入机械之途程。

环绕花枝簇簇兮，方灿烂以繁盛。红紫正肥而滋润兮，又灌溉以经营。趋炎而附势兮，蜂蝶纷纷恃宠。益娇态兮，媚彼游人。

道旁有孤松兮，睨而视之，犹觉碍情，直干挺然骨立兮，巍巍然以峥嵘。〔三〕洞然复残朽兮，叩之而金石声，抚之而温文。狂飙撼而屹然不动兮，矧雨露于彼何恩。〔四〕披星而指日兮，夫岂蒙蔽于烟云。历尽世间冷暖兮，饱经人事衰兴。恶可与皮相兮，恶可与凡卉并论。又何惹好恶之相较兮，美恶之相形。匪伊大椿不友，匪伊古柏不邻。〔五〕诚以孕育于山川兮，而独得山川之精。虽目接而枯槁兮，心会而存其神。

忳予怀之邈邈兮，仰春晖而涕零。〔六〕寸草无以为报兮，惟徒自敷荣。希华滋以自涵濡兮，俾自顾其本根。

乱曰：宣尼务本，陶子贵真。〔七〕而望天下一归于仁。系予即得为人，幸禀气而独灵，禀神智而独明。而知人之教始于人伦，别于兽禽，孝为仁之本，本立而道生。夫人偏舍本而逐末兮，先后之不分。苟不悖其德而志于仁兮，则与道而并行。道并行而不悖兮，则天地之心安且宁。天地之心安且宁，予又何感激嗟叹而沾巾。

【注释】

〔一〕楹,古指厅堂的前柱,方言泛指柱子,《诗·小雅·斯干》:“殖殖其庭,有觉其楹。”

〔二〕逆睹,预见,事先知道。(蜀汉)诸葛亮《后出师表》:“至于成败利钝,非臣之明所能逆睹也。”

〔三〕睨,斜视。骨立,形容人消瘦到极点,像直立着的骨骼一样。《列子·仲尼篇》:“子贡茫然若失,归家淫思,七日不寝不食,以至骨立。”

〔四〕矧,连词,用于复句的后一分句之首,以反诘语气表示进层关系,义即“何况”。例见《诗·大雅·抑》“神之格思,不可度思,矧可射思”。

〔五〕大椿,典出《庄子·逍遥游》:“上古有大椿者,以八千岁为春,八千岁为秋。”此处代指非凡之木。

〔六〕忳,忧郁,烦闷。《楚辞·离骚》:“忳郁邑余侘傺兮,吾独穷困乎此时也。”邈邈,远貌,见卷二《五月十日周年致祭三首》诗注。

〔七〕乱曰,《楚辞》中乐章用来结尾的部分,尾声。宣尼,西汉平帝元始元年(公元1年)追谥孔子为褒成宣尼公,后因称孔子为宣尼。陶子,即陶渊明。

【笺疏】

该诗写作之时,适逢1948—1949年之交,诗人一腔孤愤,所谓喜新厌旧,抑或趋炎附势,当有切实具体所指。此故国故家,乃为文化意义上的,所谓“本立道生”。诗章结末,诗人悲愤填膺而望天下归仁。特特强调人之为人乃在能禀气独灵、厚于人伦而别于兽禽。今时之人却舍本逐末,本末倒置,悖德而行,天地和天地之心何得安宁?!

诗人虽一生基本身处家庭,却关怀世事时务乃至进言激愤,其惟道是求有如是者。

## 病卧化龙桥斗室中 己丑暮春。

万木欣欣兮，病树当头。千帆漾漾兮，旁有沉舟。衰疾缠绵兮，乃曜灵之久留。〔一〕随化之可乐兮，恨泉路之悠悠。〔二〕侧兮反兮，靡瞻靡临。〔三〕强扶老以勉步兮，骨髓干而不胜。爰居爰处兮，载扶载倾。〔四〕食旨不甘兮，枵腹雷鸣。〔五〕侧耳远听兮，寂然希音。断兮续兮，风送儿童欢笑声。追厥疾之来源兮，不禁感昔而伤今。〔六〕眄庭柯之小鸟兮，毛羽光润以晶莹。顾予尾之翛翛兮，无与温存。顾予音之哓哓兮，无与叮咛。〔七〕窃意予魂之渺渺兮，愿终护阿雏之身。属彼草木之团团兮，愿长蔚荒野之茔。〔八〕

【注释】

〔一〕曜灵，太阳，《楚辞·天问》："角宿未旦，曜灵安藏？"王逸注："曜灵，日也。"

〔二〕随化，化，造化，指人的运气、命运。随缘顺化，顺从自然的变化。（宋）刘子翚《谕俗》诗："逆情气必戾，顺化生乃蕃。"

〔三〕靡瞻靡临，"靡"为否定副词，"靡……靡……"这种句式对前后两项均否定，可译为"既没有……又没有……"。

〔四〕爰，状语，表近指。《诗·小雅·斯干》："爰居爰处，爰笑爰语。"载，语气助词。例见《诗·小雅·斯干》："乃生男子，载寝之床，载衣之裳，载弄之璋。"

〔五〕枵腹，肚子饿，《正字通》："枵，凡物虚耗曰枵，人饥曰枵腹。"

〔六〕追厥疾句，唐君毅《母丧杂记》尝言1931年唐迪风去世，"吾母亦伤痛至腿疾"，或即指此。

〔七〕翛翛，羽毛凋敝的样子。哓哓，因恐惧发出的叫声。典出《诗·豳风·鸱鸮》："鸱鸮鸱鸮，既取我子，无毁我室。恩斯勤斯，鬻子之闵斯。迨天之未阴雨，彻彼桑土，绸缪牖户。今女下民，或敢侮予。予手拮据，予所捋荼，予所蓄租，予口卒瘏，曰予未有室家。予羽谯谯，予尾翛翛，予室翘翘。风雨所漂摇，予维音哓哓。”

〔八〕团团，簇聚，（南北朝）江淹《山中楚辞六首》其四：“桂之生兮山之峦。纷可爱兮柯团团。”

【笺疏】

己丑为1949年。化龙桥位于重庆。盖此前的1948年12月，有感于时局太乱，诗人已从江南返回四川，故此时居蜀。诗人病中发愿，即感现实之动荡而一力护持雏幼，此番用心，宁是“化为春泥更护花”之慈母悲情。

## 感怀示至、恂、慈三儿

爰有超世心，深知入世理。〔一〕入世情如何？淡然对秋水。虚想滋烦忧，实际贵践履。身在尘网中，心迷事物里。何者为损益，何者分彼此。遍计泥所执，万缘为心累。〔二〕何如一撒手，缘灭心可死。一番能死去，一番方能起。起放大光明，春风发华蕊。一花一世界，一一皆欢喜。

【注释】

〔一〕爰，介词，于，从。《书·盘庚下》：“盘庚既迁，奠厥攸居，乃正厥位，绥爰有众。”

〔二〕遍计泥所执，遍计执，见前《示毅、至二儿》。

【笺疏】

诗人一番病痛之后，颇有大死大活之心。发愿要以出世（超世）的心情，践履入世的道理。且颇能洞察世情无非因缘所生法，行者若以静定处之，于万法森严中见一法不立，于事事理理中见妙性流行，则华枝春满，庶几近道。

1949年(己丑)是多事之秋。1月19日，唐君毅送四妹恂季、五弟慈幼等人从上海水路返回四川。4月4日，唐君毅与二妹至中及钱穆同赴上海，7日再与钱同乘金刚轮赴粤。6月7日夜，唐君毅与至中及钱穆乘船抵香港。唐与钱同时任教于沙田大围铜锣湾的华侨工商学院。诗人亦旋命长媳谢廷光到香港，与长子共患难。但直到该年8月19日，唐夫人与六妹宁孺方才一起到达香港。11月14日，六妹宁孺到华侨工商学院注册读书。20日，唐君毅请两桌客代六妹与胥灵臣订婚仪式(次年即1950年5月21日正式结婚)。

此前的7月18日，唐至中已经乘飞机返回重庆。故此时唐家兄妹有至中、恂季、慈幼在蜀，诗人一并以诗励之。

# 卷五

据唐君毅1973年版后记，该卷为己丑（1949）以后唐氏兄妹散居各地，诗人或往来其间之作。

## 己丑岁暮再度来无锡，庚寅元旦，感赋五首示至儿，兼用自励

一

自笑居然作客家，小锅小灶寄生涯。问君何物营心曲，柴米油盐酱醋茶。

二

孔颜乐处此中求，鹏鸟何尝止小丘。〔一〕见说须弥纳芥子，炊烟一缕自悠悠。〔二〕

三

物来顺应得先儒，为学何劳万卷书。镜不留痕通万变，月惟无我映千渠。[三]

四

春风吹雨助寒流，积雪扬威意气遒。饮水曲肱思旧事，有人相忆在巴州。[四]

五

无花无酒过新年，自买鲜蔬带雪煎。饱食不知家国事，一炉红火夜深眠。

【注释】

〔一〕孔颜乐处，典出《论语·述而》："饭疏食饮水，曲肱而枕之，乐亦在其中矣。不义而富且贵，于我如浮云。"《论语·雍也》："一箪食，一瓢饮，在陋巷，人不堪其忧，回也不改其乐。贤哉回也。"后北宋二程明道、伊川兄弟从学周濂溪，濂溪先生便令"寻孔颜乐处，所乐何事"。鹏鸟，典出《庄子·逍遥游》，喻有雄心壮志。

〔二〕须弥纳芥子，须弥为梵文音译，意译"高妙"，原印度神话中的山名。佛教谓纳至大的须弥山于至小的芥子之内，喻不可思议。《维摩诘经·不思议品》："诸佛菩萨，有解脱名'不可思议'。若菩萨住是解脱者，以须弥之高广内芥子中，无所增减，须弥山王本相如故。而四天王忉利诸天，不觉不知己之所入；唯应度者，乃见须弥入芥子中，是名住不思议解脱法门。"

〔三〕镜不留痕句，典出《六祖坛经》，参见卷四《卧病示诸儿》诗注。月惟无我句，参见《华严经》之《兜率宫中偈赞品第二十四》“譬如净满月，普现一切水。影像虽无量，本月未曾二”；(宋) 释守卓偈“诸佛不出世，四十九年说。千江有水千江月，万里无云万里天”。

〔四〕饮水句，典出《论语・述而》，见注〔一〕。有人相忆句，时四女恂季、五子慈幼尚在四川，故有此言。

【笺疏】

庚寅为1950年。据《唐君毅日记》1950年2月1日，得二妹至中汉口来信，知二妹已经与母亲、女儿安仁出川再赴无锡，时岁在己丑。诗人几经病痛，饱受忧患，乐天知命之意更为充实静定，并能以之慰女。诗中鼓励女儿以及自己即使身处微末，其志向高远、体道亲切也并不因为外在境遇受到任何影响。不仅诗人一生惟道是求，其女至中好学、向道之心亦十分强烈(参见其同熊十力、梁漱溟诸人通信)。

“寻孔颜乐处”是宋儒追求的一种崇高的精神境界和理想的道德人格。又(唐) 永嘉玄觉禅师《永嘉证道歌》云：“一性圆通一切性，一法普含一切法。一月普现一切水，一切水月一月摄。”诗人既然已经于儒、释皆有心得，有会“诸法无我、诸行无常”，心无执着则道体昭昭明明，故并以此意喻女。

## 一池春水

一

一池春水风吹皱，皱到池边无去缝。安得并州快剪刀，剪断风情劈开缝。〔一〕

二

风波荡漾弄天光，星斗摇翻错列行。回首月斜溪柳畔，渔翁相对话沧桑。

【注释】

〔一〕并州剪刀，并州为太原古称，剪刀为其特产，典出(唐)杜甫《戏题王宰画山水图歌》："焉得并州快剪刀，剪取吴松半江水。"

【笺疏】

此诗人触物生情之小诗，亦以理趣见长。

## 示宁儿

虚室已无人共话，迪句。闲倚门闾，〔一〕果然接得家书，双眸炯炯，寻遍行间一字无。

开函何所见？尽在无言美。疑是警告余，含默胡能已。不见风雷震，万物畅生理。正墙面而立，尼父所不喜。〔二〕

【注释】

〔一〕门闾，城门与里门。参见卷三《久望毅儿不至，书以示之》诗注。

〔二〕正墙面而立，典出《论语·阳货》。结合全诗，此为"面壁"寻思之意。

【笺疏】

因六女宁孺在容貌、性格上都很像早夭的三女德叔，笃信佛教、相信生命轮回的诗人一直在愿望上将六女当作三女之再来身(唐晓帆《回忆母亲》，未刊稿)。兼之唐迪风去世时宁孺只有五岁，最怜娇小，难免为诗人格外疼爱。1949 年 8 月 19

日，宁孺与长嫂谢廷光同船抵达香港，与长兄唐君毅会合。此处所言“虚室已无人共话”，诗人即是在怀念早逝的丈夫，亦是在挂念海外的幼女。

幼女一时粗心，寄来无字家书，诗人诙谐解之，说女儿似乎在“警告”自己缄默不足，实则借此教育女儿。通过对万物条畅而生生不已的肯定，正见诗人对儒学的服膺之情。

诗当作于1950年。

## 复示宁儿

一

万里家书只半行，母亲儿与捉迷藏。东西南北无方向，迷目迷心且莫慌。

二

海外飘来一纸书，宁时客香港。翻来翻去意何如？平安字外无他字，抵得黄金万两欤。

【笺疏】

针对幼女的粗心大意，诗人再换角度，提醒女儿处事不要迷乱慌张。

【系谱】

1964年诗人去世，唐君毅《丧母杂记续记》中尝言：

吾六妹自吾母逝世初来函，只寥寥数字。唯谓迷路，问母有灵否？并嘱寄照片。即照片寄去，六妹来书谓自得母像，以香烛供奉，乃觉母若在旁。是知祭祀之仪，实足以通幽明之际。而彼有丧礼而无祭礼之教，必率人情日归于漓薄，亦断断然矣。

## 浪淘沙 出夔门，代至儿作。

三度出夔门，江水雄浑，源头溯自出昆仑。〔一〕家国而今何处是，萍梗无根。　　桃李灿云屯，枉杀春暾，〔二〕落英遍野浸潮痕。汽笛声中登彼岸，小憩梅村。〔三〕

【注释】

〔一〕唐至中第一次出蜀，当为1937年至南京支那内学院听课。第二次出蜀，即1947年秋到无锡任教于江南大学，直到1949年随兄去广州，之后从香港返回重庆。故这次出蜀再赴江南，为其生平第三度。

〔二〕云屯，亦称“积云”“聚云”“族云”。指积聚之云气。（南朝·宋）鲍照《苦雨》诗：“密雾冥下溪，聚云屯高岸。”春暾，即春日、春阳。

〔三〕1950年再返无锡后，唐至中任教于无锡梅村师范。

【笺疏】

小词虽为代女而作，其中家国飘零之感，江湖飘萍之叹，同样是属于诗人自己的。

## 浪淘沙 梅村季夏偶成，代至儿作。

雨过两三番，月黑星繁，南箕北斗共江昏。俯视忽忘身在岸，恁的天翻。〔一〕　　童鼓彻宵喧，似诉烦冤，清风拂面半凉温。恰是白云留我住，所居门额有“白云留住”四大字。唤起诗魂。

【注释】

〔一〕南箕北斗，箕，星宿名，形状像簸箕；斗，星宿名，形状像酒斗。《诗·小雅·

大东》:“维南有箕,不可以簸扬;维北有斗,不可以挹酒浆。”

【笺疏】

诗当作于 1950 年 6 月(季夏),时唐至中仍然任职于无锡梅村师范,诗人与其同住。本年暮秋,诗人即随六女一起前往香港。

## 寄复灵婿

迟迟尺素书,累我倚门待。开函见性情,亲切无文彩。活跃字行间,赤子心尚在。此中人欲出,呼之隔沧海。破浪驾长风,灵任海员职。历险气不馁。好勇当取裁,慎行斯寡悔。〔一〕

【注释】

〔一〕好勇慎行,典出《论语·公冶长》:“子曰:‘由也好勇过我,无所取材。’”《论语·为政》:“子张学干禄。子曰:‘多闻阙疑,慎言其余,则寡尤;多见阙殆,慎行其余,则寡悔。言寡尤,行寡悔,禄在其中矣。’”诗人以此意思教诫女婿。

【笺疏】

唐宁孺与胥灵臣 1950 年 5 月 21 日正式结婚。此当为婚后向老人修书请安第一书。诗人以诗代简。虽见女婿笔下殊乏文采,而依然褒扬其赤子之心。且告之以勿以一味好勇为念,当谨言慎行。诗约作于 1950 年夏秋之间。同年 11 月 15 日,诗人即为六女亲迎,一起抵达香港。

## 同宁儿游荔枝角海湾

辛卯年，暮秋。余客香洲九龙，同宁儿游荔枝角海湾。[一]游船无数泊岸，船妇唠唠招雇。遂雇一小舟，宁自荡桨，清风拂拂，飘飘然疑入仙境。苍茫万顷烟波，双桨轻摇，船身敧侧。余大惧，因思宁儿幼时自称唐孔子，今日从之游，自居门下子路可也。然有愧子路多矣！俯首蜷伏，不敢仰视，大声急呼靠岸！靠岸！宁遂不得不自败其兴，旋即渡到彼岸。乃相携登陆，扫石坐其间，顿觉此心轻松愉快。回首间，忽又悲从中来，而作歌曰：

天苍苍，海茫茫，乘兴呼儿试浅航。扁舟摇荡碧波光，漫游原也无方向。登彼岸兮情内伤。环山叠嶂，大陆在何方？人情凉薄兮海水样。世道变幻兮沧桑。草木摇落兮露为霜。群雁南归兮，弟与兄矫首西望，地远天长。父兮！母兮！茔墓荒凉。缅焉神往，何年何月得见我家乡？那山头挂一缕斜阳，影射跃波辉煌。噫吁兮，大陆在何方？[二]

【注释】

〔一〕香洲本指广东珠海市。此处即指香港。唐先生与诗人著作中常以香洲代指香港。荔枝角，为香港地方名，位于九龙半岛西北面，行政上属深水埗区。原名为客家话孺地脚，后雅化为荔枝角。改用现名是为该处本是一个圆形海角，有如荔枝突出海面。

〔二〕噫吁兮，叹词，表感情强烈。

【笺疏】

辛卯为 1951 年。1949 年 8 月唐君毅到香港后，一直十分惦记母亲。日记中言“我常念母亲,但不能返内地”。于是希望接母亲到香港一同居住。1950 年 6 月六妹宁孺在港与胥灵臣结婚后不及半月,即欲返内地迎母亲及唐先生之女公子安仁来港,因时局不定暂缓,至 10 月 27 日方始成行。1950 年 11 月 15 日,宁孺终于接到母亲一起到达香港。当时以桂林街唐氏住宅狭窄,诗人乃与六女同住,唐先生每隔二三日即往问起居,视母亲是否长胖,然后出游。直到 1951 年 12 月 8 日诗人与六女一起返回广州为止。

此诗写诗人与六女偶尔荡舟出海,小历惊险,虽诙谐四溢,却未免触目伤怀,兴起故乡之悲,以及对世态人情的一番慨叹。此为他日诗人毕竟返回内地之内因。

## 对月忆故园松柏

皎洁一轮满,舒光遍大千。感此煎百虑,冰霜迫暮年。家乡尽荆棘,大陆久烽烟。老柏色愈苍,寿松质愈坚。沐浴流光中,体干当参天。参天抑何为？相忆忽忘言。忘言且冥冥,圆景契心弦。〔一〕无声合成调,持以对君弹。岂无丝与竹,何用歌曲宣。脉脉隔沧海,悠悠两空悬。惟君耿耿在,长此照无眠。

【注释】

〔一〕冥冥,昏暗,幽暗。《韩非子·解老》:“以为明乎,其物冥冥。”圆景,亦称“圆光”,即盈月。(魏)曹植《赠徐干》:“圆景光未满,众星粲以繁。”

【笺疏】

此诗不仅写诗人思乡之情。面对荆棘满目、久历烽烟的动荡现实,诗人更以老柏、寿松自勉自励,对月唯此精光耿耿,自是一番心性彰显。

## 客香港同宁儿浮于海

一

四海为家自古然，偶来香岛学逃禅。[一]沙鸥到处留芳迹，不计东西南北天。

二

彼岸遥遥隔浅湾，小舟冲破海风寒。呼儿竞渡乘潮歇，莫让前头历险滩。

【注释】

〔一〕逃禅，逃避世事，依奉佛法。参见(唐) 杜甫《饮中八仙歌》："苏晋长斋绣佛前，醉中往往爱逃禅。"

【笺疏】

虽然现实种种无奈，"悲天悯人"而不废"乐天知命"的诗人总能时时作达观语，呼儿竞渡，舟冲寒海，亦复豪迈。

## 华商客居九龙

一

无才拙生计，饥驱至海涯。喧天歌舞急，蔽日酒旗斜。木屋低于瓮，躬身类伏蛇。[一]伤哉殖民地，人贱如泥沙。

二

市廛一隙地，华客不能赊。[二]被驱若鸡犬，群集噪寒鸦。袖中有日月，分外发光华。如许盗铃事，人民可欺耶。

【注释】

〔一〕木屋低于瓮，应为殖民地时期香港贫民搭建的某种简易居所，类似窝棚之类。

〔二〕市廛，此处指店铺集中的市区。（南朝·宋）谢灵运《山居赋》："山居良有异乎市廛。"《宣和遗事》前集："由后载门出市私行，可以恣观市廛风景。"

【笺疏】

诗人在香港居住，不算开心，此后返回内地，虽为怜女，亦有精神回归之意。此诗即铺写当时殖民地华人生活之难以惬意。而自负华人自有袖里乾坤、日月光华，不许当政者欺世盗名，正诗人民族自尊之反映。

唐安仁《吾父吾师》一文中忆及：

除了少数的高级住宅区及商业区外，当年大部分的香港都像个难民营。由于住宅的缺乏及生活困苦，街道两旁挤满难民亲手拼凑的破烂小屋。房屋建筑的天台，与楼梯转角处，也成为人们的住处。有一对年轻夫妇，白天带一小篮金山橙，蹲在街边贩卖，夜里就睡在新亚那座楼房二楼楼梯转角处。我们晚间回家，还得小心翼翼的找落脚处，避免踩到他们。我在附近的小学读书，每天回家吃午饭。饭后母亲给我三毛钱，向他们买一个橙子吃。不久，他们在屋顶天台造了个侧放的大木箱，箱口有一个可以撑开的盖子做门，后来还生了子女各一。每过年过节，母亲总送他们红包。我们搬离桂林街后数年，再回去观看时，他们已开了一家正式的水果店。母亲与他们谈到旧情，不胜唏嘘。

## 蜀中

蜀中四度出瞿塘，作客江南鬓已苍。谁使香洲来更远，江南回

望是家乡。〔一〕

【注释】

〔一〕香洲,同上,代指香港。

【笺疏】

诗人生平四出瞿塘,其一为 1925 年与唐迪风携家就学南京支那内学院;其二为 1928 年赴南京中央大学探望长子君毅;其三为 1947 年赴无锡,其时唐君毅与唐至中均在江南大学任教;其四为 1950 年再度赴无锡,时唐至中任教于梅村师范。

此为久客居异乡怀念故乡之作,岭南更远于江南,异乡两两相较,江南已成家乡。

## 点绛唇　客香港回忆家乡。

乐叙天伦,画堂欢聚倾家酿。〔一〕月明头上,和气亲堪望。〔二〕

廿载于今,魂梦常孤往,空惆怅,不堪重想,一体原皆妄。〔三〕

【注释】

〔一〕倾家酿,家中自酿的酒。(南朝·宋)刘义庆《世说新语·赏誉》:"刘尹云:'见何次道饮酒,使人欲倾家酿。'"

〔二〕和气,阴阳调和适中之气。"积阴则沉,积阳则飞,阴阳相接,乃能成和"。见《荀子·天论》:"万物各得其和以生。"

〔三〕一体,一部分。《孟子·公孙丑上》:"子夏、子游、子张皆有圣人之一体。"《仪礼·丧服》:"父子,一体也;夫妇,一体也;昆弟,一体也。"此为念及亡夫而起念。

【笺疏】

“廿载于今”,推算正在1931年,即唐迪风去世之年,故诗中梦魂惆怅,皆为思念亡夫之语。诗当作于1951年中秋。

## 点绛唇 客香港。

为问东皇,怎生不作繁华主。〔一〕港湾处处,无复寻生趣。大陆春回,谁又留他住,桃源渡,武陵人去,何必寻归路。〔二〕

【注释】

〔一〕东皇,《楚辞·九歌》有《东皇太乙》,《文选》五臣注:“太乙,星名,天之尊神。”东皇又也可指春神,若东君。道教神仙“东王公”也可称为“东皇公”。此处指前者。

〔二〕桃源武陵,典出陶渊明《桃花源记》。

【笺疏】

此亦为思乡语。当作于1951年春夏。

## 南歌子 自香港别毅儿夫妻并安孙。

异族人情薄,侨居天地昏。声声汽笛漫催行,稚子背婆凄立、见啼痕。　　去住寻常事,思量欲断魂。应知惜带更怜裙,回顾双双儿媳、立归程。〔一〕

【注释】

〔一〕惜带更怜裙，黄遵宪(1848—1905)《拜曾祖母李太夫人墓》："春秋多佳日，亲戚尽团聚。双手擎掌珠，百口百称誉。我家七十人，诸子爱渠祖。诸妇爱渠娘，诸孙爱渠父。因裙便惜带，将缣难比素。老人性偏爱，不顾人笑侮。邻里向我笑，老人爱不差。果然好相貌，艳艳如莲花。"《人境庐诗草笺注》引《先妣吴太夫人墓志》："太夫人每谓吾祖：俗语有之，爱此裙，惜此带，是固宜然。顾吾爱新妇，实以新妇贤且孝，非以爱汝辈故推及之也。"古直笺："州谚：裙系惜时带亦惜。"此谓诗人临别，对儿子、儿媳、女孙，一例牵挂。

【笺疏】

《人境庐诗草》笺注者古直(1885—1959)为广东梅州人，对客家文化卓有研究。黄遵宪亦为广东梅州(古称嘉应州)人。唐氏亦本为广东客家人入蜀。像裙带连用以喻亲属关系，常为负面语，诗中此种正面使用多见诸客家风俗，而复见诸入蜀已经数百年的后裔笔下，亲切犹甚。

唐君毅著《怀乡记》有谓：

我的祖籍是广东客家。……大概是我的七世祖，才由广东五华到四川。据说他到四川后已成了孤儿。十五六岁，便为制糖店佣工，因得主人信赖，借与本钱，后便独立制糖，生意极好，糖由宜宾一直运出三峡。后来糖船翻了，乃在金沙江畔，购地业农。勤俭积蓄，在我四世祖，便有五六百亩田。

先生弟君实，记载更为详实，可见连带诗人本家，亦为广东梅州人氏：

吾家父母唐、陈二家祖先在移居四川之前，皆为广东嘉应州长乐县(今五华县)客家。明代末年四川经历多次战乱，人口锐减，据可靠记载，东、西两川人丁尚不及二百万，人烟稀少，田土荒芜。清廷乃作移民湖广填四川之举，于是现在川民谈及祖先大半皆谓来自湖北麻城县孝感乡，据推测麻城、孝感乃迁川大军集散所在，并非所有迁川百姓均属隶麻城、孝感之谓。唯此二地移居四川为最早一批，当属事实。此后福建、广东等省移民四川所居田地则远不如先入川之湖广居民之沃土丰产。于是陈家到宜宾溯金沙江（过去习以岷江为长江上游本源，知金沙江为主源乃清代开国以后）而上，经柏溪过廿里，家居打鱼村（顾名思义乃一捕鱼村落）。唐家则由柏溪渡江沿江而上约四五里之水漕头。始则为人打短工，继而有积蓄购田地。水漕头以隔江与涨水时瀑布流水岩相望得名。而唐家主要田地在柏溪廿里外之滥坝，谅系其后发家后新购者。唐家族中一部分仍世居柏溪，由广东入川者，另一支则世居县城廿里之三官楼，早已互不往来。（唐君实《亲人事略》，未刊稿。）

唐氏先祖由粤入川后，最初所事尽管与书香不涉，但却一直保持着客家人尊崇文化的风气。由十九世祖唐泽（润泉）所撰《唐氏谱系序》有云："修谱所旨，在让后世子孙知祖一脉渊源。春露秋霜，仁敬之心油然而生也；辨其亲疏，知大宗小宗；岁时往来，敦宗睦族之道皇然讲也。按其□业，知祖宗创业之艰难，为士者，成食旧德；为农者，咸服九畴；善继善述之意殷然凛也。子孙而才，固能丕振家声，不才，亦不至罔知尊卑之分。是上以求承先人之基绪，下以为后世之贻谋；外以培祖姓之仁恩，内以笃本支之孝悌者。"生活习俗亦多承客家风俗（例如特强调男女平等，女儿不称姑、姨，而一例以二爸爸、四爸爸、幺爸爸称呼）。客家人特重母语传承，俗谓之"宁卖祖宗田，不忘祖宗言"。

【系谱】

诗人在港与六女同住之时，唐先生除随时前往问候并陪同游玩外，还特别带母亲诊治常年老病。经多方医治，到 1951 年 3 月下旬基本痊愈。唐先生在日记中言："以后再调治腰痛之病并服补药，则可以长寿矣。"并感叹"乱世老人能健康亦实不易。念人类皆在水深火热中，吾人应负之责任甚多，我亦当注意身体为是"（1951 年 3 月 17 日）。

1951年11月29日，胥灵臣来信，希望宁孺去广州。时胥任职民生轮船公司，因船从港过穗，被扣(唐安仁《吾父吾师》)。宁孺已怀孕多月将产。诗人希望同去广州，照料六女生产。经反复考虑，诗人决定和六女一同返回广州。

1951年12月8日，唐先生与夫人谢廷光及女儿安仁送太夫人至罗湖桥头，目送母亲背影在夕阳斜照中消失："兄呼母，母回顾，皆自强持"(唐宁孺《忆大哥》)。此后直到1964年2月26日母亲去世，唐先生都未能再见母亲一面。

诗人素多病，每病则自虞不起，在港时曾对唐先生说：阅报，知港地有只费三百元完丧葬者，他日若有不测，则三百元已足。由此可知唐先生其时之困境，不忍相累。

"异族人情薄，侨居天地昏"，诗人在香港居住并不开心，盖敏于"殖民地"气息。唐君毅1952年春致钱子厚书信中，亦称"继以生活不适，家母与舍妹已移住广州"。

## 西江月

仲春宁儿自穗率谦、宣二孙来苏州，数约游沧浪亭，以雨阻，未果行。继归去，越日，与弢、至二子复游此园，不觉感慨系之。

一

苦恨人生如寄，喜逢儿女团圆。花朝约定去划船，撑弄湖山共转。　树树红肥欲瘦，山山绿嫩争鲜。〔一〕宵来风雨逞狂癫，游兴抛将大半。

二

稚子岂伊母爱，顽强更得婆怜。怪婆恁地不来前，约定如何又变。　　可耐几行书信，频催两代娇憨。啼鹃犹自泣春残，何独送人天远。〔二〕

三

未得同来今日，缅怀两代娇痴。杜鹃声里洗烟丝，回首苦游难记。　　藜杖亦如人意，小心为我支持。柳荫浮动夕阳时，买得画船归去。

四

老景东怜西恋，频年海角天涯。无家何处足栖迟，骨肉分成五起。　　飘絮满天愁思，离群断雁南归。松风爱惜荫孙枝，惯让游人休憩。

【注释】

〔一〕红肥欲瘦，"绿肥红瘦"典之转用，参卷一《尚有》诗注。

〔二〕两代娇憨及下两代娇痴，均指宁孺及其子女。

【笺疏】

该组词作不见于全集本，今据 1973 年本补入。

此与下面所言甲午(1954)夏游沧浪亭之作或为同时。本年仲春唐宁孺携子(女)来苏，意欲同游沧浪亭而未得。其母子去后，诗人同次女、女婿同游，感慨有作。此时唐君毅一家居香港，唐至中夫妇及诗人居苏州，唐恂季、唐慈幼两家分居四川，唐宁孺一家居广州，诗人五个子女分居五处，老怀触动，故有此叹。

按，诗作时间不做1952年猜，因宁孺长子（女）出生尚在1952年初。既然此时已育两孩，则当以1954年左右为宜。

## 西江月　与弢、至二子游沧浪亭。

一

曩日游踪何在，重来又隔三年。沧浪清浊尚依然，濯足濯缨随便。〔一〕　忆昔常依膝下，而今海角天边。恍如憨笑立花前，共看鱼游水面。

二

杜宇声声催客，桃花处处浮烟。旷观风物也无边，那管莺莺燕燕。　二子相随伴我，三番促坐谈天。高山隐隐响流泉，只是伊人不见。

【注释】

〔一〕濯足濯缨，典出屈原《渔父》，见卷一《述怀》诗注。

【笺疏】

诗人上次游览苏州沧浪亭，当为1948年11月22日，时有唐君毅陪同，“恍如憨笑立花前，共看鱼游水面”，即纪其游也。这次重游，或应是1952年7月由唐至中从广州接回以后。算约数，可谓三年。诗人返回江南，心思未免又思天涯游子。“忆昔常依膝下，而今海角天边”“高山隐隐响流泉，只是伊人不见”，皆是念子忆孙之语，唐君毅、唐宁孺等家人皆在其列。

【系谱】

1952 年 12 月，诗人再次返回广州六女家中，期间唐君毅曾为母亲、六妹办理“入境”证，然颇不顺利，故诗人 1953 年 4 月决定返回苏州。5 月办妥证件后，唐君毅整理住处准备迎母亲来港，然因“出境”证未能办妥，亦因六女此时不愿或不能去港，最后诗人决定不来（据《唐君毅日记》）。

1964 年诗人去世，唐君毅在《母丧杂记》中追忆，以为诗人 1951 年底离港，主要是为新亚书院桂林街旧址所居逼窄，“知吾其时之困境而不忍相累”：

余亦屡望母亲申请来港，以此间医药较便，而吾所入亦渐丰，得以甘旨奉养也。然经申请两次，皆未获准。前岁国内大饥饿，米面亦由此邮寄，而道途悠阻，到时多已霉烂，吾母盖以此而体气就衰。而吾所最痛心者，则为年来所寄药物，皆必经检验，必多日而后能达，吾母亦终以药物不继而弃吾长逝。

唐先生对日常生活常极粗心（参见谢廷光、唐安仁等回忆文章），完全不会照顾自己起居，但自母亲离港，每月初都必亲自过问是否已经汇款，每周都命女儿安仁写信给阿婆。

## 西江月 甲午夏，同弢婿至儿游沧浪亭，时正苦雨。

小憩亭中闲话，壁间字舞龙蛇。怪来作雾雨滂沱，曾似晴空触破。　　台榭尚留败土，洪流冲没嘉禾。[一]慢言人事巧张罗，造物忌才较可。

【注释】

〔一〕败土，土之凋残腐败者。

【笺疏】

甲午为 1954 年。诗人时居苏州，同女儿女婿再游沧浪亭。时值梅雨季节，诗人于人力天工所谓劲量之间有所感触，其意仍在顺道而为的精神诉求。

## 题安孙见寄画片〔一〕

此去仙源不是遥，轻帆次第上云霄。水光一色兼天尽，独自携琴过小桥。

【注释】

〔一〕安孙，即唐安仁，时在香港。

【笺疏】

唐安仁生于 1943 年 12 月 16 日。为唐恂季长女，因谢廷光病后无法生育，乃在 1945 年过继给唐君毅。安仁素为诗人钟爱，故一别之后，思念之语特多。

## 西江月 题安孙见寄画片。〔一〕

家在茂林深处，门前流水潺湲。行行绕过碧溪湾，一路花枝拂面。　彼岸茅亭高跨，抱琴翘首无言。知音痛绝伯牙弦，心与云天共鉴。〔二〕

【注释】

〔一〕1973 年本词序作“前题”。

〔二〕伯牙弦，典出俞伯牙、钟子期“高山流水得遇知音”。

【笺疏】

诗虽为题画之作，然所谓“知音痛绝”“心与云天”云云，诗人实又念及已经远去之“道义相期人”（亡夫）矣。

## 安孙以所画山水索我题诗

一

门锁春光花欲燃，数椽短屋乱红间。〔一〕风云卷翠浮浮动，拥护层阶直上天。

二

柴门深锁静如禅，应是春游兴未阑。红紫满山人不见，回头却在碧山巅。

【注释】

〔一〕乱红，此处指山花烂漫。

【笺疏】

唐安仁在港时颇从游云山（晓云法师，1912—2004）学画，初中二年级曾在沙田慈航净苑住了一夏（参见《唐君毅日记》、唐安仁《吾父吾师》），安仁早慧，未满十岁即国小毕业，就读初中算来正是此时，诗约作于 1954 年。

晓云法师素工山水。早年毕业于香港丽精美术学院及南中美术研究所，师事岭南画祖高剑父，有“岭南女画杰”之雅誉。抗战期间入蜀，于四川皈依释昌圆老和尚，后负笈印度游学四年，曾任泰戈尔大学艺术学院客座教授，与徐梵澄（1909—2000）为夫妇。1958 年依止天台宗倓虚大师出家。1967 年应台湾中国文化学院(今中国文化大学)之聘,主讲于哲学与艺术两研究所,为永久教授,并任佛教文化研究所所长之职,期间创办莲华学佛园、华梵佛学研究所。1990 年于台北县石碇乡大仑山创办华梵工学院,为中国佛教史上第一所佛教界创办之社会大学,1993 年更名为华梵人文科技大学,招收首届“东方人文思想研究所”研究生和“中国文学系”学生。1997 年升格改制为华梵大学。

法师与唐君毅在港时往来甚密。唐氏晚年常与之探讨佛学。

## 甲午岁暮

一

旧岁垂垂尽,羁愁年复年。两仪随转轴,日月走弹丸。〔一〕人事更变化,天心殊自闲。〔二〕独怜磐石稳,舒展自便便。

二

无眠夜气清,愁听远鸡声。破梦疑天晓,凌霜误月明。半窗孤影里,万里异乡情。尚想无家别,空令叹永生。

【注释】

〔一〕两仪,指天地。《易·系辞上》:“是故易有太极,是生两仪。”(唐)孔颖达疏:“不言天地而言两仪者,指其物体;下与四象(金、木、水、火)相对,故曰两仪,谓两体容仪也。”此处指阴阳时序之变更。

〔二〕天心,天意,参见卷一《对雪》诗注。

【笺疏】

诗人笔下很少出现如此凄冷的心境,其无眠深愁,很可能跟这一期间国内政治形势及子女处境有关。诗作于1954年年底。

## 同至儿、育仁孙观人驾舟劚冰砖〔一〕

明河一道结坚冰，光泽长拖五里莹。偏是商人杀风景，劈将满载入餐厅。

【注释】

〔一〕劚，砍，斫。

【笺疏】

唐育仁为唐君实（慈幼）之子。1954年5月前后，君实妻彭成蕙去世，子女分别由二姊、四姊抚养。故育仁长居苏州。此当为1954年冬季之作。

## 题二女钓鱼图 寄喻某姊妹之设计。

一

姊妹江头理钓丝，双双垂钓夕阳时。巧心设计调香饵，鸥鸟忘机也费疑。〔一〕

二

满江烟雾趁风波，钓者贪心竟若何。却向树阴笼罩下，石矶西畔再张罗。

【注释】

〔一〕鸥鸟忘机，典出《列子·黄帝》，参见卷一《寄季弟綦江》诗注。

【笺疏】

诗中所喻，是毋滥用心机之意，是戒绝贪欲之意。诗人一生喜爱庄学，并参儒、释，其心得在此。

## 雪

是芳魂片片，预报美年华。苗根漱琼液，稳结太平花。

【笺疏】

企望太平之意。

## 春雪

庭际玉兰初破萼，东风何事发狂痴。雪花竞与春花放，暖日和风却护谁。

【笺疏】

诗人秉性爱雪，此其一例。可参卷一"雪"诗多首。

## 乙未除夕

夜静万缘空，如游缥缈中。飞鸿翔海外，留迹遍江东。〔一〕七十心犹壮,孤行道未穷。旧年今夜尽,明日又春风。

【注释】

〔一〕飞鸿翔海外,隐喻唐君毅一家身处海外。留迹遍江东,指诗人自己羁留苏州。

【笺疏】

乙未为1955年,除夕日,诗人将入六十九周岁,虚龄七十,向道之情不减,且壮怀尤烈、乐观坚强,期盼来岁之春意,正是心气健旺之反映。该年3月5日《唐君毅日记》:"今日为母亲六十八岁生日,时局如此,不知何日能得见,唯有遥祝吾亲康寿耳。"

## 寄示安孙

安安去后,忽忽如有所失。于枕上成诗一首。〔一〕

天道斯难问,人情可奈何?别离在今夕,惟嘱慎风波。

【注释】

〔一〕1973年本题为"示安孙",无诗序。位置在"丙申夏秋间侄儿养病家中有作"之后。

【笺疏】

唐安仁自幼随诗人生活。据《唐君毅日记》1956年3月22日:"得母亲信望廷光、安安去穗一游,惜今不能去,命安安绘一画去祝寿,母亲明日为进七十生辰,相距咫尺竟不得返,悲载。"日记4月5日又记:"晨送安安与唐端正去广州看母亲。"4 月 8 日下午安安从广州返回。故此诗当作于 1956 年 4 月 8 日之后,挚爱女孙一面之后匆匆回港,诗人更加思念,故有此作。

【系谱】

文革之前香港、广州两地来往尚较方便。1964 年母病之时、唐先生尚拟托女佣金妈前往广州六妹处送药邮寄、以图其快捷(《母丧杂记》)。但唐先生深知自身不在"方便"之列:"本来近来亦有不少人回去又出来的。但是学术界的人,今尚莫有回去的,因回去后必被留住,如勉强再出,又伤感情,所以不如不回。"(1957 年致母亲函)所以尽管念母至苦,却宁忍 13 年之别离,始终没有返回内地。

唐君毅生性至孝,最敬师长(例如其为评奖居汤用彤先生前而拒绝领奖以必调其秩序事),《母丧杂记》有谓:

自念余若有微善,得不见弃于贤者,皆吾父母师友及昔先圣贤之教化熏育之所致,顿悟佛家言回向,凡有丝毫功德,皆当回向他人。此与基督言光荣归主,儒家之言让德于天、善归父母,同具深旨。

但在 1952 年春致梁漱溟信函中(梁函中或有"劝回"之意),他同样明确表达了"此间但可一日居,即拟暂不返国"的态度,这一"不敢以私意昧良知"的取舍,诚堪玩味。

## 观群童搏斗为戏

丙申年,从穗返苏州,某夜于枕上得诗四章。[一]

一

群童酣搏斗,对立分两行。或持小手杖,或握短木枪。或据要路津，或者守严防。山头敌拥出，旌旗耀日光。喊声震天地，沙石走琳琅。群童望风靡，敌忾肆嚣张。〔二〕观者长叹息，作剧何荒唐。

二

中有三五童，称为大队长。即不识时务，又恐死场疆。临阵反怯敌，甘为虎作伥。事急末如何，倒戈竞奔藏。自谓得其所，适足取败亡。

三

一童年纪小，天性颇纯良。见状大悲愤，形势反仓皇。热泪迸以出，鹄立在路旁。宁愿被所弃，何耻相扶将。观者胆欲裂，恐池鱼及殃。大声更疾呼，无复应声响。

**四**

依韵赞曰：智者识时务，无隅乃大方。〔三〕仁者固不忧，鸢飞戾穹苍。〔四〕钦哉小儿郎，前途悠且长。坚定尔志向，当仁不让，祖国建设正辉煌。欢迎游子归故乡，姊姊妹妹弟弟兄兄一齐携手向前往。美哉小儿郎！嘉尔景福，祝尔永康，驻看他日增国之光。〔五〕

【注释】

〔一〕1973 年本该诗被置于《南歌子自香港别毅儿夫妇并安孙》之后，诗序为“五二年，从穗返苏州，某夜于枕上得诗四章”。而丙申年则为 1956 年。

〔二〕忾，愤怒、愤恨。

〔三〕时务，典出《晏子春秋·霸业因时而生》：“识时务者为俊杰，通机变者为英豪。”无隅，典出老子《道德经》四十一章：“大白若辱，大方无隅，大器晚成，大音希声，大象无形。”

〔四〕仁者不忧，典出《论语·宪问》：“君子道者三，我无能焉，仁者不忧，知者不惑，勇者不惧。”

〔五〕景福，大福。《诗·小雅·小明》：“介尔景福。”驻看，即驻足观看。驻，停留。

【笺疏】

诗人颇能与时俱进。此时对于“祖国建设”尚且心存乐观。故这期间曾有劝说唐君毅回国之议（参见 1957 年唐致母亲函）。1952 年梁漱溟等人亦均曾劝说唐先生回国（参见唐君毅《书简》）。唐君毅则一律婉言拒绝，始终保持“独握天枢，以争剥复”之愿心，期待中国文化将来能够魂兮归来、全面复苏。

此诗即诗人乐观精神之流露。

## 丙申夏秋间，至儿养病家中，有作七首〔一〕

一

背街院落似乡村，十数人家共一园。卜宅居中通僻径，攀条架作小圆门。

二

篱落疏疏挂夕晖，茑萝红绕荜门关。〔二〕新畦画作蒲团式，又买秋花几钵回。〔三〕

三

何当新霁便分秧，日运盆花树下藏。稚子也知爱秋色，三三两两竞奔忙。

四

病躯无那学栽花，又种西柿又种瓜。最是顽童偏好事，偷偷摘却嫩根芽。

五

力不能胜一把锄，小镰掘土气吁吁。可堪满目皆生意，病树前头万木舒。

六

敢辞粉笔事栽培，且喜枝头朵朵蕾。人力天工同样巧，向阳花木已先开。

七

潜师老圃壮精神，辟却荒芜满地新。日涉有情皆好伴，柴门开着少来人。

【注释】

〔一〕全集本定题为“西江月”。但这一组诗无论就句法还是结构看，应该并非《西江月》。《西江月》一般是上下片，五十多字，且起句都是六言句式。而

1973 年手抄本并无“西江月”之题。酌改如次。

〔二〕全集本作“(荜门)关”,1973 年本作“开”。茑萝,一年生草本植物,茎缠绕,叶羽状细裂,花冠细长,花白色或红色。《诗·小雅·頍弁》:“茑与女萝,施于松柏。”荜门,用竹、树枝编成的门。引申指寒门。《三国志·魏志·管宁传》:“环堵荜门,偃息穷巷,饭鬻糊口,并日而食。”

〔三〕蒲团,信奉佛教、道教者打坐或跪拜时所用的蒲草编成的团形垫具。

【笺疏】

唐至中 1952 年在苏州振华女中(后改为女子中学)教书。后调入苏州第四中学和苏州中学。1959 年底因心脏病与学校办了留职停薪手续。是举,为唐君毅坚持如此办理。他认为可由自己寄钱来供母亲、妹妹生活,应该为国家省下这笔钱(唐晓帆《回忆母亲》,未刊稿)。此组诗为 1956 年夏秋唐至中暂停教职、养病家中时诗人所作。故诗中有“敢辞粉笔”语。“可堪满目皆生意,病树前头万木舒”“人力天工同样巧,向阳花木已先开”,因为体道亲切,故诗人的心情与精神依然是乐观的、豪迈的。

时诗人居苏州十全街(章太炎弟子李根源的房子)。诗中描绘,即此宅之景致。

## 书寄灵婿

饱经艰险胆犹雄,飘泊生涯思未穷。城市山林留不住,沧波万顷一艨艟。〔一〕

【注释】

〔一〕艨艟,古代的一种战船。船体用牛皮保护。此处泛指船只,盖为胥灵臣就职海关，故有此语。

【笺疏】

此诗人寄赠六女婿胥灵臣作。胥在新中国的处境一直不够乐观，文革之后尤甚（参见唐晓帆《回忆母亲》，未刊稿）。此处所谓“饱经艰险”语，或非无意。

## 丁酉年春二月，七十初度，喜雪，并怀毅、恂、慈、宁诸儿

一

七十童心不称老，时与儿孙作计较。阶前堆作雪人儿，笑婆比他年还少。

二

自叹痴愚且庸俗，碌碌身世日以促。〔一〕春风夜放大同花，明年同宴天伦乐。〔二〕

三

二月春风偏使性，融化雪花无本领。全靠日出助威风，光力才施忽成饼。

四

开窗明月照积雪，想见川原皓无极。一夜愁怀五处家，雪花有信传消息。

【注释】

〔一〕駸駸,马行疾貌。引申为疾速、急迫。

〔二〕大同,典出《礼记·礼运》:"大道之行也,天下为公。选贤与能,讲信修睦,故人不独亲其亲,不独子其子;使老有所终,壮有所用,幼有所长,矜寡、孤独、废疾者皆有所养。男有分,女有归。货恶其弃于地也,不必藏于己;力恶其不出于身也,不必为己。是故谋闭而不兴,盗窃乱贼而不作。故外户而不闭,是为大同。"

【笺疏】

丁酉为1957年,诗人七十岁。时居苏州,故有怀分别在香港(君毅)、四川(恂季、慈幼)、广州(宁孺)的子女,并苏州二女,其时一家人共分五处居住。虽然现实难免颠沛流离,然道无加损,故已颇"见道"的诗人也自有一份静定超然,所谓"七十童心不称老",所谓"春风夜放大同花"。

## 垫脚歌〔一〕

劝君嵯峨邻碣石,沧海灿烂观日出。〔二〕劝君深隐碧山西,源泉混混洗春衣。〔三〕君不见圆颅方趾顶天立,大地平坦无阶级。〔四〕笼盖四野邈无极,乐山乐水各自由,何曾斯须滞行迹。〔五〕君不闻猿啼鹤唳也清爽,车马霹雳千崖响。劳尘鼎沸蒸汽腾,势如战舰排巨浪。又不闻,讲坛振铎声琳琅,春风满座春花香。中华花结大同实,中华花实永芬芳。君以为,崇楼大厦无比数,莫非基于败泥土。故君遍体嶙嶙骨欲灰,犹然坚若四维擎天柱。君竟如此顽强不识忧,病伏驽马恋槽头。恋槽头,几时休?盍观天地旷悠悠,君或疑彼兮,彼兮何人斯？岂因滥醉发狂辞。发狂辞，不自知，替君歌哭不为痴。

【注释】

〔一〕垫脚，俗谓用干土或碎草等铺垫牲畜的棚和圈为“垫脚”。诗以此题，或乃示以警策、激励意。

〔二〕碣石沧海，典出（魏）曹操《观沧海》：“东临碣石，以观沧海。水何澹澹，山岛竦峙。树木丛生，百草丰茂。秋风萧瑟，洪波涌起。日月之行，若出其中。星汉灿烂，若出其里。幸甚至哉，歌以咏志。”

〔三〕混混，同“滚滚”。水流不绝貌。典出《孟子·离娄下》：“原泉混混，不舍昼夜。”《世说新语·言语》：“裴仆射善谈名理，混混有雅致。”

〔四〕圆颅方趾，典出《淮南子·精神训》：“故头之圆也象天，足之方也象地。”后以“圆颅方趾”指人类。参见（宋）方逢振《赠山屋相士》：“圆颅方趾具仁端，性体由来只一般。若见里头腔子黑，相书已作死人看。”

〔五〕乐山乐水，典出《论语·雍也》：子曰：“知者乐水，仁者乐山。知者动，仁者静。知者乐，仁者寿。”

【笺疏】

1957年身处内地，诗人“大地平坦无阶级”“乐山乐水各自由”的盼望不当落于空地。“滞行迹”之具体所指，似也不难理解。“如此顽强不识忧，病伏驽马恋槽头”之此君为何人？劳得诗人替其歌哭？此或非仅一人之恩怨，一姓之哀愁。

## 临江仙 丁酉仲冬偶书以寄毅儿。〔一〕

游子无家归未得，十年憩息香洲。老身差健可无忧，放怀家国

事,开展皱眉头。　　宇内忘形能有几,委心随运欢游。〔二〕渊明味道恰相投,蝶周同一梦,栩栩欲何求。〔三〕

【注释】

〔一〕仲冬,冬季的第二个月,即农历十一月。处冬季之中,故称。《书·尧典》:“日短星昴,以正仲冬。”1973 年本无“丁酉仲冬”。

〔二〕委心,对自己的心志不加束缚,任其自然。《淮南子·精神训》:“委心而不以虑。”(晋)陶潜《归去来辞》:“曷不委心任去留?”

〔三〕蝶周,即庄生梦蝴,典出《庄子·齐物论》。

【笺疏】

按全集本诗序时间,则此为诗人 1957 年仲冬寄长子之作,殷殷劝导儿子“放怀家国事,开展皱眉头”。《唐君毅先生年谱长编》有谓:“唐先生从小敏感,每到黄昏,或天色阴暗,就皱眉扁嘴,露出想哭的神情。想到天不知有多大,就被这种想法震骇。稚小的心灵里,一直对宇宙怀有苍茫之感。”皱眉这一表情的确常见于唐先生生平照相。知子莫如母,故此诗人诗中并以庄子、陶潜委心任运、襟怀洒落之说相教。

## 临江仙　**返苏州后忆安孙。**

泣别牵衣才几日,天涯七度春秋。惜裙连带思悠悠,眼前诸稚子,浑似小毛牛。〔一〕　　但愿大同归故国,其余无个些愁。披书且与古人游,胸中云梦绝,息息绕天流。〔二〕

【注释】

〔一〕裙带,喻对长子一家的牵挂萦怀。参前《南歌子自香港别毅儿夫妻并安孙》

诗注。

〔二〕披,披览,翻阅。胸中云梦,《庄子·齐物论》:“且有大觉而后知此其大梦也。”成玄英疏:“唯有体道圣人,朗然独觉。”(汉)司马相如《子虚赋》:“乌有先生曰:‘……且齐东陼巨海,南有琅邪……秋田乎青丘,彷徨乎海外,吞若云梦者八九于其胸中,曾不蒂芥。’”(宋)苏轼《次韵程正辅游碧落洞》:“胸中几云梦,余地多恢宏。”

【笺疏】

唐安仁赴港时在1950年11月15日,故距离1957年正好七年。诗人暮年思念儿孙,自然希望其能早回故国。但同时更表达了自己足以上友古人、自有体道之乐的卓越情怀。“胸中云梦绝,息息绕天流”,七十老妪而有此超迈意境,宁不令人击节赞叹、再拜敛手?!

## 西江月 回忆在港时同安仁小孙出游。

一

老景偏怜娇小,当年携往香洲。身长未及我肩头,还得扶婆游走。　亲戚尝相赞美,娇憨未解离忧。笑婆一似白沙鸥,鬓险些儿白透。

二

天末晓星未落,海边风景清幽。渔樵问答任胡诌,情景还能忆否。　海口红翻霞浪,歌声惊起浮鸥。相依闲坐石桥头,鱼鸟亲如故旧。

【笺疏】

此怀念女孙唐安仁之作。香港罗湖桥头一别,不料即成生死离别。对于唐氏母子,无疑都是痛中剧痛。不言思子,儿子自在其中。

## 投笔

投笔务农业,无家一身轻。田间除野草,雾里听鸡声。体倦精神爽,山高流水清。神农传千古,大舜亦躬耕。

【笺疏】

1950 年代以后,一时被迫或主动"投笔务农"者颇有。诗人居然美之以高山流水、神农尧舜之宏图大志,精神亦足乐观矣。

## 读云生先生文史馆诗会应征诗后杂赋〔一〕

一

驱遣日月如鞭马,上苍谁为主之者。工程辐辏争喧哗,衮衮劳模风云泻。

二

霁色宜人何熙熙,平畴电掣拖拉机。朝播金黄麦穗风,暮成面粉助新炊。

三

足食足兵且足信，兵食为末本在信。车无輗軏安可行，夫子谆谆有明训。[二]

四

百鸟争鸣春意闹，推陈出新天孙巧，城乡到处管弦声，夫子在也莞然笑。

五

天花乱坠趁斜晖，辞根旧壤不思归。童稚捉花绕庭户，脚带污泥入锦帏。

六

中原日出红光满，光而不曜长温暖。林池树鸟演法音，川流敦化无遗憾。[三]

七

从容中道圣人也，栖栖皇皇胡为者。[四]闻道老聃不尚贤，江海能为百谷下。[五]

八

仙乐风飘入梦来，来不须臾却复回。明月满窗人独坐，是耶非耶颇费猜。

【注释】

〔一〕云生，推论当即为迪风公生前好友彭云生(1887—1966)，彭是古典文学研究专家，名举，字云生，又作芸生、芸荪、芸村，四川省崇庆县人，晚年居成都老西门外，宅门镌有“芸庐”二字。1951 年 11 月起任四川省文史馆馆员。唐君毅《〈孟子大义〉重刊记及先父行述》曾记，1927 年唐家从江南返成都后，迪风公“又与诸父执，如彭云生先生等，共创办敬业学院。学院只设文学院，以吴芳吉先生主持中国文学系，蒙文通先生主持中国历史系，刘鉴泉则主持中国哲学系，吾父被推为院长。彭云生先生则任教务，而实主持校政。故此学院之创设，以云生先生之功为最大。顾云生先生及其时学院之若干教师，籍青年党，为其时国民政府之教育部所不喜，学院遂不得正式立案。吾父既殁，云生先生更苦心支持数年，至民国二十四年而停办矣”。

〔二〕輗軏，车辕和车衡相衔接的插梢(销钉)，用于大车的称輗，用于小车的称軏。典出《论语·为政》：“大车无輗，小车无軏，其何以行之哉?”(唐)韩愈《送文畅师北游》：“已穷佛根源，粗识事輗軏”。

〔三〕林池句，佛经中对于西方极乐世界的描绘。《佛说阿弥陀经》：“佛告长老舍利弗：从是西方，过十万亿佛土，有世界名曰极乐。其土有佛，号阿弥陀，今现在说法。……复次舍利弗，彼国常有种种奇妙杂色之鸟：白鹤、孔雀、鹦鹉、舍利、迦陵频伽、共命之鸟。是诸众鸟，昼夜六时，出和雅音。其音演畅五根、五力、七菩提分、八圣道分，如是等法。其土众生，闻是音已，皆悉念佛、念法、念僧。……是诸众鸟，皆是阿弥陀佛，欲令法音宣流，变化所作。舍利弗，彼佛国土，微风吹动诸宝行树，及宝罗网，出微妙音，譬如百千种乐，同时俱作。闻是音者，自然皆生念佛、念法、念僧之心。”川流敦化，《礼记·中庸》：“小德川流，大德敦化，此天地之所以为大也。”

〔四〕从容中道，合乎道义。《礼记·中庸》：“诚者，不勉而中，不思而得，从容中道，圣人也。”（唐）孔颖达疏：“从容闲暇而自中乎道。”《汉书·董仲舒传》：“万民皆安仁乐谊，各得其宜，动作应礼，从容中道。”（明）杨慎《丹铅总录·人品·尹和靖对宋高宗》：“儒者对君之言，从容中道若此，所养可知矣！”栖栖，忙碌不安貌。《诗·小雅·六月》：“六月栖栖，戎车既饬。”（宋）朱熹集传：“栖栖，犹皇皇不安之貌。”《论语·宪问》：“丘何为是栖栖者与？无乃为佞乎？”皇皇，惶恐貌，彷徨不安貌。皇，通“惶”。《礼记·檀弓上》：“既葬，皇皇如有望而弗至。”《孟子·滕文公下》：“孔子三月无君则皇皇如也。”

〔五〕老聃，即老子（名聃），《道德经》第三章：“不尚贤，使民不争；不贵难得之货，使民不为盗；不见可欲，使民心不乱。是以圣人之治，虚其心，实其腹；弱其志，强其骨。”江海能为百谷下，《道德经》第六十六章：“江海所以能为百谷王者，以其善下之，故能为百谷王。是以圣人欲上民，必以言下之。欲先民，必以身后之。是以圣人处上而民不重，处前而民不害。是以天下乐推而不厌，以其不争，故天下莫能与之争。”

【笺疏】

这是诗人诗集中新时代气象最为凸显的一组诗。“工程辐辏，衮衮劳模”，包括风驰电掣之拖拉机，一一皆能入诗。只是“兵食为末本在信，夫子谆谆有明训”，诗人之心毕竟还是别有制裁。“明月满窗人独坐，是耶非耶颇费猜”更是对1958年前后时局的真实写照。考虑到此为“文史馆应征诗”读后有所感，抑或此种四处洋溢的新气象，正为婉约而讽也。唐君毅《母丧杂记续记》中尝言：

近来捡出吾母旧信，母皆亲书月日，而年历则无。母最后一信，为去年十二月所寄。时母尚未病，信中风趣如昔。母谓梦见一大风车，忽尔崩倒，有青蛙在旁作笑。继言宇宙不会毁灭，如毁则众生将何所凭依云云。

二妹来函，言母在入医院后，初病愈即嘱五弟往理发，谓吾生日将届云云，及病重遂不复言此事。唯对二妹自谓其若有不测，吾必悲痛，不宜相告。但又谓吾于学问已有所得，悲痛亦应可已云云。吾母生前原已有见于道，尝信人生有死而不亡者存。吾亦尝与吾母言及此义。吾母谓吾学问有所得亦指此。

吾母逝世，念吾母生前尝信佛，故为吾母在慈航净苑诵经。吾亦净居其中者十日。佛家初由感生死事大而发心。吾读中国之高僧传，又见其多由父母死而后发心出家。佛经中有报父母恩经者，首纪释迦对白骨而拜，谓此为其无量劫中之父母。

此种“见道”且“信佛”又甚“风趣”之诗人，正不妨作背面傅粉读。

唐君毅《母丧杂记续记》又言：“佛教徒谓彼西方极乐世界：‘林池树鸟，皆衍法音。’吾母在世，尝为我言，谓此二语，使人难以忘怀。”

## 胡马〔一〕

一

胡马长嘶天地小，思过中原而大嚼。温暖地区春日长，杨柳春风天漠漠。

二

朔方河水坚可蹈，宜其生性寒且燥。饕肠结疾水土殊，五花埋没荒山道。〔二〕

【注释】

〔一〕胡马，《古诗十九首·行行重行行》：“胡马依北风，越鸟朝南枝。”

〔二〕饕肠，饕餮之肠，形容贪吃。五花，即五花马，形容马之珍贵。

【笺疏】

胡马长嘶，天地窄小，五花埋没，水土崩疾。诗人写马乎？写人乎？这不是快乐的诗。杨柳春风之期盼毋宁更像“生活在别处”。未知是否与这期间次子君实的落难有关。

## 为长子毅五旬生日作

融融冬日，暖如春昼。漠漠大地，孕育灵秀。吾儿降生，一元初透。〔一〕东君与立，旧岁告休。〔二〕恭元春喜，贺粥米酒。

煌煌华堂，宴集亲友。敬献鲜花，旋奉佛手。烛燃龙凤，香喷金兽。爆竹于庭，磬鼓三奏。肃肃威仪，依次荐羞。〔三〕童稚欢腾，玩狮舞虬。儿生逢辰，因缘巧遘。〔四〕纷其内美，得天独厚。名儿曰毅，坚尔信受。浴儿芳香，衣儿文绣。重以修能，人天共佑。〔五〕勤斯敏斯，匪伊邂逅。〔六〕三岁免怀，忘其美丑。〔七〕喜弄文墨，凡百好求。趋庭问字，意义必究。憨态孜孜，恐落人后。阿舅笑曰，此儿似猴。

爰及于今，五十春秋。际此初度，莫负良由。欢携稚子，偕同佳偶。幸得英才，便邀朋俦。相与挈壶，载越层邱。太平山顶，碧草油油。海湾环抱，跨海东头。席地闲谈，弦管悠悠。生生之意，绿通平畴。〔八〕勉哉吾儿，厥德允攸。〔九〕儿虽五十，面容尚幼。再遇五十，母为儿寿。

【注释】

〔一〕一元初透，儒家、道家、医家玄理性名词。又称一先、一炁。事物的开始，阴阳未分的混沌状态。《玄珠心境注》：“世有得一元，便能艰苦寂寞，冥心炼形，自然神凝形释，骨肉都融。”

〔二〕东君，屈原《九歌·东君》：“暾将出兮东方，照吾槛兮扶桑。抚余马兮安驱，夜皎皎兮既明。”自唐宋以来，诗人常把春神称作东君。

〔三〕荐羞，向鬼神、王公奉献的祭品或食品。《周礼·天官·宰夫》：“以式法掌祭祀之戒具，与其荐羞。”（汉）郑玄注：“荐亦进也，备物品曰荐，致滋味乃为羞。”

〔四〕遘，《说文》：“遘，遇也。”

〔五〕“纷其内美、重以修能”典出屈原《离骚》：“纷吾既有此内美兮，又重之以修能。”

〔六〕匪伊，匪，不是；伊，助词。

〔七〕三岁免怀，典出《论语·阳货》：“子生三年，然后免于父母之怀。”

〔八〕生生之意，绿通平畴，典出《宋元学案》中《濂溪学案》《明道学案》，参见卷三《示恂儿》诗注。

〔九〕厥，代词，其。允，肯定副词，可译为果真、的确。攸，水流貌，此为期待儿子德行周流长远。

【笺疏】

唐家人纪生多以周岁计（例如诗人七十初度乃在 1957 年），故该诗当为 1959 年 2 月 3 日唐君毅生日而作。是日唐氏日记有记：“今日我五十岁，晚上祭祖。”诗人将对长子的全部疼爱、自豪与敬意，均浓缩诗中。

或言母之于子，不宜有“敬”？然此于唐氏母子，或为实请。唐先生生小宅心仁厚，于家庭责任感极强。唐至中《我的哥哥》中曾记：

我幼年时，某次哥哥为我剪发，母归，见我头发甚难看，怒批其颊。哥哥曾因此一度耳聋，连入夜更声亦不闻矣。久之，乃恢复。其后，母每谈及此事，失悔不已，且甚感哥哥日后毫无怨色之可爱。

此种"可爱"，毋宁更是敬爱。

## 代至、恂、慈、宁诸儿祝长兄寿

一树五枝，一枝独秀。花叶纷披，掩映长流。长流伊始，发源亚洲。洲次伊何，五洲之首。〔一〕我有长兄，同胞足手。浴德仁考，高蹈前修。〔二〕熏然仁慈，物我无咎。〔三〕

上苍之德，无声无臭。〔四〕平地之德，曰宽曰厚。〔五〕巍巍五岳，漠漠五洲。世界大同，责在华胄。温温君子，惟道是求。〔六〕教化流行，充实宇宙。敬斯良辰，祝兄万寿。

【注释】

〔一〕伊始，初始，开端。伊何，为何，作什么。《诗·小雅·頍弁》："有頍者弁，实维伊何？"

〔二〕浴德，修养德性。《礼记·儒行》："儒有澡身而浴德。"（唐）孔颖达疏："浴德，谓沐浴于德，以德自清也。"仁考，此处指唐迪风。"考"，亡父，《礼记·曲礼下》："生曰父曰母曰妻，死曰考曰妣曰嫔。"

〔三〕熏然仁慈，温和貌；和顺貌。《庄子·天下》："熏然慈仁，谓之君子。"物我无咎，物我安泰无灾殃。《易·乾卦》："君子终日乾乾，夕惕若，厉无咎。"

〔四〕上苍之德，典出《诗·大雅·文王》。

〔五〕平地之德，典出《周易》："地势坤，君子以厚德载物。"

〔六〕温温，《诗·小雅·宾之初筵》："宾之初筵，温温其恭。"（汉）郑玄笺："温温，柔和也。"（唐）杜甫《赠郑十八贲》："温温士君子，令我怀抱尽。"

【笺疏】

此是诗人替其他四位子女写给长子君毅的五十寿辞。"熏然仁慈，物我无咎"，已经"见道"之为母者能如此评价长子，并非私爱，乃出公德。唐至中《我的哥哥》文中尝言：

哥哥自二十三岁起，即负担一家生计。母亲晚年，即常以哥哥偌大岁数，尚须养母而不安。常觉在吸哥哥脑汁，更何况我等妹弟！

此为唐先生的确能够"浴德仁考，高蹈前修，温温君子，曰宽曰厚"的明证。

## 示慈儿

一

鱼跃渊中，鸢戾天空。泰山之石，南山之松。居则谨慎，行则从容。名汝慈幼，偃草德风。〔一〕以此示汝，君实斯从。

二

汝等连枝骨肉，更无外力可入。侄辈尽心教养，天经地义一著。〔二〕

【注释】

〔一〕偃草德风，典出《论语·颜渊》："季康子问政于孔子曰：'如杀无道，以就有道，何如？'孔子对曰：'子为政，焉用杀？子欲善而民善矣。君子之德风，小人之德草，草上之风，必偃。'"又《尚书·君陈》："尔惟风，下民惟草。"

〔二〕天经地义,《左传·昭公二十五年》:"夫礼,天之经也,地之义也,民之行也。"

【笺疏】

慈幼(君实)1959年因"历史问题"以"反革命罪"劳教两年多,被释放后,1962年来到苏州依附二姐生活(唐育仁《我的父亲唐君实》,未刊稿)。诗人虽难免心情为之忧伤沉重(唐晓帆《回忆母亲》,未刊稿)。但这两首特意写给儿子的诗,其一则仍是表现了诗人一贯以道自任的静定达观。其二则不啻提前咐嘱子女在自己身后要团结协作,连体之爱无能间入。唐家弟妹尤其唐君毅、唐至中之对家族事务终生勇于承荷,也确实做到了母亲的期望。

## 渔樵问答

靠水生涯人笑痴,入山樵者鼻嗤之。问君满腹装何物,为道便便是钓丝。〔一〕

【注释】

〔一〕便便,腹部肥满貌。

【笺疏】

寓意诗。一肚"钓丝"者,难乎其为人。《后汉书·文苑传上·边韶》:"韶口辩,曾昼日假卧,弟子私嘲之曰:'边孝先,腹便便。懒读书,但欲眠。'韶潜闻之,应时对曰:'边为姓,孝为字。腹便便,五经笥。'"所谓苏学士(东坡)"一肚皮不合时宜",正与此同。

## 浪淘沙 不暇自哀。〔一〕

不暇自伤悲，往事皆非，声声杜宇送春归。花外绿肥遮不住，掩映斜晖。　　白发满头栽，冲倒冠哉，愁云敛尽月华开。谁毙阴枭在草地，待我来埋。〔二〕

【注释】

〔一〕1973年本无诗序。

〔二〕枭，鸟名。猫头鹰一类的鸟，亦为鸟纲鸱鸮科各种鸟的泛称。旧传枭食母，故常以喻恶人。阴枭，(宋) 梅尧臣《闻王景彝雪中禖祀还》诗："坛场祠乙鸟，桑柘响阴枭。"

【笺疏】

"不暇自哀"或正为有所自哀。诗人此刻少有的低落情绪，应该跟儿女在1950年代之后的遭遇有关。

唐君毅早年所著《柏溪随笔》之二(谢斯骏提供，发表于何处已不清楚)最后有一小段为作者附记：

誊录旧作随笔二十四则。熄灯见月色朦胧，知天将晓。闻梅庵枭声，还步至六朝松下，待明月归去。忽成打油诗二句"谁知月落星稀后，一片清冷万古心"，前二句不可得。然我深深祈愿：我之心灵长住此时心境，故附笔于此。二十六年一月二十九日黎明。

母子二人俱能闻枭起兴，亦可谓息息相应。

## 浪淘沙 老农自述。

种豆后园中，老迈龙钟，荷锄虽苦酒盈盅。见说劳工是神圣，与我相同。　　稚子惯追踪，笑脸霞红，腰间铜鼓响叮咚。耀武扬威人道是，小小英雄。

【笺疏】

老农与稚子，一老迈一威武，可以相映成趣，抑或相映成悲。既然无暇置身事外，则“劳工神圣”之时代风尚亦理所当然要进入诗人关怀。

## 浪淘沙　幽居。

摇摆出邻墙，潇洒新篁，犹闻解箨散清香。〔一〕松柏两廊排翠幛，一若禅堂。　　乳燕也匆忙，掠过莲塘，并州快剪挂身旁。〔二〕剪断春魂成缕缕，比柳丝长。

【注释】

〔一〕篁，竹丛；竹林。箨，包在新竹外面的皮叶，竹长成而逐渐脱落。俗称笋壳。（晋）谢灵运《于南山往北山经湖中瞻眺诗》：“初篁苞绿箨，新蒲含紫茸。”

〔二〕“并州快剪”见前卷四《一池春水》，此处指燕尾。

【笺疏】

暮年偷闲之作，而多见新燕嫩竹之生机，正诗人心态之流露，还是光风霁月时多。

## 有会而作

物候循环秘若神，年年岁岁去来今。〔一〕深山夕照樵斤响，古渡渔舟欸乃音。[二]迎刃花枝齐解脱，濯足江湖不染尘。海天尽处知何物，为道那边还有人。

【注释】

〔一〕物候，自然界中反映气候季节变化的生物和非生物现象。

〔二〕樵斤，斧子一类工具，（宋）陈与义《觉心画山水赋》："有木偃蹇，樵斤所难。"《孟子·梁惠王上》："斧斤以时入山林，材木不可胜用也。"欸乃，象声词，原指行船摇橹的声音，后经唐元结之创而成为《欸乃曲》："大历丁未中，漫叟结为道州刺史，以军事诣都使。还州，逢春水，舟行不进，作《欸乃》五章，令舟子唱之，盖以取适于道路云。"

【笺疏】

诗人所言"有会"，乃是体道之会。此正九州之外更有世界，今生之外乃有来生之谓。以"花枝"而"迎刃"，诗人之体会与出语，都不可不谓尖新。濯足江湖而期之以不染尘埃，诗人暮年精光有如是者。正不妨参读朱熹《九曲棹歌》之《五曲》诗："五曲山高云气深，长时烟雨暗平林。林间有客无人识，欸乃声中万古心。"以及唐先生《柏溪随笔》附记"一片清冷万古心"之情调。

## 不可一日闷缩缩

熊子真先生《示至儿书》以"不可一日闷缩缩"为题，嘱为诗，因就书中"宁可"二语续成。[一]

一

宁可一日不食肉，不可一日闷缩缩。[二]闷缩缩兮倾家酿，莫教

怀抱耻尘爵。〔三〕朝来醉眼不逢人，但见海沤浮浮摇空碧。〔四〕万里乾坤如是观，茂叔窗前草自绿。〔五〕

二

闲来问讯桃源洞，云是五柳先生宅。〔六〕愿借南村一亩地，长事先生半耕读。〔七〕

【注释】

〔一〕熊子真即熊十力(1885—1968)。熊十力，字子真，乃现代新儒家开宗大师。

〔二〕宁可食无肉，典出(宋)苏轼《于潜僧绿筠轩》："宁可食无肉，不可居无竹。无肉令人瘦，无竹令人俗。人瘦尚可肥，士俗不可医。"此处化用其意。

〔三〕尘爵，因无酒而生尘的酒盏，典出(晋)陶渊明《九日闲居》："尘爵耻虚罍，寒华徒自荣。"意本《诗经·小雅·蓼莪》："瓶之罄矣，惟罍之耻。"

〔四〕海沤，谓海中水泡。《楞严经》卷六："空生大觉中，如海一沤发。"佛教用水泡比喻生命的空幻。后以"海沤"比喻事物起灭无常。(唐)司空图《二十四诗品·含蓄》："悠悠空尘，忽忽海沤，浅深聚散，万取一收。"摇空碧，参见南北朝民歌《西洲曲》："卷帘天自高，海水摇空绿。海水梦悠悠，君愁我亦愁。南风知我意，吹梦到西洲。"

〔五〕茂叔句，典出《宋元学案·濂溪学案》：周茂叔窗前草不除去，云"与自家意思一般"。参见卷三《示恂儿》诗注。

〔六〕五柳先生，即陶渊明，桃源洞典出其名篇《桃花源记》。

〔七〕长事先生半耕读，此诗人代至中表态，愿奉熊氏为师之意。

【笺疏】

熊十力与唐家可谓世交，唐迪风 1925—1927 年就学支那内学院时本就抱定

“学儒”宗旨，对于一心振奋儒宗并且因此与宜黄一派几度交恶的熊氏不会陌生。唐君毅在中央大学读书期间修学过熊氏主讲的课程。唐氏其他子女亦多从熊氏问学。唐至中一生以未能从事深造学问为憾（至中毕业于成都敬业学院，为补助家庭，毕业后即在小学、中学任教），故常通过信函向熊十力、梁漱溟等当代宿学请益。目前《熊十力论学书简》（上海书店出版社，2009）中至少保留了三封熊十力致唐至中的信函。但此信不见。

1940 年前后，熊十力住四川五通桥黄海化学研究所其间，唐君毅不时往访。一次熊先生对唐说：“我老了，我的学问尚无人继承，学生中唯你与宗三可以寄望，今后你不要再到大学教书，就跟我住在一起，钻研学问。”唐氏回答：“我不但要跟先生，而且要学更多学问。”熊先生听后十分生气，以为“你们年轻人就是好名好利，完全不能体会老年人的心情”。唐先生知道伤了熊先生的心，乃默然退下（刘雨涛：《怀念唐君毅先生——唐君毅先生二三事》）。据唐氏后人回忆，诗人去世之后，唐恂季携家出蜀奔丧，曾带其子王康至沪上看望熊先生，称“熊公公”为“大舅的老师，阿婆的诗友”（王康《后语》）。大舅即指唐君毅，阿婆即指诗人。

唐君毅在《中国文化之精神价值》“第十一章，中国文学精神”中特意标举：“周秦以降，吾尝谓梁武帝《西洲曲》（注者按，《西洲曲》一般认为是南北朝民歌，作者佚名，此处为唐先生记忆不确），与张若虚《春江花月夜》，乃中国文学中，最能极回环婉转之致之代表作”，其中特意节取了《西洲曲》泰半以示意其为“中国式之爱情”。此前文中又谓“忆吾少时读唐诗，曾特注意中国诗句之用‘无’‘空’‘自’‘不知’‘何处’‘谁家’等字此处，且特感趣味，尝集之成册”，其中就包括《春江花月夜》“谁家今夜扁舟子，何处相思明月楼”在内。这一有趣的精神趋同，如此诗中对“海沤浮浮摇空碧”的意象格外兴趣，母子如何彼此影响，已经不得而知。唐先生又曾举（唐）王冑之“庭草无人随意绿”，以为与（唐）薛道衡之“空梁落燕泥”皆真“表达忘我而无我之最高境界”，此中的虚实相涵摄受，正被唐先生以为中国文化精神之真髓。唐宁孺《忆大哥》一文特别记下兄长对自己的启示:“以为人不知我,实胸中臆造。天下本无事,所以有此念,乃偏爱‘我’之甚也。”

诗人晚年曾对熊十力做出“如天地一孤啸”这样深刻的判断(唐君毅 1956 年 6 月 20 日致牟宗三函中转引),实可谓知音之言。宜乎会有熊先生特意嘱其为诗之举。并非巧合的是,唐先生自己于临终巨著《生命存在与心灵境界》一书后序中亦云:“熊先生一生孤怀,亦唯永念之而已。”据 1973 年唐君毅编后记,该诗作于癸卯(1963 年)十月,即诗人去世前三个月,其心境朗然、顾盼生辉、“佳兴犹存”、历历如画。

【系谱】

1964 年 2 月 26 日(正月十四)诗人去世,遗命致电唐君毅不必奔丧。27 日晚电抵香港。正出席朋友晚宴的唐先生预感不祥,全身战栗,几不能动,勉强抵家,仆地频呼,至夜仍不时捶胸顿足,嚎啕大哭。28 日唐先生赴沙田慈航净苑为母亲设灵位。慈航净苑为尼庵,距沙田火车站两里许,是唐先生昔游之处,也是诗人住港时曾到之处。唐先生住苑中终日守灵,夫人及女儿亦住苑中,丧事由同学协助料理。3 月 4 日在慈航净苑内举行遥祭典礼。高僧乐果老法师设坛说法为老人安位。唐先生哀痛欲绝,凄苦孺慕。乐果老法师说法安位后,为唐先生至孝所感,去而复回,对唐先生曰:“老人算是高寿,我已为他说法安位,老人已安,如你太悲伤,老人又不安了,听我的话,体老人爱子之心,节哀保重才是。”

开吊之日,各界前辈友好、先后同学吊唁者三百余人,致祭挽联甚多。熊十力唁函原文:“至中、君实诸侄,得来函敬悉令慈竟逝于恶劣反常之气候。人生如幻,岂不悲哉。十一年来,沪苏咫尺,而未谋一面,此为恨事。然精神相通,亦无待于接谈也。余衰已甚,未知住世几时。怀思毅、宗、兆(即唐君毅、牟宗三、程兆熊),梦或见之,此可转彼等。”唁函之外,又上一联:

唐母陈嫂卓仙夫人千古

仁寿过古稀，好学好思宗往圣；

懿德齐邹母，教儿教女导来英。

愚弟漆园八一老人拜手献言，公元六四，三月三日

熊先生一代硕儒，性情毕露，生平不做应酬语，能以“好学好思宗往圣”嘉许诗人，正见诗人“慕道”“好道”“向道”之风范多年以来已经广为人知。唐氏后人追忆，此前唐恂季沪上告哀，临别，熊先生因年老不能奔丧，至于下泪，称许诗人“人好，诗好，有君毅这样的儿子，她走了，都带走了”(王康《后语》)。

同时挽联尚有：

大孝终身慕父母，斯文一线系斯文。（张君劢）

佛儒兼尊示懿范，行依三宝发菩提。（晓云法师）

相夫传儒学，教子成哲人。（陶元珍）

读诗废蓼莪，鞠育亲恩同一痛；生子成贤哲，孟欧母教各千秋。（王道，梁宜生）

懿范应长存，诞赐良师兴绝学；心丧加重服，痛哀贤母别尘寰。（新亚校友会）

诗人去世之后的本年 4 月 2 日，唐至中再度致函熊十力，以述哀情。熊先生 4 月 10 日回函，有谓“令先慈去世后，后辈与青年哀敬之忱，诚为稀有，足以见其平生积德、积学感人者深。老曰‘死而不亡者寿’，于此可征”。熊先生并以已作《乾坤衍》发明乾道大生之义、并孟子“大体”之说，劝慰唐至中不宜过哀，“死之一字，唯在个别的形骸上说。识得大体的大生命，则无死可说矣。侄可深参。可与毅、宗、兆等一看”。因为唐至中母丧之后极为悲痛、“心痛难忍”，熊先生甚至邀请她“满月之后，不妨来吾处小住。只吾饮食颇淡薄耳”，这在素称不通人情的熊先生，也是难得有温度的流现。甚至唐君实文革前夕因“历史问题”被劳教之后失去工作，“熊公公”还曾令其“用毛笔替他抄书，并付了酬金”(唐育仁《我的父亲唐君实》，未刊稿)。这都是我们了解熊先生性情最逼真的而又少有人知的资料。

上述熊氏同函中并提到:“四月四日收到令嫂寄来一合四瓶肝精针药。恰恰要缺,得此可不缺矣。常常由令嫂费神,老怀不胜抱歉。”此处“令嫂”,即唐君毅夫人谢廷光,乃能如此,自然还是基于唐先生于人伦理分上特为细致入微。

唐先生岳母早逝,岳父十三年前逝世于四川眉山,路远不得奔丧,且其时穷困,未尽子婿之道,此次乘为父亲迪风公及母亲安设灵位之便,同时安设岳父母的木主于慈航净苑祖堂内,以供祭祀。法事其间,每日皆由庵尼诵经,有《金刚经》《地藏经》《法华经·方便品》等。净苑住持智林老法师,病中仍亲临灵堂吊唁,并为诵经。

唐先生在净苑居丧九日,多是中夜后即不能成眠,鸡未鸣即起,与灵位相守。众女尼清晨上殿礼佛,清磬红鱼,声声入耳,偶然相遇,皆合十为礼,并相问讯,虽两日半语,亦点滴心头。庵中多蚊,唐先生亦不忍扑杀,但驱之而已。每夜灵堂内有蝙蝠飞旋,日间亦有黄蜂盘旋于祭坛鲜花,唐先生对之皆生亲切之感。昔人云,“敬亲者不敢慢于人”,唐先生更益以一语曰:“敬亲者不敢慢于物。”(《母丧杂记》)

1964年4月6日—8日,唐君毅在《母丧杂记续记》中有言:

> 唯中华先圣之教,既言事天如事亲,而又言事亲如事天。极其事亲如事天之心,而父母之恩乃与天共无极,更不于此分别大小。故王船山先生谓乾坤大,而父母亦不小,而孝子之亲其亲,亦无不德与天齐。……孝子之事亲如事天,视亲恩如昊天之罔极,以祭祀致其诚敬,亦非谓徒终身匍匐灵前,即足以澈幽明之际也。盖人之所以报罔极之亲恩之道,惟赖于养志。忆当吾母尚在之日,吾于吾弟妹,固亦常念之,然于诸弟妹之子女,则罕在念中。自吾母之逝,吾念吾母之爱子孙之心,乃顿念及凡吾弟妹之子女,皆吾母之骨血。而吾于吾之弟妹,亦更增骨肉之情。吾乃自念,若我今能以余生多有所裨益于吾之弟妹及其子女,皆所以补我终身之痛,以安吾母在天之灵者。

诗人去世之后唐至中曾致函兄长,可不必再汇钱养母。唐君毅却坚持“我已无母可养，只希望我的妹弟不要太苦”（唐至中《我的哥哥》），继续汇款。这一汇款行为不仅一直坚持到唐君毅生命结束，因此全活“文革”当中颇遭厄运的弟弟妹妹数家数口，唐君毅去世之后，谢廷光同样一直按月汇款回去，妹妹购房、儿女婚礼、出国留学等费用也尽力提供（唐安仁《吾父吾师》、唐晓帆《回忆母亲》）。

## 附　联语

先母喜作联语及集联，所拟诸联，皆情真意切，对仗工稳。惜大多已散失，今仅存二楹联，附于诗后，留作纪念。至中谨志

### 题成都奎星楼寓〔一〕

三五间小屋即安居，直道上城头，好共儿童数星斗。

八九树梅花作良友，疏枝邀朗月，自疑身世到羲皇。

### 柏溪故居春联〔二〕

旧岁云除，世短意恒，多读书尚友古人，闲看烟云幻空相。

长江环绕，水流心不，竞学种时师老圃，偶栽桃李荫吾庐。

【笺疏】

〔一〕唐氏全家1930年初在成都寓所。因诗人居此大病，故春来即搬入横通顺街袁家房屋。

〔二〕据《唐君毅先生年谱长编》，是联挂于唐君毅在周坝村水漕头出生地的故居堂屋。周坝村西南水陆毗邻云南，近处江北岸即是宜宾县治柏溪镇。金沙

江对岸西北方即诗人诞生地窦坝。唐君毅出生地祖屋占地一亩余。主体建筑坐南朝北,为青瓦泥木结构四合院。据唐君实回忆,从前大门楣木两侧是唐迪风撰写的对联“东去江声流汩汩,南来山色莽苍苍”;堂屋即悬挂此联(《重返水漕头故居回忆战时片段岁月》,未刊稿)。

# 祭迪风文

维孔子二千四百八十二年七月十六日。陈大任谨以香楮烛帛、羊一、豕一之仪，致祭于唐君迪风之灵位，而泣曰：

呜呼！痛哉！成都相别，不数日，而子竟至此耶！宁儿哭送君时，君抚儿曰：爸爸去，不久即归来。言犹在耳，吾君遽忽至此耶！自送君去后，携儿入室，见君所钞书，叠叠满案。披阅之，不禁泪涔涔下。至夜，儿辈围坐读书，独无君在座，亦不觉潸然者久之。犹以君暂别，聊可自慰。有时回想平日仪容，茫如隔世。有时臆度沿途及回乡情况，心必震惊。念吾君此去，宁有他虞。因谓至儿曰：汝父被叙电催去，他日该不至再促我也。悬悬之心，忽起忽伏，未尝一日去诸怀也。

原约至嘉定当与我信，眼欲穿而音仍杳。然五月九日始得来书，知君安抵叙矣。书中云：连日天阴，船中数日，丝毫未病。奉读之下，释然自解曰：我前日实疑虑所生幻想。方待归来，将此中情思缕述于君也。

明日午寝，则见君坐窗前。我即起谓君曰：子已归来，盍不一语？而再，而三，君终不答。比醒，复大疑之：吾君殆病矣乎？追省信中云云，岂君之慰我者耶？越日而凶电果至，时如天地崩裂，神魂飞逝。旋因电码未详，意君急病，或尚犹以可治也。克日捷道奔回，未至门而心胆俱碎。天乎！痛哉！吾君果长此已乎！号痛欲与俱。又为诸儿是痛，抚棺几绝，而君仍偃然不起。

呜呼迪君！彼时君之精诚来感通我耶！欲我即归耶！恨我究未深信其事之果验也。计梦君来蓉之日，即君弃我之日也。痛哉！此益使我抱无穷之憾，而不能顷刻忘已。彼时，吾君孤怀欲语，而谁可语也！呜呼！迪君！我之痛何可言，我之悔尤亦终无已时也。君本不欲回乡，而竟回乡。其谁使之耶？神耶？鬼耶？而莫或止之耶！天耶？命耶？夫何使我至此极耶！

大嫂临危，属家事于两弟。两弟急于星火，不惜千里迭电促君归。君不忍负两弟意，两弟之两电，则不啻为君之催命符也。君一生不怨、不尤，视死如归，自无遗恨。惟我与儿辈，自今以往，终不能一刻忘此两电也。两弟拍电时，叙城流行症正烈，行人皆缩足，而两弟未之知耶？抑两弟不胜家事之劳，急欲待卸而未之思耶？呜呼！两弟今后，受托之责，其将谁卸？其将望谁分忧分劳？向谁相催相迫？呜呼迪君！吾固知两弟未虑及君，竟至于斯也。然两弟今后之痛心疾首，不知为何如也！

呜呼迪君！前日数阻君归。君曰：恐无以对两弟。不去，心反不安。且难得与崔、卢先生同船，藉可顺游峨眉。我复请君：我与至儿分一人随君。君言我二人易病，不如君一人去为愈。不得已，听君径去。即而，闻君因护送冯、胡二女生直至叙，故未与诸人同游。抵叙后，又特为二生待轮船，留城中四日。复亲送二生上船后，乃于端午前一日回乡。当送二生时，君痔疾大作，步行甚苦，且往返数四于炎日之下云。呜呼！我何忍卒闻。彼时我与至儿或随君，当不使君如此忍艰耐劳，中途则脱然共诸人游矣。孰知君为保我等之安全，置己身于不顾，而致罹斯疾也。呜呼痛哉！吾君此次之行也，无往而非我之咎。每一念及，恸极椎胸，悔之莫及矣！

忆君自先姑见背，居常寡欢。逢先姑忌日、生辰，益感伤不已。时虽设计排遣，然终难得君欢娱。惟儿辈怡怡一室，君每顾而乐之。尝谓我曰：诸儿皆比我强，我生而未见父，阿母如得见诸孙逐渐长大，不知如何喜爱也。言时辄泣下，若不自胜。因此，知君非儿女在侧不欢。每有行，必令一儿相从。此次君竟一人回乡，加之三伯母、七叔母、二兄之灵位均设在堂。三伯母，君自幼呼之为母，事之如母。其视君也一若所生。君与相别五六年来，尤时时在念者也。闻侄辈言君惫甚，甫抵家，即顶礼跪伏灵前，涕泣不可以起。端午日，又亲购食品以飨二老人及二兄之灵。迨病已，犹复强扶楼取晒藏书，其间又在在皆先姑手泽遗痕，君茕茕相对，不知若何悲戚。闻姑母言，曾见君晒书廊下，在书丛中反覆周寻，又数数太息，似有无限隐情然。询君，则先舅之文稿也。呜呼伤已！君之孝思哀且苦矣！如此等等，毋乃重君之病欤！其谁体君之心而慰之以言？审确病情而慎之以药？是皆我与至儿未追随左右之罪。夫复何尤？呜呼哀哉！

忆我年十八来归，彼时与君浑然孩童也。君长我一岁，颇能好学。我乃不知所从，居则惟女红是务，出则联袂以嬉以游。先姑爱子媳若命，略不责所以。人有讥笑言于先姑者，先姑弗顾焉。我恃而无惮，益恣其憨状逾年。初别君，随父并诸姊妹赴蓉。夜宿船中，梦与君嬉戏，竞掷石江边，君忽失足溺水，我大哭呼君，声闻吾父，父唤醒我，问以故，我寂然无以应，旋闻父作叹惋声，盖慈父实已体察儿女之情已。此二十五年前事，犹宛在心目也。

曾与君约：设君诚有不幸，必与君俱。且喜君体质较康强，要不至在我之先，则我之所虑又未以为忧也。然又恐我固多病，旦夕且死，自计则善，而于君之情境，则必不堪遗此诸幼。君将奈何？思之，复泫然相依以泣。君抚慰我曰：毋庸神经之过敏也。呜呼痛哉！孰知昔为君悲者，而适成其自悲矣！今我生意尽矣，每闻宁儿哀呼阿父，毅、至等背吾啜泣，此心已寸寸断，惟竭力忍泪托残喘于诸儿。恍惚间，又疑此身仍在梦也。其真梦也耶！不情之棺，胡为而在堂也？信然耶，世间竟有无父之儿耶？世间之父，亦如君之爱儿耶！依依子母，更相为命，更相为慰，又胡为而然也。天道果如斯耶！呜呼悲已！

呜呼迪君！与君虽夫妇，而实师友也。一旦不见，如婴儿之失母，又如左右手之失援。顾瞻俯仰，谁可与语？如有不善，谁为告诫？我有不学，谁为勉勖？我事理不明，谁为析疑破惑？佳节良辰,谁与寻幽探胜?触处陈迹,倍增凄怆。凡昔同游玩之地,从此均成绝诀。同放纸鸢之石阜畔,更何忍见黄土一抔?我之哀思日日系于堂中,今将移向于此,吾足何忍临其境?吾身何日同其穴?同其穴矣,又不知彼此能相见否也。此身一日不死,则一日不能忘也。

夜或兀坐灯前,仿佛与君展书共读。竹窗风过,仿佛君激昂慷慨声。临饭即欲奉君所嗜菜,仿佛来尝。宁儿啼饥,仿佛仁慈恺悌坐儿膝上,食之糖饵。呜呼迪君!是精诚无乎不在也。我思君之诚,无时不然也!其或能相感而一见君之颜色乎!前于清夜,特步庭中,诚虔敬祝君归来。满庭月色仍如旧日,四顾回还,独不见君影形。惟惨淡灵灯,愈助人凄绝,更进而伏棺静听,频频呼君,仍不闻君动息。呜呼痛已!迪君乎!其有知欤?抑无知也欤?

呜呼迪君!素与君心心相印,兹独无感应乎?呜呼迪君!即不能形影相接,希常于魂梦相通。梦中偶见君,忽非可亲之容。岂以我平日好持己见,与君争论,故以此不屑之教诲以教诲我乎!呜呼吾君!平日启发我者,无所不用其极也。恨我役役终年,不知何者为学,更不知君之所以教。忆君语我有云:学非求功利也,尽其在己而已。我习焉不察,凡所为,莫不与君背驰。及其弊端百出,君反引为己咎,自责其过,而我仍长恶不悛。君又以《涵泳篇》等置我侧,更亲磨墨裁纸,令我钞书,意我游心于此以纾积弊。呜呼迪君!我始终不悟,吾君在天,其不瞑目矣!君尝言我父为读书人,而我从未读书,恒以为深惜。每以至言激动我。我生性不知,与俗浮沉。君时隐其孤衷，殷殷开导我云：良书即无友之人之良友也。尝思之：我年四十，而壮心未死。昔即不体父之志，以略尽其孝。今且无以副君之望，而励其行。抚躬内怍，不觉汗之浃背。年来方奋志为补牢之计，早晚从君学问。呜呼痛已！往日君谆谆诲我，我偏悠忽，旋听旋即置之，殊未味乎其言也。今而知欲学而君不留。思聆君之教而不复得矣。呜呼！虽天之绝我，命实为之。呜呼迪君！我不肖之罪极矣！负君实深矣！今将何以自勉，以报君之爱我乎。诸儿赖有父风，能使率其性，以继承父志，差可塞己之过，而慰君之灵已。

君一生学不厌、教不倦，守先待后，其志可齐先圣。自与君相处，惟见君朝夕废寝忘餐，深研群书。时有所得，便忻然绕室；或中夜起，援笔记录；或呼予以告，廿余年如一日。平居则恬然自适其适，躬行所学，勇猛精进。自奉菲薄，而酷好置书。君曾拟售藏书若干，以偿债务之急，及济然眉之需。我即竭力赞成，但以君素所宝爱，终未割爱。我愚而不学，每好反对君置书。君以此，往往忍情抑性而从我。呜呼痛已！君且谓我曰：学与食，食犹可绝，而学不可一日间断也。又曰：如不赖先哲之书，则日沦于禽兽，亦不自知。呜呼迪君！惟君之书史等，当命儿等检收韫藏。我纵断炊饿且死，亦不忍拂君之心，而卖君所爱。迪君乎！君如可作，即倾家供君所好，乞食而得偕君亦所甘而不辞。呜呼已矣！夫复何言？

吾君每言及孔孟学术垂绝，辄感慨歔欷。毅然以振起斯文自任，并以此教学子。授课时常常披肝裂肺，大声疾呼，痛哭流涕，其苦心孤诣，我常为君拭泪。因以“徒劳精力，于人何补”之言劝君，君曰：倘能唤醒一人，算一人。智者不失人，亦不失言。吾非智者，惟恐失人。吾不得已也。忆民十一年，君代蒙公甫老伯作挽某生联云：嗟予衰病余生，痴心望后进人才，挽回气运；愿尔英灵有感，高兴补此番遗憾，再到娑婆。此虽小品，亦略见君所以期望后学之苦心，非一朝一夕也。

近年中，乃兢兢于著述之事。已成之书外，《人学史》蕴蓄已久，开始草创，而未终篇。其他欲作者正复不少。呜呼！吾君已知人心风俗不可挽回矣！君之大愿未偿，吾君之心苦矣！昔孔子以道不行，欲乘桴浮于海，而欲子路从之。今君独舍我而逍遥天外，而不令从。噫！殆我之命矣夫！虽然，吾君实不得已，而暂以身殉道，待他日再来中国也。果尔，则后会可期也。吾君禀性与貌，迥殊凡俗，想无异今生。我自能识君，君亦必识我也。迪君乎！然欤否欤？其来明示我也。往日君上课时，感精神不济，曾语君勿为家计而勉任其难。君曰：宁有是哉！若图一身、一家自肥自逸，计天下何事不可为？呜呼迪君！实因竭思劳神，而益羸其躯乎！吾君一生所为，无非急公忘私。视己之病，漠如也。且恐我与儿辈以君病为忧，又屡讳疾不言，从前我错认君身体康强，故日疏慵，致君或竟亏于微渐，而我犹不知，未尽心之罪，容可逭耶！

乡日民十五年，偕君客金陵。我卧病，吾君时陪坐床头，持书谈咏。凡君一言一笑，藉减轻病中苦痛不少。其他延医调药炊爨，以及小孩琐屑等事，吾君莫不躬自为之，寒夜深宵犹劳劳未寝。日初曙即起，然灯载读载炊，饭毕挟策，徒步二三里雪地，就竟师讲学。迨归来，衣履间坚水白雪，耀然夺目，君亦弗之顾，惟殷殷余病是问。天乎！痛哉！我不学无德，多愁善病，累君实多多矣！我之罪，更万死何赎！呜呼！痛哉！吾君盛德，胡先我以去？我之不肖，可死久矣。彼苍瞶瞶，一何至此！

念君最崇孔圣，雅好《论》《孟》诸书。特于君灵前早晚虔诵，并令儿辈轮流奉读。恨我平日未能如君之事我以事君，兹欲补前愆于万一，顾可得哉！当我读至君所爱之章句，忽觉君音容如出其上，如在其左右，辄伏案痛哭，不可卒读矣！

呜呼迪君！过去之事，诸多茫然，忆及一二，靡不使此心如割。犹忆君往日，凡出入，儿辈莫不争相迎送。君如归稍晚，宁儿必不食不寝以待。闻履声至，皆大喜拥出，扶将君入室，宁儿依依膝下，惟恐君又去然。君尤亲爱备至，抚摩不辍。顾谓我曰：儿等如此情笃，何忍远离。如有行，必偕一家去。呜呼痛哉！所谓神耶！鬼耶！何弄人至此极耶！天耶！天耶！此恨有终期耶！

惟吾君服膺孔孟，并著书阐明其理。其理长存，则吾君精神亦长在也。吾又何用其悲。为顾君子之道，而今暗然，君之形体与之俱隐。他日此道光大，吾君之形体与之俱显。道其寄于君之身欤！二十年后，国运将回，吾君真当出矣。我恸极辄引此自慰，吾君其何日来也。哭泣陈辞，吾君闻乎不闻？哀哉！

## 附　信札断章二则

### 其一,1947年左右致六女宁孺

汝兄太不忍拂人之意,致优柔寡断,左右为难。此次于中大、江大两校之去留问题上,汝兄精神上受损不小。

(注者按,此指1947年秋无锡江南大学初创,创办人荣德生先生聘请唐先生、牟宗三先生、许思园先生为江南大学教授。因之前牟、许皆为中央大学辞退,为体现对朋友的道义支持,唐先生接受了江南大学的聘任。但江南大学不允许唐先生同时兼任中央大学教席,并要唐先生出任教务长之职。唐先生则不愿担负教育行政工作,唯以朋友相强,终无法推辞,而中央大学方面又不肯放唐先生。来回消耗甚久。)

### 其二,1949年秋冬致六女宁孺

……汝兄今年四十,已为成德之年,其品德似兼汝四人之特点,而锻炼以成其精,铸成其品德。汝与相较,远甚。故汝除敬长之外,尤当尊敬汝兄之学问,尤当体识汝兄责望于妹弟之心情。二姊一谈及汝兄鬓发已白,不禁涕泣随之。为家庭妹弟辛苦多年,而妹弟等犹未能分其劳,俾其休息之一日。二十年来受若干折磨困苦,始有今日之学问,今日时俗视之,又不足重轻,尤为汝兄痛惜。虽然遁世无闷,道无加损,想汝兄当不介于意也。……今汝犹得与汝兄接近,望以汝兄所以自奋自勉者,是则是效,实为汝之幸,亦汝兄弟之心,而更免贻后日失学之悔也!

# 1973年台湾影印本编后记

思复堂遗诗，先母讳大任、字卓仙所作也。先母生于清光绪丁亥二月十二日四川宜宾，殁于民国甲辰正月十四日苏州旅寓，享寿七十七岁。初外祖陈勉之公于清季任教成都第一女子师范前身之淑行女校，因率先母及诸姨就学。大任亦先母在校之学名也。先母生日，俗谓百花生日，故外祖更以卓仙字之。思复堂则先父迪风公为先母诗稿尝题之名也。

先母一生，除尝于简阳及重庆之女子师范任教职二年外，皆尽劳瘁于养育吾及妹弟五人，至于成立。吾家素贫，先父一生不入仕途，家务皆先母躬自操作，初罕余闲治学。所为诗，多随手散失。今遗稿五卷，乃先母弃养后，吾妹至中、恂季、宁孺及吾弟慈幼所存。其第一卷乃先父尚未逝世先母四十四岁前，与先父客居成都以及川北、江南各地，并一度还乡之所作。其诗除于异乡景物兴感之外，则怀念诸姨舅及吾亡妹德叔之作。第二卷则为先父逝世周年后哀悼先父之作。先母尝自编为一集寄呈欧阳竟无先生。后吾妹至中又以之请教李证刚先生。故二先生咸有题字。今并影印卷前，以资纪念。第三卷则先母悲怀渐减，与诸弟妹共居成都时，及抗日战起感怀时事之作。第四卷则战火即熄，与吾妹至中居灵岩山，旋同去江南之所作。此时吾与诸妹弟，皆渐有家室，故先母为诗，尤多谆谆诲勉之辞。今先母逝世，瞬逾九载，吾与诸妹弟及其子女，虽塞北天南，各处一方，而骨肉之情，一体无间，皆先母之遗教也。第五卷则为己丑以来吾与诸妹弟既散居各地，而先母或往来其间之所作。故更多怀念儿孙之句。其最后之一诗，则为癸卯十月，应熊子真十力先生之嘱而作，足见先母逝世前三月之佳兴犹存。不意三月之后，竟弃吾等而去。悠悠苍天，曷其有极。

吾妹至中既编遗诗为五卷，更加恭录，辗转寄港。吾奉而读之，既痛不获再得吾母之训诲；更念吾母一生劳瘁，奔波道途，其事虽只为一家，吾亦日久渐忘；然其情之所及，志之所存，则不限一家，并见于此五卷诗，而德音如闻，慈晖宛在。大率在第一卷吾母与吾父时有唱和之乐，兼多怀念诸姨舅之作，见吾母之笃于兄弟之伦。第二卷皆哀悼吾父之诗，则见与吾父虽情为夫妇，而义兼师友。欧李二先生之题辞，盖非溢美。第三卷至第五卷，则备见吾母之慈祥恺悌之怀，更遍及婿媳儿孙；而吾母即事而有之闲情佳趣，及山川风物之思，家国世道之感，亦多于此中见之。忆吾母常称温柔敦厚为诗教，于古人之诗，喜道及陶之意境与杜之性情，未尝以摹拟雕饰为诗也。吾稍知学问，初皆由吾父母之教。顾吾为学，偏尚知解。及今年已垂老，方渐知诗礼乐之教，为教之至极；亦不敢于慈亲之作，妄作评论。唯当今之世，人伦道丧，本温柔敦厚之旨以为诗者，盖不多见。则吾母之遗诗，亦当为关心世教之大雅君子所不废。故今就吾妹至中手抄稿，影印若干册，寄赠吾家亲故之尚存者，亦留俟来者之观览焉。

癸丑五月端午唐君毅记于南海香洲

# 母亲给我们留下的教诲(节录)

*唐君实*〔一〕

母亲、唐母陈老夫人讳卓仙离我们而去已近四十年,老人家的音容、像貌不时在我脑海中出现,恍如昨日。之后哥哥君毅、六妹继渊、二姊至中、四姊恂季都先后因病去世,同胞五人之中,仅我一人幸存。不久前在病榻上,想起我竟枉活到如今,哥哥六妹都未满七十岁,低于国人平均寿命,我凭什么理由活了如此久长,还留在世上呢?

母亲虽出生在书香之家,家公(俗称外公,祖籍广东五华客家均称家公)熟谙诗书,医道造诣亦高,教书为业,业余行医。对母亲姊妹却从未教课识字读书。偶次有事来母亲及七孃宿舍,骤然看见墙上贴满字画,经询知均为七孃及母亲作品时,深感惊异,大大出乎意外。

母亲与七孃识字读书确曾经过不少艰辛困难,没老师只得趁胞弟(九舅)午后放学之际于门前相候求教,为补助记忆乃作画于字侧,想尽一切办法找书读。由于勤奋求学,进步较快,写作上可谓无师自通,深得家公赞誉有加。并常说自己的学问都传给了女儿(母亲婚后不久七孃病逝)女婿了,蜀平(九舅)还差得远哩!

母亲一生对我们的教诲,并非有系统或事先有所准备的,多半是即兴而发,有针对性质的,有对人的,也有对事就事论事,都切实有用,亦有不限于一人一事,而是提到理论高度的。

针对我们平常在家务琐事中,不大用脑,爱对许多小事都要问,"东西找不放处么,用嘴巴去含到",自然逼到我们去找搁处。每每说到不管啥事都要分清先后缓急,胡子眉毛一把抓,看上去忙得不可开交,实际上啥事也没办好。

针对我们每个人都易犯的急躁毛病,常常引用"从容中道圣人也"与"十差九错,只为慌张"两句通常听到的古话,并着重向我们指出,要我们冷静地看看左邻右舍他们那般和和气气,从容不迫,客气、讲礼、说起话来慢条细理充分表现出知书识理的文化气质,可以说是所以被叫做"苏气"的原因,也是文胜于质的一种表现。我们家中为啥不可以学学他们呢?

"我从来不追穷寇",是对已经认清自己错处所在,而自己着手改正就好,如果还要施加压力,弄得别人无所适从那就不对。

"君子乐得为君子,小人妄自作小人",是教我们做任何事,都要正大光明,开诚布公,做错了事是难免的,存心是好的可以使人原谅,居心不好,即使没做错事,亦是不对的。

虽穷不可怕,"贫者士之常",只要穷得硬肘,"君子固穷,小人穷斯滥矣"。若干年来家中经济情况都是勉强过得下去,但是对经济方面,从来都是分得清楚、干净、不占便宜。在苏州住家时,刚搬来的彭家伯,迁入的第一天就挺认真地记好电费数字，为的是躭心会多算电费，让他家多负担电费吃了亏，几个月后才明白我们家中并不是贪图小便宜的人。

“替别人想是第一等学问”，是明儒语录《呻吟语》中的原话，母亲经常引用它，为啥要这般重视替人设想呢？人总得要与人相处，“鸟兽不可与同群”，“老死不相往来”，决不是正常的人际关系，替人设想就可以减少人与人之间的隔阂，加深人与人之间的了解，从而使相互之间的感情融洽。这样人与人之间就更互相团结和睦相处，达到互相尊重互相关怀的完美的人际关系。“晏平仲善与人交，久而敬之。”替别人设想则是其间决不可忽视的相交往的重要原则。

“穿不穷、吃不穷，不会算计一世穷”，是句很流行的话。母亲之所以引用它，是为了我们居家过日子就应当合理地计划开支家用，量入为出。并同时爱讲“长江有日思无日，莫到无时思有时”，都是与前句话的意思相同的治家格言。

“迟不过当时”，是警惕我们该做又可以做的事就该马上抓紧时间做了做好，今日能办的事，今日办好，此刻能做的事不要拖到下个时辰，千万不要拖，拖的后果往往会铸成大错。

“凡事预则立，不预则废”是句古话，确实是做事有无成就的关键所在，再良好的愿望，再正大的道理，如果事先缺乏周详缜密的安排措施，也会办不好的。正确的目标与精密的方法缺一不可。

“要时时刻刻牢牢记住自身的任何言行对孩子（都有）示范作用”，“这是形体和影子之间的关系，形体本身的正邪一定会在影子上完全充分表达出来”。常常为此，母亲十分焦急地多次向六妹、灵臣〔二〕俩说：“注意、注意呀！当心影子！”着急的表情几乎是极少有的，由此可见母亲对当父母的一言一行都非常重视,千万不能对子女有丝毫不良的影响。认为身教的重要是千言万语的说教都无法比拟的。圣人哲人的谆谆教导,父母长辈的恳切诲导究竟能起多大的作用,最关键还是在于各人的感受,领悟。“深者见深,浅者见浅”。正是“船上人不得力,岸上人震断腰”,“冷暖自知”,再好的富有营养的食品,也要靠个人自己去进食、咀嚼、消化、吸收才发生作用。所以一定要自己去下功夫,连上帝或盘古王也帮不上忙的。

所谓“勇”决不是外表鼓盯暴眼,体力超人,看起来有怪吓人面孔的匹夫之勇的那种层次低浅的所谓勇。真正够得上“勇”的是深沉不露,含蓄丰富智慧,外表平凡的普通人,能自知又知人,认真改过的人才够得“勇者”的,你有力战胜对方只能说明你生就体魄过人罢了,而只有勇于改过才说得上自强不息。如果只用两只肉眼一味向外去搜寻别人的短处,从不用自己心灵之眼去返观自身的不足之处,就飘飘然自我陶醉起来,那你会从此封住你前进的步伐,你还可能有进步么?

真正说得孝顺为人子女的,决不是明知父母有错,亦不去婉言规劝致父母陷于不义之途的愚孝之辈。如果听其陷入迷津,又与郑庄公听任胞弟郑大叔一步步走上“多行不义必自毙”的做法有什么差别呢?母亲对亲友或儿女的诤言亦都欣然接受的,那年九舅病故,母亲送的挽联初稿为“噫余四十余年手足之情……”萧伯伯看后改作“翳余四十余年……”母亲得知后便逢人都说“幸而萧伯伯看了就提出来,否则写好挂在灵堂多不好呀!”还有一次在宜宾乡下走亲戚,人们最爱问的就是孙儿有几个,多大岁数?问到母亲时,感到尴尬没回话。九舅母就代为答话:“有个孙女,”事后二姊说母亲还有重男轻女意味,母亲很快的感悟这点,并说二姊是真正有孝心的。我们家中从我的记忆中,幼年时就经常为道义是非上有过不少的争执,当有时争执得过于激烈时,母亲就表示反对,认为家庭中应当以情为主,并不是讲道理的地方,还引了孟子说的话:“父子之间不责善”。事实上家庭内的是非道义上的争论一直不断,好在从来没有为此而影响到骨肉之间的情感。

并不在乎表面上的热热闹闹,要紧的是具有真功夫的拳术师是切切实实、一板一眼、有根有据、脚踏实地、稳扎稳打、步步牢靠的。至于耍花枪,弄得眼花缭乱,无非是迷糊人的,虽说好看,确实是华而不实的东西,里面装的不过是填充物——绣花枕中的稻草罢了。

“来说是非者,便是(惹)是非(的)人”,是认清无事生非,颠三倒四,挑拨是非的人最适当的话。“英雄方能识好汉,樵八只识二娃”是父亲生前常说后为母亲亦爱说的话,足以从中看出真正能成就伯乐的人并不多见,具有知人之明又谈何容易,萧何不愧是伯乐,能在众多无名之辈中挑选出韩信向刘邦推荐立即拜为大将,终于为刘邦创立汉代王朝立下不朽功业。

“从小看大、观过知仁”,和平常说的“观人于微”“从平凡处见精神”是同一的道理,也是认识人了解人的关键所在。一般平民百姓能否辨明好人坏人关系个人身家性命、祸福前程,亦应当认真对待,马虎不得,交错了朋友就会弄得你倾家荡产,家败人亡。“千好万好,持家勤俭最好。”节约节财都好,积德顶好。做好事,好事是有为而作,已属于低层次的,方今已不容易,甚而做了还被误为闯祸的人,扶起摔跤的人就会被认为是撞伤的,是非颠倒弄得人人只顾自己,都怕惹火烧身。

说刻毒话,比打别人一顿更令人难受,使人永远牢记在心。对人宽厚,别人轻松,你也轻松,何乐不为;待人刻薄,别人苦恼,你也苦恼,何苦来哉? 所谓刻薄、宽厚,包括精神上的物质上的宽容、厚道、大度、大方、小器,和言语上的宽厚与刻薄、歹毒。内中尤以话语上刻毒,至为使人伤心刻骨,反之一句善言也会使人感到无比温暖。正如荀子所说:“与人善言,暖于布帛;伤人以言,深于剑戟”。心灵上感受到的冷暖将使人终身记牢,无以忘怀的。

“不要怕吃亏,吃不得亏,住不在一堆。”帮了别人的忙,最好快快忘掉;别人帮了忙,却要牢牢记住。佛家说积阴德才说得上积了德,至于让人家看得见的算不得数。仔细思索,很有深一层的道理。

不能过高评估自己,“莫道君行早,更有早行人”。亦不能看轻别人,各有所长,“天生我材必有用”,世上从来不会有毫无用处的废物,何况是人。

听他人的话,听后要想一想,不要随口打哈哈。自己说话也要事先看一看,我说的话有哪些人在听,说不定说出来的话正巧碰在他人受伤的创口上,虽说无心,也会使人难受的。

弄不明白的事,少说为佳,旁人不会把你当哑巴。“吉人之辞寡”,多嘴常会碍事,所以有三缄其口的全人。

“过早揭开蒸笼盖子,就蒸不熟包子。”把话说得过早,后果往往不太好。外表灵巧,聪明、能干并不一定就好,反而遭人嫉妒、怀恨,难以相处。“大巧若拙,大辩不言,大智若愚,大器晚成。”看上去几分憨厚的人,却常是事业中的能人,喜欢表现自己的,在有眼力的人的面前,被看透你不过是“技止此耳”的“黔之驴”,有才不露与过分表现的后果大不相同。

君子之交淡如水,细水长流,相交弥久,相知益深。做人之道贵在诚心诚意，来不得半点取巧。“治大国如烹小鲜。”炉火纯青，问题在掌握好火候。办任何事都要掌握好“火候”，亦就是办事的时机，掌握好了，就事半功倍，水到渠成。

大约在抗战前某年暑假，家住在成都斌升街，只哥哥一人在南京工作，我们四人都在一道，母亲为我们讲述《论语·先进》，一段是关于孔子与子路、冉有、曾皙、公西华讲各人的抱负和愿望的情况。为什么孔子最欣赏曾皙的一番话，不正是由于他讲出与自己相同的感受和愿望么？接着母亲又补充几句：“一般人、特别是读书人总爱把孔子看作是个循规蹈矩、道貌岸然，只会讲究礼仪，拘谨呆板的道学夫子或冬烘先生。我们从这篇记实的文字描写，就可以明白孔子是真能领悟生命的活泼生机，欣赏生活艺术，懂得生命真谛的性情中人，何曾是那些人心目中谨小慎微，走一步路都要三思而动的人呢？”

【注释】

〔一〕唐君毅之弟（行五，1921—2009），早年毕业于政治大学会计专修科，毕业后曾通过国民党高级文官考试。

〔二〕灵臣，即其六女婿胥灵臣。

# 附录

# 唐君毅诗作〔一〕

## 少年诗作十五首〔二〕

### 有感（十四岁作）

天始黎明，荷锄而去。烈日当天，汗水淋漓。夕阳已下，尚在耕犁。日日疲劳，年年如此。纳税上粮，自余几许。

### 生日（十五岁作）

泰山何崔巍，长江何浩荡。郁郁中华民，文化多光芒。非我其谁来，一揭此宝藏。孔子十五志于学，吾今忽忽已相埒。孔子七十道中庸，吾又何能自菲薄。孔子虽生知，我今良知又何缺。圣贤可学在人为，管他天赋优还劣。

### 少年游（十六岁作）

和风习习，荡漾春池，池水碧涟漪。谈后还歌，歌尽还钓，拂面柳丝丝。清醪浊酒频斟酌，未忍负良时。含笑酡颜，无言造化，何处去寻诗。

初飞乳燕，树影参差，麦浪已黄时。□□□□，□□□□，□□□□□。小桥西去知何处，桥畔草离离。流水一湾，荒烟几缕，红杏雨三枝。

**临江仙（十六岁作）**

雾下归萤秋夜静，篱花竹影斑斑，素辉斜照绮窗前，未知明月夜，为何到人间。　　故雁不来花又谢，芳心尘土谁怜，石阑凭倚晓风寒，遥思千里外，珠泪自潸潸。

**满江红（十七岁作）**

□□□□，□□□□□□□□。□□□□□□□，□□□□。嘉陵江（又名白水江）上渡船稀，野塘蒲里蛙声急。急煞人，大热水尤深，谁拯溺？　　大道晦，横流决。身未死，心先灭。挽狂澜既倒，吾安逃责。破浪乘风当有时，壮志休为闲愁泣，自今后、重振好精神，须勤力。

**感怀（十七岁作）**

残照映疏林，暮鸦啼乱枝，徘徊芳草径，我心悲已凄。忆我幼年时，事事萦我思，犹忆二三岁，敏慧世所奇。亲朋交口赞，所成未可期，日月随节易，童年背我驰。感事戕我心，处世触藩篱，心伤不能复，藩篱焉可越。怆然望前途，抚膺徒踯躅，临渊羡鲲龙，登高惭鸿鹄。有志随流水，此心如槁木，得失乌足计，死生犹梦觉。旦暮数十年，何为自束缚，不如饮美酒，寄情满樽深。

## 感怀（十八岁作，南京）

### 其一

江南二三月，春色勾人履，飞花舞陌头，乱扑游春侣。吾心反凄然，郊原独徒倚，临池鉴清癯，神情何颓靡。旧恨逐烟生，新愁随波起，我生何不辰，飘泊同浮羽。狂飙振林木，吾身何所止，我欲登高山，悬崖高难跻。我欲临深池，泉水深无底，我欲御波行，狂涛安可驶。我欲坐如痴，荒原谁与椅，我欲卧如尸，大地皆冰矣。乾坤莽浩浩，容身不吾许，中心怆以摧，俯仰泪如雨。吾闻古人言，艰难唯一死，吾身既如此，留恋空复尔。

### 其二

踯躅涉山侧，荒冢累累列，蔓草任纵横，萤火随明灭。愚智同枯骨，尧桀谁能别，显赫与沉沦，冥冥不相识。万岁千秋后，碑碣浑无迹，没世名不称，何足萦胸臆。

## 梦死（二十岁作）

我本峨嵋采药仙，赤尘不到白云边。为缘意马无人管，游戏人间二十年。

死中滋味耐君尝，旧恨新愁两渺茫。此去不知何处好，彩云为被岭为床。

为报亲朋莫浪哀，他年无事要重来。（另两句已不忆）

## 生日（二十岁作）

今日吾生，试去回思。二十年来，忆儿时敏慧，亲朋惊赞，少年志趣，几次安排。十五之年欲为孔子，十七曾思辟草莱，年三六想投书革命扫荡尘埃。虽然志成灰，任逝水韶光去不回，但志多思广，心存万象，振新文化，舍我其谁。使身常在，病魔不绕，转思潮何足道哉，君莫笑，我葫芦中药，你自难猜。

**孔子(二十岁作)**

夫子何为者，栖栖不暖席。天下如有道，丘亦不与易。行道固有时，直寻非枉尺。无义即无命，怨尤斯尽绝，知我者其天，君子恒自得。

**孟子(二十岁作)**

此心天与我，知命即知天。枉死非正命，不立岩墙边。尽道命斯立，夭寿安足言。浩气今何在，塞乎天地间。

**墨子(二十岁作)**

孔席不暇暖，墨突亦不黔。枯槁终不舍，形劳天下先。天志在兼爱，力行人所贤。

**咏史(二十岁作)**

五千载中华故国，九万里绿野神州。尧舜禹汤开禅革，周孔垂文教泽流。老子骑牛过关去，庄生鹏鸟任遨游。孟荀继踵开圣道，墨翟兼怀天下忧。江山代有哲人出，同此一心高明博厚长悠悠。说诗人温柔敦厚，说贤王布政优优，说礼乐鸾凤和鸣，佩玉琤琤，故能使人耳目聪明，血气和平，移风易俗，天下皆宁。秦汉及今二十世纪，神州原是一家亲，如此庄严国土，为问世间何处有，唯我大中华，矗立东亚谁与俦。且莫说二千年来朝代兴亡事，且莫说二千年来四方边塞忧，今且说海通以还天地变，西洋商船战舰纷纷来寇我南海东海头，从兹神州大乱起，不尽茫茫今古愁。炮舰海上来，炮台处处摧，商船江中去，沿江商埠开，教士传教来，告我神祇偶像祖宗灵木只合付寒灰。可怜义和团兵败如山摧，圆明园毁未足惜，堪悲劫余文物从兹件件等蒿莱。

**离家赴宁（廿五岁作）**

蜿蜒长江水，送我返蓉城。言归方二载，重登万里程。披衣待晓曦，渐渐天微明。妹忙雇车子，弟忙作汤羹，母为治行装，箱笥理频频。长跪别父灵，儿今又远行，父灵应有验，佑母长安宁。蹀躞登车去，车声何辚辚，但闻叮咛语，哽咽不成声。低头避人面，有泪还自吞。郊原樵牧少，田圃待春耕。锦江在何处，回首乱烟横。父去人间世，悠悠历两春。犹殡柏溪畔，萧萧无墓门。每当风雨夜，念及泪满襟。贫者士之常，知命夙所钦。唯兹大事在，何以解予心。

**和程兆熊诗**

迷蒙烟霭远山低，净饭城高日下西。大地有情随意绿，碧空无碍任云栖。慈怀煦育三千界，慧照能通万劫迷。谁道禅心长寂寞，年年芳草与天齐。

**致廷光诗·旧游杂忆**（1942年1月3日）

月之二日，忆与廷光同游杂事，率成七绝十首，次日复成九首，辞虽鄙俚，无当大雅，然亦能纪实，因书以寄之。

**重庆**

嘉树葱笼青木关，茅棚细雨避飞鸢，饥肠辘辘真无计，粗黍调羹味亦甘。

**泸州**

微云掩月忆泸州，芳径来回几度游，偎倚石栏情脉脉，嫦娥同证结绸缪。

**鸳鸯石**

鸳鸯石畔步鸳鸯，人影沙滩较短长。共道莫忘沙上影，沙滩人去影茫茫。

船泊江心共倚舷，月光如水水如天。轻雾纱笼天水际，原来天上即人间。

**宜宾**

疏桐挂月影姗姗，曲径逶迤上假山。行到荫浓月光隐，还将电炬照君颜。

逸园邱壑柏溪胜，流瀑落石争喧豗。静听瀑流君枕我，岚光四面拂罗衣。

**嘉定**

嘉定稽留几渡江，凌云寺去即陈庄。千寻石壁临湍急，携手危崖立莽苍。

临江旅舍夜阑珊，笑语灯前兴正酣。记得深宵施簿粉，簪花特地为郎看。

**眉州**

萧疏白蓼满汀洲，沙岸参差接远流。底事相看如醉酒，人归月上柳梢头。

苍苍松柏上干云，孤女归来拜母坟。含泪碑前禀阿母，儿今有伴结同心。

**新都**

丹桂千株傍古塘，秋深摇落褪华妆。早来半月花应茂，一路芬芳共粉香。

碧野如茵望月华，情深无奈臂交加。嫦娥远见莫相妒，宇宙原来是一家。

**成都**

属望深时责望殷，几回赌气湿罗巾。呢呢尔汝增亲爱，今古人间儿女情。

君归城固我渝州，汉水巴江日夜流。万里滔滔同入海，与君会影东海头。

淡淡银河隔牛女，人间天上共离忧。但颠恩情若金石，同心何必共衾裯。

## 致廷光词

你常常唱李清照“凤凰台上忆吹箫”一词，今夜我照其韵填一词，你看看，只是作得不好。

五日夜

淡淡银河，碧空无际，又是新月当头。叹既圆还缺，依旧如钩。共赏清光谁伴，甚情怀、缓步归休。低头念，人生如寄，数十春秋。 休休，好云易散，好花不常开，好梦难留。记前宵梦里，人会秦楼。万种别怀难诉，镇相看、无语双眸。还惊醒，残灯带恨，翠被增愁。

## 怀所思

此二诗得句于数日前，今寄你以当书信。

### 其一

犹忆蓉城会，仓卒订盟约。心心未深印，惭愧身相属。谣诼生间疑，知浅致翻覆。幸赖各多情，友谊愿永续。自责恕他人，凄迷吐心曲。互望有新欢，自愿长寂寞。精诚交感赴，皆悔负前约。疑去信益深，致一情日笃。藕断复相连，藕丝乃外束。丝丝外相绕，孔孔内相入。佳人怀内美，兰芷在幽谷。游目过郊原，昔我所未瞩。今兹交已深，清风来馨馥。柔情何深婉，坦易复贞淑。高志忘轩冕，双楼慕林壑。爱我天资秀，爱我胸怀卓。济世赖贤哲，望我成其学。念我遭世艰，念我体气弱。如彼幽兰花，失溉将零落。愿以血和泪，溉我成其学。旧知复新知，乐兮乐莫乐。长叹生别离，相思寄天末。天末何所有，白云纾漠漠。何日重相见，泪共樽前落。

## 其二

所思在何处，迢迢望天末。剑阁何崔巍，万里飞难越！素书寄频频，书来字字读。笔颤想天寒，腕冷谁温握？字密识情柔，芳心如可掬。掬之不盈手，爱之不忍覆。置书怀胸前，披窗望明月。皎如瑶台镜，应照颜如玉。不尽镜中人，大宇何寥阔。寥阔兮大宇，清光兮遍入。万里兮遥隔，清光兮同覆。清光满我庭，清光满我屋。清光兮在床，清光兮在褥。太初即有光，爱如光所育。光处即吾爱，良夜忘孤独。欢会来梦中，私心向神祝。

【注释】

〔一〕该附录电子文档并校注底本均由何仁富先生提供，谨致谢忱。为体例统一故，笺注者略作文字调整。

〔二〕1956 年 6 月 30 日，唐君毅清理杂物时发现了自己少年时写在零零碎碎的纸上的诗章，夫人谢廷光特为钞记于《日记》中。这应该是目前看到的唐先生留下的最早文字。

# 唐至中诗作[一]

## 偶　成

睡梦春来酣且沉，只凭鸟语报天心。葱茏古木时攀仰，静听书声出古岑。

## 夏　晨

日出云稀光满天，寻幽信步到林泉。黄鹂羞与鹦哥舞，独在清空得意旋。

## 少城公园荷花池

睐爽游池畔，清香何馥郁。旭日照古柏，微风吹行服。澄澄池中水，亭亭花如玉。好鸟鸣深树，悠然沁心目。

## 文机石公园

风高秋气朗，叆叆楠木林。登城遥极目，天地印于心。

### 游望江楼

从菊芬芳江水头，重阳节后到江楼。

棹歌声里斜阳远，逝者如斯去不留。

### 别锦城

凌晨去锦城，四顾何萧条。轧轧独轮车，悠然破寂寥。

### 成嘉道中

青松夹道碧浮浮，行辙攒程不少留。回首来时多少路，白云流水共悠悠。

### 泊彭山

夜静月明水拍天，清绝江流伴客眠。雨声破晓人初醒，两岸青山送客船。

### 仲春即事

清明节后草初芳，燕子殷勤绕绿杨。日落村前知远近，隔江时有菜花香。春来时雨麦苗秀，野草着花侵路堤。蜀水蜀山谁是主，子规何事独悲啼？桃花红映两三峰，菜子黄时游兴浓。连步江干拾纹石，归来闲话暮天钟。

### 金沙江畔

春草绿平野，屐痕深沙洲。浩浩大江流，千古何悠悠？

## 郊　游

彳亍登山陇，长空雁宇高。绿竹夹古道，青葱满东皋。长风翻麦浪。悬瀑助松涛。歌罢近黄昏，相顾乐陶陶。

## 至蔡湾为先父择茔坟

春草芳菲兮碧油油，悲风何来兮白日愁。怅延伫兮江畔，感逝波兮悠悠。天地寥阔兮焉居，思我父兮胡不留。

## 清明忆先君

庭草萋萋长，好春去何早。吾父背四载，墓前苍苔老。苍苔日已老，儿心益灰槁。呼父父不语，痛彻我肝脑。肝脑白〔二〕足惜，吾父胡不保。

## 游流杯池

昔闻流杯池，今日来游恨为迟。悬崖峭壁对峙、何雄奇，石隙清泉兢奔驰。苏黄流杯欢饮处，空遗水一池。虽无诗酒意，徒跣濯涟漪。悠然兴到，高歌长啸，物我一以遗。微雨滴苍苔，好风与之俱。怅然去，何日来思？

## 乡村即事

芒种时期日日晴，课余无事踏青行。蓦地一阵阴云起，拂拂凉风满袖生。

## 前题思亲

草木日青蕤，思亲意几迷。归期在何日，那堪杜宇啼。

## 午　寝

蔼蔼园中木，仲夏滋滋长。风吹杨柳细，雨滴芭蕉响。鸡啼梦如回，群鸟话夕阳。蛙鸣与书声，直到月色凉。

## 金沙江辞

青天高绿水平，一叶轻舟趁晓晴。两岸白鸥惊起，高鸣数声，摇桨风浪齐生。浩歌一曲江天外，绿阴浓处有啼莺。纵然雷雨交来胁，草自葱茏水自萦。

## 重阳游东山寺

时节又重九，归思益以频。古木生虚籁，雨余秋色新。野花依甃长，落叶满荒村。闲步出城东，巍峨古塔陈。修竹绕幽径，清风扬白苹。逶迤拾级上，郁纡入山门。野花依甃长，落叶没屐痕。石隙深甘泉，寺庙何峋嶙。闲话曲廊下，长歌惠风亭。亭亭古松柏，麋鹿以为邻。高臺临涪江，群鸥绿水滨。袅袅摇桨声，悠悠万里云。回顾我东北，泪落沾裳襟。

## 郊游寄呈母　隆昌

积宵春雨霁，远树含清幽。偕步出南郭，山光凝远眸。和风弄新篁，飞瀑舒羁愁。悠悠云起时，野渡横方舟。羡彼林间鹤，翱翔自优游。聊将春草心，遥寄江水头。

## 偶　成

已届中元日，回家月再圆。偶感昔时心，忧思如循环。明月丽中天，有如白玉盘。玉盘何皎洁，岂欲世人怜。桂风生微香，常恐旦夕残。但愿孤月明，常照桂堂前。

### 仲春游望江楼

晴明风日此登楼，花外云山一望收。万里锦江清尔许，扁舟容与任中流。

### 少城公园

青青池畔草，郁郁园中松。托根虽有殊，生意终无穷。池月东方升，苍茫空宇中。仰彼千里光，悠悠今古同。

### 春郊即事

疏篱短短一农家，半是桑田半是麻。童稚亦知春色好，故牵衣袂捉飞花。

小桥流水欲黄昏，溪外人家半掩门。芳草斜阳归思懒，又和云影到前村。

### 咏　鸡

江村月未落，朝雾拂檐低。喔喔一鸡声，独向空中啼。

### 蜘　蛛

日日勤劳作，结网在林际。东北飘风起，前功尽捐弃。前功纵捐弃，成败无足计。经纶满腹充，岂复惮强御。时难气益豪，坚贞实所恃。坚贞何所恃，吾事终有济。

### 春郊即事

桃花逼古渡，小艇泛青溪。群鳌相回避，岚光滴我衣。

### 咏 竹

潇洒阶前竹，孤高性不群。繁花不敢近，遥带一枝曛。

### 浪淘沙 明孝陵

苍翠孝陵烟，初日鲜妍。秣陵六月正鸣蝉，绿远长堤芳已歇，流水弯环。　　回首紫金山，黛色横天，悲歌日落尚凭栏。塞北烽烟何处是，破碎河山！

### 燕子矶

来登百尺楼，延颈望四荒。落日满江山，江水何泱泱。矶以燕得名，巉岩如翼张。顾此忆东北，怛焉情内伤。

### 玄武湖

步出玄武门，遥望蒋山青。杨柳阴路衢，湖边尽客舲。鱼贯摄衣上，一篙开绿萍。微雨随风至，点水舞蜻蜓。晚霞纷斑斓，白荷吐余馨。东山月满轮，清光无点尘。遥念关塞北，豺虎入我藩。金瓯残已半，感之伤肺肝！

### 黄鹤楼

黄鹤去不返，楼自亘古今。白雪纷漠漠，秋蝉处处闻。遥望汉阳城，疏林余半曛。剧怜临海地，倏忽起烟尘。岛夷终荡灭，山河万古新。

### 拟陈与义入山

凌晨独入山，雁字横晴黛。春雨不怜花，清涧流红碎。

### 重游东山寺

扁舟渡涪水，飘然来向东。绿莜夹古道，阡陌遍青葱。曲廊余瓦砾，旧游杳无踪。广场惟老树，挺干摩苍穹。静坐瞰江楼，棹歌豁我胸。冯栏味涟漪，即此乐无穷。

### 郊游赠脊中

为解羁愁强出游，仲春景色不胜收。静中乐趣君知否，伫立江干听水流。

### 无　题

昨夜雷鸣惊客梦，狂风暴雨夹愁来。今朝一上层楼看，生意满园霁色开。

### 校　景　三台中学

积宵春雨洋槐绿，风起中庭兢落花。最是课余无个事，往来檐下数栖鸦。

疏篱一带绿交加，绕舍垂杨透日斜。尊经阁上堪吟咏，天子桥头看晚霞。

园中多老树,点点尽栖鸦。四顾阒无人,空庭自落花。

**游灵峰寺** **与三台中学诸同事同游。距三台城西三十里。**

环山尽松柏,灵寺在其巅。登高纵游目,皎然初日鲜。浮图立路旁,泥龙舞殿前。心轮何悠扬,乃有睡佛眠。佛座诸罗汉,群龙竟无颠。老树余盘根,根根若挛拳。小溪抱山流,绿柳拂清涟。小憩磐石上,万里夕阳天。北望烽火频,深山闻杜鹃。

**云台寺**

古柏森森藏古刹,苍茫景色倍神钦。月明千里忘归去,危坐山头独听经。

**初夏涪江畔**

天际生白日,万象咸光辉。林表耸古塔,草木渐葳蕤。绵亘环江山,萋萋满翠微。俯视涪水清,仰观白鹭飞。人寿若朝霜,庄生齐是非。幽境足寄傲,何劳世人知。

**三台公园岩池**

闲坐岩池侧,何当学钓徒。披星戴日月,天地亦吾庐。

**与脊中游射洪金华山**

为有寻幽兴,相邀看翠岚。梓州倦历览,射洪足穷探。绿水扬洪波,柔桨激清音。涪江几径曲，回环绕古岑。迈步登高冈，周山古木深。四顾莽茫茫，豁然开我襟。延颈望中原，中原烽火频。国土日以削，惕焉惊我心。

**陈子昂读书台前感赋**

先生之生坎壈，先生之没忧戚。国事如蜩如螗，先生慷慨愤激。幽台怀古之篇，苍凉悲壮无敌。到而今，鸽翎蝠粪遍抛。读书台侧，原野兮寂寥，涪江兮清冽，西山苍翠兮欲滴。念中原，繁华城郭，空余瓦砾。我武维扬，百年国耻，会当昭雪。再重游胜景，祀瞻明哲。

**出游怀眘中**

清秋既云暮，寒蛩益鸣怨。感此伤我心，驾言金水湄。松柏郁高岗，丹橘盈山陂。朔风厉严威，冥冥孤鸿飞。美人在云表，独立望朝曦。

**代伤歌行**

明月何皎皎，流光照我床。忧思不能寐，漫漫夜何长。揽衣起徘徊，徙倚下高堂。孤雁东南飞，振翮空中翔。夜啼一何苦，凄怆摧我肠。感物生百忧，零涕忽沾裳。宛转发悲歌，展愤诉昊苍。

**乡居秋兴** 宜宾

幽居金河畔，乐与尘嚣远。日出长天净，潮退清流缓。野花开古渡，秋山红叶满。及尔爱良辰，岁暮秉烛晚。深山无人迹。悠然思不群。红蓼生山径，黄叶落缤纷。中原烽火急，神州半沉沦。鸿雁鸣云霄，悲声不忍闻。枫林自萧瑟，平沙鲜屐痕。水落滩声壮，霭合天地昏。长河远无际，归人争渡喧。至道久无闻，愧怍难为言。

### 偶　成　绵阳

春色去将半，风光日日新。静夜窗外望，惟有孤月轮。

### 春郊即事

春风夜放桃千树，花外江山亦吾庐。信步高冈餐秀色，淡烟暮霭满平芜。

### 乡　居

乡居远嚣尘，青山亦足亲。浩歌未云已，席坐闻江声。

### 雨后远眺

连宵新雨霁，青天无片云。潮涨沙洲浅，滩急浪花纷。子规鸣何处，羁旅最先闻。回首望京华，零涕湿我巾。

### 郊　原

郊原久不至，今来处处新。空山闻远声，回然见吾真。

### 青　山

青山隐隐涪江秀，微风起处清波皱。何物子规，啼破清昼。

### 思　归

一夜秋风至，游子归何期。野烟平地起，落雁夕阳时。

### 三家村水榭即事　成都

天际生明月，流光上小楼。莲叶池塘满，红蓼盈故邱。夜静闻鼓琴，清音罕与俦。即此足幽居，何劳世外求。

### 秋　郊

驾言柏溪上，云浓日影微。朔风益凄厉，重露沾我衣。红老江村树，凄凄百卉腓。万物更变化，世事与愿违。何如饮美酒，圣贤安可希。

### 拾　石

拾石金江畔，老树隔岸横。苍穹作我庐，枕石听江风。

### 冬　晨

雾散潮初静，朝日照疏林。寄傲东窗下，高歌无古今。

### 路遇小潭有感

路过小潭侧，潭水何澄澈。活活清泉流，如闻泣幽咽。岛夷寇我疆，金瓯伤残缺。何时雪国耻，解我衷肠热。

### 题　画

#### 一

修竹千竿绕曲溪，横塘一片小楼西。闲来展卷参周孔，花影自移莺自啼。

二

大山环抱山千迭，[三]小径遥通杨柳村。一叶轻舟何处去，白云深际是桃源。

### 登 山

烟霭横长野，登高意万重。深山樵斧歇，古寺一声钟。

### 题 像

绕屋苍松劲，山光入我庐。庭前时小憩，闲云任卷舒。

### 中秋玩月

秋色连天净，秋月洁如霜。江水流汩汩，桂花隔岸香。

### 题 画

众山围绕小茅斋，云树之巅出紫崖。高梧萧疏松竹冷，半规斜月照霜阶。

### 题 画

竟日门常掩，春来尤未知。野草添新绿，垂杨正挂丝。识得琴书趣，渊明是我师。有会谁解和，三径任苔滋。

## 与宁妹游白塔寺归憩途中

何处秋风起，落叶满郊原。深山清磬远，相对两忘言。

## 梅林路晓春

天鸡鸣喔喔，晓月落山迟。久疏梅林路，今来花满枝。一抹红霞处，灿烂吐晨曦。光芒布远空，万象呈春姿。伟哉大化奇，泽物岂云私。

## 与毅兄、光嫂游竹云寺道中小憩

淅沥檐前溜，滴滴成今古。山寺在何许，烟雨蒙蒙处。

## 记　梦　梦中句

独倚高楼望，萧然遗世情。晓窗临水静，时闻读书声。

## 竹　杖

我身原出古筇州，为爱山光烂漫游。寄语同胞诸弟妹，颠危未济实堪羞。

## 灵岩寺道中

千岩万壑有人家，一抹炊烟日未斜。芳草无言随处绿，溪头红染半林花。

## 登灵岩绝顶

千寻绝壁鲜人踪，时有幽香趁好风。或：杜鹃花发映谷红。无数青山来眼底，始知身在白云中。

**成灌道中车坏憩高店子**

无端驻脚来乡墅，行子贪程尽怨嗟。我今到此营何物，霖雨声中细品茶。

**山　行**

郊原草色无穷碧，万里晴空共水深。几疑前山无去路，忽闻人语出林阴。

**土地冈独坐**

一色江天万象空，浮云无意任西东。半天好鸟归巢切，山外青山夕照红。

**灵岩玩月遇雨**

古寺响梵声，熏炎入晚清。雨来衣渐薄，山深月倍明。

**中元灵岩后山对月**

今宵明月满，长天万里清。地僻人稀到，空山雁一声。

**中元夜起对月**

小窗鸣蟋蟀，秋夜诗思清。风飘无止息，天心月自明。

## 与迪生、公略同游蠡园并志别

蠡园风物耐穷搜，万里将行又少留。霞满五湖春欲莫，不知何日得同游。

## 出吴淞口

黄浦东流无限意，征帆不计浪穿空。参差绿柳依天远，平海漫漫出沪淞。

## 海　行

快意平生作壮游，乱离人世及增忧。欲寻来路无踪迹，万顷沧波一白鸥。

## 游沪穗旅况呈母

朝观沧海暮斜晖，时有天边白鹭飞。三日舟行风浪静，平安两字报慈闱。

## 九龙工商学院即事八章

### 夜

右傍通衢左海涯，异乡到处便为家。更残人静潮初涨，岭树含烟月未斜。

### 晨

山从云散见峥嵘，花草无时不自荣。惟爱海边新雨霁，半轮红日看潮生。

**傍晚一**

云满山腰水满涯，篱边多发碧桃花。风过雨歇诗情远，树影波光映晚霞。

**傍晚二**

风恬雨歇山愈静，更有幽花傍海明。日落沧波思共远，虚舟不系任纵横。

**风**

蓦地风来三尺浪，渔舟稳渡泊晴沙。落英片片凭谁管，可惜一篱红槿花。

**初霁**

朝朝斗室锁乡情，忽见凤仙照眼明。忙煞堤旁渔父子，船船曝网趁新晴。

**思归一**

风摇棕声客思赊，潮来天末卷平沙。海风扑面浑如梦，满眼青山何处家？

**思归二**

绕床蟋蟀梦难成，月过东窗花影横。渔父不知游子苦，终宵系榜到天明。

### 答晓晴

本是白云云上客，偶然小住人间耳。琼瑶诚美非吾欲，何不用贻江畔子。

### 交农村病日偶书

久雨堆苔石径斜，幽居山半远人车。病中翻觉闲无那，惟看儿童学种花。

### 九日登高怀毅兄与光嫂、宁妹

朝暾忽起积云空，万里江山思未穷。为问清秋深几许，一行征雁一抹枫。

### 偶　成

通衢路转略欹斜，半里山行也觉赊。来客何需频问讯，芭蕉深处是吾家。

### 街心花园

处处蝉声林愈静，朝朝五色彩霞明。大江水涨连天远，坐看白云壑底生。

### 八月十七日含鄱口纪事

含鄱口内一亭雾，摇曳苍松万壑风。急雨迅雷忽已尽，云山眼底又重重。

**初上庐山**

昨饮剑池水，今观匡庐松。远山如竹笋，生在白云中。

**七四年八月沪浔途中**

三日途程四日计，远游何处不伤情。管他前路层层浪，两岸青山送我行。

**小天池**

石梯数百级，直上小天池。看山观日出，来此最相宜。

**为晓晴诞辰作** 题叶上

竟日如长夜，那暇说相思。愿君体纯素，皓首以为期。虽非南国产，却饶红豆意。为语湖滨客，岁寒毋相弃。

**哭兄长**〔四〕

朔风何惨烈，高枝倏已摧。念我贤兄长，泪下不可挥。卅载生离别，一朝竟永绝。举首望南天，肝肠为崩裂。启箧寻遗札，未读泪先垂。幽明永乖隔，痛绝吴水湄。畴昔哭吾母，今复哭吾兄。孰云仁者寿，天地终无情。

【注释】

〔一〕唐至中(？—1996)，唐君毅先生二妹，生平从事教育，以“贤孝”称(唐君毅

《母丧杂记》),曾从欧阳竟无、熊十力、梁漱溟诸先生问学,从李证刚先生学习书法。此处所附诗作基本来自作者自定稿《白云轩诗钞》。

〔二〕白,疑当作“不”。

〔三〕此处疑有误。

〔四〕补录自唐至中《我的哥哥》,《唐君毅全集》第 38 卷,第 586 页。

# 参考书目


《濂洛风雅》(元金履祥编),北京:中华书局,1985年。

《濂洛风雅》(清张伯行编),东京:中文出版社,1985年。

《刘宗周全集》,杭州:浙江古籍出版社,2007年。

《祁彪佳集》,北京:中华书局,1960年。

《祁彪佳日记》,杭州:浙江古籍出版社,2016年。

《熊十力论学书札》,上海书店出版社,2009年。

《思复堂遗诗》手抄影本,台北:学生书局,1973年。

《思复堂遗诗》自印本,重庆碧野学堂,2016年。

《唐君毅全集》,台北:学生书局,1991年。

《唐君毅全集》,北京:九州出版社,2016年。

《唐君毅先生年谱长编》,汪丽华、何仁富编著,北京:社会科学出版社,2018年9月。

未刊稿：

唐君实：《追忆先父赴南京从学欧阳大师及大师往事》

唐育仁：《我的父亲唐君实》

唐晓帆：《回忆母亲》